टोपा

कहानी-संग्रह

शेखर शशांक

REDGRAB books
redgrabbooks.com

RG books

रेडग्रैब बुक्स प्राइवेट लिमिटेड
942, मुट्ठीगंज, प्रयागराज-3 उत्तर प्रदेश, भारत
वेबसाइट - www.redgrabbooks.com
मेल - contact@redgrabbooks.com

प्रथम संस्करण रेडग्रैब बुक्स प्राइवेट लिमिटेड द्वारा 2021 में प्रकाशित

कवर व टाइप सेटिंग : रेडग्रैब बुक्स आर्ट्स

ISBN : 978-93-90944-08-8

इस उपन्यास के सभी पात्र और घटनाएँ काल्पनिक हैं। इसका किसी भी व्यक्ति अथवा घटना से कोई भी सम्बन्ध नहीं है। यदि कोई समानता पाई जाती है तो यह महज संयोग होगा।

समर्पण

मैं अपनी ये पुस्तक उन सभी लोगों को समर्पित करना चाहता हूँ, जो कोरोना महामारी की वजह से अलग-अलग पीड़ाओं से गुजरे। हालांकि अभी तक ऐसे शब्दों का ईजाद नहीं हुआ है, जो किसी व्यक्ति की पीड़ा को कम कर दें, फिर भी एक लेखक के पास सिर्फ शब्द ही होते हैं, जिनके माध्यम से वह मन की भावनाओं और संवेदनाओं को अभियक्त करता है।

पुस्तक को प्रकाशित करने के लिए रेडग्रैब बुक को विशेष धन्यवाद!

भूमिका

ये जीवन बड़ा विचित्र है। कई बार हमारी आँखों के सामने कुछ ऐसा घट जाता है, जो पूरी तरह अकल्पनीय होता है किंतु सत्य भी होता है। मैं अपने शहर (ग्वालियर) से दूर नोएडा में था, वीकेंड पर घर जाने का प्रोग्राम था कि अचानक एक रात लॉकडाउन लग गया। समाचार सुनकर लगा कि सिर्फ़ एक दिन की ही बात है, इससे दिल को थोड़ी तसल्ली हुई, लेकिन धीरे-धीरे लॉकडाउन की अवधि बढ़ती ही चली गयी। सच बताऊँ तो इससे पहले मुझे 'लॉकडाउन' शब्द का मतलब भी नहीं पता था, कभी पाला ही नहीं पड़ा था इससे और जब पड़ा तो लगा कि दुनिया में शायद इससे ख़तरनाक और दमघोंटू शब्द कोई नहीं है। एकाएक ज़िन्दगी ठहर-सी गयी थी, सिर्फ़ मेरी ही नहीं बल्कि हज़ारों, लाखों, करोड़ों लोगों की। जो अपने घर, शहर या गाँव में थे, उन्हें तब भी तसल्ली थी। मगर हम जैसे अनगिनत लोग जो अपने घर-परिवार से दूर थे, वो क्या करते। रेलगाड़ी, बस, टैक्सी, ऑटो सबके पहिये थम चुके थे, घर जाते भी तो कैसे; हर तरफ़ सिर्फ़ वीराना ही वीराना था। नोएडा, दिल्ली की सड़कें जो सुबह से देर रात तक बड़ी-बड़ी गाड़ियों से पटी रहती थीं, जहाँ हर तरफ़ सिर्फ़ शोर ही शोर हुआ करता था, अब वहाँ मरघट-सा सन्नाटा था; मैं तो अपने कमरे में ही क़ैद होकर रह गया था । हर सुबह ऑफ़िस जाने से पहले जिन पंडित जी की दुकान पर चाय की चुस्कियाँ लिया करता था, उनकी दुकान पर भी ताला पड़ा था। एक छोटे-से वायरस ने पूरी दुनिया के हालात बदल दिये थे। मेरे आसपास देश-दुनिया में जो हो रहा था, वह मन को विचलित भी कर रहा था और कुछ लिखने के लिए प्रेरित भी। मैं उस समय में जो कुछ घट रहा था, उसे हमेशा के लिए कहीं क़ैद कर लेना चाहता था। इस तरह कुछ कहानियों ने जन्म लिया, जो अब मेरी इस पुस्तक का हिस्सा हैं। दो अंग्रेज़ी उपन्यासों के बाद यह मेरी पहली हिन्दी पुस्तक है, उम्मीद करता हूँ कि मेरी इन मामूली कहानियों में पाठक कुछ ख़ास खोज पायेंगे।

अनुक्रम

1. घर की ओर	- 9
2. आत्मा से मुलाक़ात	- 18
3. बेरोज़गारी	- 28
4. आख़िरी मौक़ा	- 37
5. बड़ा दान	- 46
6. संस्कारी बेटे	- 55
7. शराब की आख़िरी बोतल	- 64
8. पैसे का मूल्य	- 73
9. आदत	- 82
10. अम्मा की कढ़ी	- 91
11. शेरू	- 101
12. लव बर्ड्स	- 109
13. टोपी	- 118
14. कोरोना की दवा	- 128
15. काली पॉलिथीन	- 139
16. भगवान की चिट्ठी	- 150

17. लड्डू की शादी - 159

18. उस्तरा - 169

19. अंतिम दर्शन - 177

20. रेत - 185

1
घर की ओर

मुकेश दिल्ली की एक फ़ैक्ट्री में काम करता था। उसके परिवार में कुल सात लोग थे- वह, उसकी पत्नी, तीन बच्चे और उसकी माँ। वह मूलत: बिहार का रहने वाला था, लगभग पाँच साल पहले रोज़गार की तलाश में दिल्ली आ गया था। यहाँ उसके रिश्तेदार थे, जिनकी जान-पहचान की वजह से उसे आसानी से नौकरी मिल गयी थी; इसके बाद वह अपनी पत्नी और बच्चों को दिल्ली ले आया था। अभी दो साल पहले उसके पिता का देहाँत हुआ था, जिसके बाद वह अपनी माँ को भी दिल्ली ले आया था।

मुकेश फ़ैक्ट्री में काम करके महीने के दस से ग्यारह हज़ार रुपये कमा लेता था। तनख़्वाह में से तीन हज़ार रुपये मकान के किराये पर ख़र्च हो जाते थे और बाक़ी बचे रुपयों से घर का ख़र्च चलता था। उसने अभी किसी भी बच्चे का दाख़िला स्कूल में नहीं कराया था, हाँ, पत्नी के बार-बार ज़िद करने की वजह से वह अपने सबसे बड़े बेटे सोनू को एक सरकारी स्कूल में भर्ती कराने की ज़रूर सोच रहा था, लेकिन जुलाई का महीना अभी दूर था। उसके पास कोई जमा पूँजी नहीं थी, फिर भी वह अपनी ज़िन्दगी से पूरी तरह संतुष्ट था। उसे फ़ैक्ट्री से समय पर तनख़्वाह मिल जाती थी, इसलिए कोई परेशानी वाली बात नहीं थी।

होली के बाद लेकिन दिल्ली का माहौल अचानक बदलने लगा, हर तरफ़ कोरोना वायरस की चर्चा चलने लगी। लोग कह रहे थे कोरोना की वजह से चीन में बहुत सारे लोगों की जान जा चुकी है और अब ये महामारी सभी देशों में अपने पैर पसार रही है। मुकेश की फ़ैक्ट्री में भी कोरोना को लेकर तरह-तरह की बात हो रही थीं, कोई कह रहा था कि यह वायरस चीन ने जान-बूझकर फैलाया है तो कोई कहता था कि चीनी लोगों द्वारा जानवरों पर किये गये अत्याचार की वजह से भगवान ने सबको यह सज़ा दी है; सबके अलग-अलग दावे थे।

कुछ दिन बाद यह वायरस भारत भी पहुँच गया। इसके बाद फ़ैक्ट्रियों में मज़दूरों के अंदर जाने से पहले मशीन से उनकी जाँच की जाने लगी और हाथों में सैनेटाइज़र छिड़का जाने लगा। दूसरे मज़दूरों की तरह मुकेश को भी लगा

कि यह सब थोड़े दिनों की बात है, कुछ दिन बाद सब सामान्य हो जायेगा। जब उसने इस बारे में अपनी माँ से बात की तो वह भी मुस्कुराते हुए बोलीं, "चिंता मत कर, यह तो छोटी-मोटी महामारी है, मैंने और तेरे पिताजी ने तो बड़ी-बड़ी महामारियाँ देखी हैं। पहले हैजा से तो गाँव के गाँव तबाह हो जाते थे, लेकिन फिर भी कोई हिम्मत नहीं हारता था।"

मुकेश की पत्नी ने भी इस बात को यह कहते हुए मज़ाक़ में उड़ा दिया, "ये सब वायरस बड़े लोगों को लगते होंगे, ये हमारा क्या बिगाड़ेंगे। " उसकी बात कुछ हद तक सही भी थी, अभी तक जो भी लोग इसकी चपेट में आये थे उनमें से ज़्यादातर पैसे वाले ही थे। समाचार चैनल ज़ोर-ज़ोर से चिल्ला रहे थे कि कोरोना वायरस अभी विदेश से आये लोगों को ही अपनी चपेट में ले रहा है, लेकिन कुछ दिनों बाद ऐसा नहीं रहा, विदेश से आये लोगों की वजह से ये बीमारी आम लोगों में भी फैलने लगी।

एक दिन मुकेश जब फ़ैक्ट्री में लंच ब्रेक के समय अपने दोस्तों के साथ बैठकर खाना खा रहा था तो उसका एक सहकर्मी रामकिशन बोला, "भैया लगता है कि इस फ़ैक्ट्री में हम लोगों का दाना-पानी ज़्यादा दिन नहीं लिखा है।"

"ऐसा क्यों कह रहे हो भाई?" मुकेश ने उससे सामान्य लहजे में पूछा।

"तुम समाचार नहीं सुनते हो क्या कि ये महामारी कितनी तेज़ी से हमारे देश में भी फैल रही है;अब तो लोग इससे मरने भी लगे हैं," रामकिशन ने जवाब दिया।

"तो इससे हमारा क्या लेना-देना है," एक दूसरा मज़दूर, जिसका नाम रामलाल था, दाँत निपोरते हुए बोला।

"तुम लोगों के यहाँ टी.वी. है कि नहीं?" रामकिशन ने मुकेश और रामलाल की तरफ़ मुस्कुराते हुए देखा।

दोनों ने एक साथ जवाब दिया, "नहीं!"

"मेरे घर पर तो टी.वी. है और मैंने केबल कनेक्शन भी लगवा रखा है," रामकिशन ने शेख़ी बघारते हुए कहा। "मैं तो काम से जाने के बाद सीधे टी.वी. देखता हूँ।"

"तेरे टी.वी. देखने से हमारी नौकरी का क्या लेना-देना है?" मुकेश ने हँसते हुए पूछा। "क्या इसी वजह से हम लोगों की नौकरी जाने वाली है?"

यह सुनकर रामलाल ठहाके लगाने लगा और बोला, "भैया फिर तुम कल से टी.वी. देखना बंद कर दो, हमारी रोज़ी-रोटी का ख़याल तो रखो।"

"नहीं भैया नौकरी जाने का कारण यह नहीं है।" रामकिशन ने संजीदगी के साथ जवाब दिया। "न्यूज़ चैनलों में दिखाया जा रहा है कि विदेशों में कोरोना की वजह से कई फ़ैक्ट्रियाँ बंद हो गयी हैं और चीन में तो सरकार ने लोगों के आने-जाने पर भी रोक लगा दी है।"

ये कहकर रामकिशन शांत हो गया। उसकी बात सुनकर मुकेश को थोड़ा डर तो लगा, लेकिन उसे अपनी माँ और पत्नी की बात याद आ गयी। उसने मुस्कुराते हुए कहा, "तुम फालतू ही चिंता कर रहे हो,विदेशों में गोरे लोग रहते हैं, वो नाज़ुक होते हैं, जल्दी बीमार हो जाते हैं। लेकिन हमारे देश के लोग लोहे के बने हैं, यहाँ जो थोड़े-बहुत लोग बीमार भी हो रहे हैं, वो भी जल्दी ठीक हो जायेंगे। फिर फ़ैक्ट्री काहे बंद होगी।"

"हाँ भैया! तुम बिल्कुल सही कह रहे हो।" रामलाल ने सिर हिलाते हुए अपनी सहमति दी।

रामकिशन की बात सुनकर मुकेश ने भी मन ही मन ठान लिया था कि इस साल किसी भी हाल में टी.वी. ख़रीदकर रहेगा ताकि उसकी तरह समाचार देख सके। तनख़्वाह से तो टी.वी. ख़रीदना उसके लिए मुमकिन नहीं था इसलिए उसने इसके लिए हर महीने कुछ रुपये अलग से बचाने की सोची। अब मुकेश का ध्यान नौकरी जाने की बात से हट चुका था, वह बस टी.वी. के बारे में ही सोच रहा था। जब वह घर पहुँचा तो उसने पत्नी से भी कह दिया कि इस साल के अंत तक कैसे भी घर में टी.वी. ले आयेगा।

मुकेश की बात सुनकर उसकी पत्नी ने हँसते हुए पूछा, "इतने पैसे कहाँ से लाओगे, कहीं चोरी करोगे क्या?"

"नहीं, मैं ओवर टाइम करूँगा," मुकेश ने जवाब दिया। "कल इसके बारे में मैं अपने सुपरवाइज़र से बात करूँगा।"

"ठीक है।" पत्नी धीमे से बोली। "चलो अब टी.वी. की बात छोड़ो और खाना खा लो, मैंने आज बच्चों की ज़िद पर खीर बनायी है।"

कुछ देर बाद पूरा परिवार एक साथ बैठकर खाना खाने लगा। खाना खाते हुए मुकेश मन ही मन यह कल्पना कर ख़ुश हो गया कि एक दिन उसका पूरा

परिवार चाय की चुस्कियों के साथ टी.वी. देखने का लुत्फ़ उठायेगा।

कुछ दिनों बाद रामकिशन की आशंका सच हो गयी। एक दिन जब मुकेश फ़ैक्ट्री पहुँचा तो गेट पर ताला लटका मिला, सैकड़ों मज़दूर बाहर खड़े थे और सबके चेहरे की हवाइयाँ उड़ी हुई थीं। मुकेश ने रामकिशन और रामलाल से पूछा, "क्या हुआ, फ़ैक्ट्री के गेट पर ताला क्यों लगा है?"

"मैंने तुमसे पहले ही कहा था न कि हमारा काम-धंधा बंद होने वाला है।" रामकिशन गहरी साँस लेते हुए बोला। "कोरोना वायरस की वजह से आज से हमारी फ़ैक्ट्री बंद हो गयी है, सुपरवाइज़र ने सबको घर पर जाने के लिए बोल दिया है।"

"अब कब खुलेगी फ़ैक्ट्री?" मुकेश ने चिंतित स्वर में पूछा। "तनख़्वाह तो मिलेगी न?"

"पता नहीं भैया अब फ़ैक्ट्री कब खुलेगी।" रामलाल ने उसके इस सवाल का जवाब दिया। "और तनख़्वाह भी तभी मिलेगी, जब फ़ैक्ट्री खुलेगी।"

फ़ैक्ट्री में काम करने वाले ज़्यादातर मज़दूरों की आर्थिक हालत ख़स्ता थी। वो अलग-अलग राज्यों और शहरों से यहाँ आकर काम कर रहे थे, कोई मध्य प्रदेश से था, कोई उत्तर प्रदेश का तो कोई बिहार का। फ़ैक्ट्री में मिलने वाली तनख़्वाह से ही उनके घर का चूल्हा जलता था, दूसरी तरफ़ महीने के आख़िरी दिन भी थे इसलिए सभी के पैसे लगभग ख़त्म हो चुके थे। सभी मज़दूरों ने तय किया कि वो फ़ैक्ट्री मालिक के साथ बातचीत कर उससे तनख़्वाह की माँग करेंगे, लेकिन वह मज़दूरों के साथ किसी तरह की बातचीत करने को तैयार नहीं हुआ। सुपरवाइज़र ने इतना ज़रूर किया कि प्रत्येक मज़दूर को पाँच-पाँच सौ रुपये का नोट थमा दिया। इसी पाँच सौ रुपये से मज़दूरों को तब तक गुज़ारा करना था, जब तक फ़ैक्ट्री दोबारा नहीं खुल जाये।

जब मज़दूरों ने मालिक से मिलने के लिए ज़्यादा हो-हल्ला मचाया तो सिक्योरिटी गार्ड ने उन्हें धक्का देकर भगा दिया, इसके साथ ही धमकी भी दी कि यदि शोर मचाया तो पुलिस को बुला लेगा। थक-हारकर मज़दूरों को फ़ैक्ट्री से हटना ही पड़ा, जाने से पहले सभी ने एक-दूसरे से जानने की कोशिश की कि अब वो क्या करेंगे। परिवार चलाने के लिए पैसे कहाँ से लायेंगे, लेकिन किसी के पास कोई जवाब नहीं था, न ही इनमें से कोई इतना अमीर था कि किसी दूसरे

को पैसे उधार दे पाता।

भारी मन से मुकेश भी अपने घर लौट गया और फ़ैक्ट्री बंद होने की बात परिवार वालों को बता दी, पत्नी और माँ ने उसे दिलासा दिलाया कि बस कुछ दिनों की बात है। लेकिन ये कुछ दिनों की बात नहीं थी, एक दिन का जनता कर्फ़्यू तीन दिन के लॉकडाउन में बदला और फिर धीरे-धीरे बढ़ते-बढ़ते 21 दिनों का हो गया। एकाएक देश में सबकुछ थम सा गया था: न रेलगाड़ियाँ दौड़ रही थीं और न ही बसें चल रही थीं। सरकार ने कोरोना वायरस को रोकने ले लिए आवागमन के सभी साधन बंद कर दिये थे, इस वजह से जो जहाँ था, वो वहीं अटककर रह गया था। राशन की दुकानें खुली थीं, लेकिन लोगों के पास ख़रीदने के लिए पैसे नहीं थे। मुकेश के पास भी अब कुल हज़ार-डेढ़ हज़ार रुपये बचे थे। उनसे किसी तरह दस दिन तो गुज़ारा हो गया, लेकिन इसके बाद परिवार के सामने भूखे मरने की नौबत आ गयी। मुकेश ने फ़ोन पर अपने कुछ साथियों से बातचीत की, लेकिन उनकी स्थिति भी उसके जैसी ही थी। सबके पास पैसे ख़त्म हो चुके थे और घर में कुछ खाने को नहीं बचा था; किसी को ये भी नहीं पता था कि आगे क्या होने वाला है।

मुकेश के मन में यह ख़याल आया कि अब दिल्ली में रहने से कुछ फ़ायदा नहीं होने वाला है। अगर वह किसी तरह बिहार, अपने घर पहुँच गया तो वहाँ गाँव के लोग उसके परिवार के लोगों के खाने-पीने का इंतिज़ाम तो कर ही देंगे। उसने अपने मन की यह बात पत्नी और माँ को बतायी, उन दोनों को भी जब कोई रास्ता नज़र नहीं आया तो उन्होंने भी इस पलायन के लिए अपनी सहमति दे दी। सबने दिल्ली छोड़ने की तैयारी कर ली, उसके कुछ और साथी भी बिहार के थे, वो भी दिल्ली छोड़ रहे थे, सभी ने आनंद विहार बस अड्डे पर मिलना तय किया। मुकेश ने पत्नी को छोटे-मोटे ज़रूरी सामान बाँधने के लिए कहा।

कुछ घंटे बाद पूरा परिवार सड़क पर आ चुका था। मुकेश अपने सिर पर एक बोरा लादे था और हाथ में एक बड़ा-सा झोला पकड़े हुए था। उसकी पत्नी भी दोनों हाथों में झोले पकड़े हुए थी, जबकि बच्चों ने अपने हाथों में कोल्डड्रिंक की बोतलें पकड़ रखी थीं जिनमें पानी भरा हुआ था। मुकेश की माँ की उम्र ६० साल से ऊपर थी, उनके घुटनों में भी दर्द रहता था इसलिए पैदल चलना उनके लिए आसान नहीं था। फिर भी वह किसी तरह चल रही थीं, दो से ढाई घंटे पैदल चलने के बाद आख़िरकार वो आनंद विहार बस अड्डे पहुँच गये। यहाँ

पहले से ही हज़ारों लोगों की भीड़ लगी हुई थी, कोई अपने छोटे-छोटे बच्चों के साथ दिख रहा था तो कोई अपने बूढ़े माता-पिता के साथ। भीड़ में कुछ शारीरिक रूप से अक्षम लोग भी शामिल थे, सब हैरान-परेशान नज़र आ रहे थे। कुछ देर बाद मुकेश के बिहार जाने वाले साथी भी आ गये, उनमें से कुछ को उम्मीद थी कि शायद कोई सरकारी गाड़ी आयेगी जो उन्हें उनकी मंज़िल तक पहुँचायेगी, लेकिन ऐसा कुछ नहीं हुआ। इंतज़ार करते-करते दोपहर से शाम हो गयी, लेकिन जब कोई बस नहीं आयी तो सभी लोगों ने मजबूरी में यह निर्णय लिया कि वो पैदल ही बिहार जायेंगे।

मुकेश भी उनके साथ हो लिया, सड़क पर सैकड़ों लोग अपने परिवार और बोरिया-बिस्तर के साथ पैदल चल रहे थे। किसी का घर 500 क़िलोमीटर दूर था तो किसी का 1000 भी। अपने गाँव, शहर, मुल्क पहुँचने में किसको कितने दिन लगने वाले थे, ये सफ़र पर निकले लोगों को भी नहीं पता था। बस, उनके अंदर एक ही चाहत थी कि वो किसी भी तरह अपने घर पहुँच जायें। सबको यह उम्मीद हौसला दे रही थी कि घर पहुँचने के बाद उन्हें खाना तो मिल ही जायेगा, इसी उम्मीद की वजह से लोग अपनी भूख-प्यास को नज़रअंदाज़ कर बस चलते जा रहे थे। छोटे-छोटे बच्चों को भी उनके माँ-बाप यही दिलासा दे रहे थे कि घर पहुँचकर उन्हें ढेर सारा खाना मिलेगा। इस दिलासा के अलावा किसी के पास और कुछ था भी नहीं। एक तरफ़ लॉकडाउन में जहाँ लाखों-करोड़ों लोग कोरोना वायरस के डर से घर में बैठे थे, वहीं दूसरी तरफ़ हज़ारों लोग सड़क पर भी थे। वो कोरोना से भयभीत नहीं थे, बल्कि उन्हें भूख से मरने का डर था।

एक-दो दिन की यात्रा के बाद ही ज़्यादातर लोग भूख-प्यास से बेहाल होने लगे। बूढ़े और बच्चे सबसे ज़्यादा परेशान थे, इनमें से कुछ की तबीयत भी ख़राब होने लगी; कुछ लोगों ने बच्चों को कँधे पर बैठा लिया था। शरीर में ताक़त नहीं होने के बाद भी कोई अपने परिवार का साथ नहीं छोड़ रहा था, सब किसी भी तरह अपने परिवार सहित घर तक सुरक्षित पहुँचाना चाहते थे।

दो दिन लगातार चलने के बाद मुकेश और उसके साथियों ने थोड़ा सुस्ताने के लिए सड़क के किनारे ही पड़ाव डाल दिया। रास्ते में कोई पेड़ भी नहीं था, जहाँ कुछ छाँव नसीब होती। हाँ, कुछ सामाजिक संगठन लोगों को खाने के पैकेट ज़रूर बाँट रहे थे, सभी लोगों ने अपने-अपने हिस्से के पैकेट ले लिए। खाना खाने के बाद उनके शरीर में कुछ जान आ गयी, पेट भरने के बाद कुछ लोग सड़क

पर ही लेट गये। मुकेश ने एक चद्दर बिछाकर उस पर अपने तीनों बच्चों और बूढ़ी माँ को लिटा दिया। कुछ घंटों के विश्राम के बाद यात्रा फिर शुरू हो गयी। पैदल चलते-चलते पाँच दिन हो गये थे, लेकिन अभी आधा रास्ता ही तय हुआ था, ऊपर से रास्ते में अब कुछ खाने-पीने को भी नहीं मिला। एक तरफ़ बच्चे भूख से परेशान हो रहे थे, दूसरी तरफ़ मुकेश की माँ के लिए भी एक-एक क़दम पैदल चलना मुश्किल हो चला था, उनकी साँसें फूल रही थीं। मुकेश के साथियों के पास खाने-पीने का थोड़ा सामान अब भी बचा था, उन्होंने ख़ुद भूखे होने के बावजूद वो सामान मुकेश को दे दिया ताकि उसके बच्चों की भूख मिट सके।

जब माँ के लिए पैदल चलना बिल्कुल दूभर हो चला तो मुकेश ने अपनी बोरी पत्नी को देकर उन्हें कँधे पर बैठा लिया, इस विपरीत परिस्थिति के बावजूद उसने हिम्मत नहीं हारी थी। गाँव में उसकी कोई खेती-बाड़ी भी नहीं थी, सिर्फ़ एक छोटा-सा घर था। फिर भी उसे किसी बात की चिंता नहीं थी, उसे पूरा विश्वास था कि गाँव के लोग उसकी मदद ज़रूर करेंगे। जब मुकेश के क़दम थोड़ा लड़खड़ाने लगे तो कँधे पर बैठे माँ बोली, "बेटा, तू मुझे यहीं छोड़ दे। कब तक मेरा बोझ ढो पायेगा?"

"तुझमें बोझ ही कितना है!" मुकेश ने झूठी हँसी हँसते हुए कहा। "बस दो-तीन दिनों की बात और है बस, तू चुपचाप बैठी रह।"

"एक तो तू वैसे ही भूखा-प्यासा है, ऐसे में कब तक मुझे कँधे पर उठाकर चल पायेगा।" माँ ने फिर दोहराया, "मैं तो वैसे ही बूढ़ी हो गयी हूँ, मेरे रहने या न रहने से कोई फ़र्क़ नहीं पड़ने वाला है।"

"तुझे अभी मेरे बच्चों की शादी होने तक ज़िन्दा रहना है और उनके बच्चों को भी अपनी गोद में खिलाना है।" मुकेश ने हँसते हुए कहा। "तू बस चुपचाप बैठी रह।"

मुकेश की हालत देखकर उसकी पत्नी भी दुखी थी, लेकिन वह कर भी क्या सकती थी। वह मन ही मन बस यह प्रार्थना कर रही थी कि जल्द से जल्द ये सफ़र ख़त्म हो जाये। मुकेश की तमाम कोशिशों के बावजूद वह अपने परिवार के सभी सदस्यों को घर तक सुरक्षित नहीं पहुँचा पाया। सातवें दिन वह रात के समय रास्ते में आराम करने के लिए रुका, वह गाँव से अब केवल 100 या 150 क़िलोमीटर दूर था, उसने माँ को कँधे से उतारकर चद्दर पर लिटा दिया। अब खाने

के लिए कुछ नहीं था, इसलिए सब लोग पानी पीकर ही सोने की कोशिश करने लगे। वैसे तो भूखे पेट नींद नहीं आती है, लेकिन वो पैदल चलते-चलते इतना थक चुके थे कि कुछ ही मिनटों में ही नींद की आग़ोश में चले गये।

सुबह होते ही मुकेश ने सबसे पहले अपनी पत्नी और बच्चों को जगाया। उनके उठने के बाद वह माँ को जगाने लगा, लेकिन वह नहीं उठीं, मुकेश ने सोचा कि शायद थकावट के कारण वो गहरी नींद में हैं, लेकिन वह तो हमेशा के लिए सो चुकी थीं। उनका पूरा शरीर ठंडा पड़ चुका था, उसकी माँ मर चुकी थी। मुकेश फूट-फूटकर रोने लगा, पत्नी और दूसरे लोगों ने उसे चुप कराने की कोशिश की लेकिन उसकी आँखों से आँसुओं की धार नहीं रुक रही थी। उसे इस बात का ज़्यादा अफ़सोस हो रहा था कि जब वह अपने गाँव से कुछ दूर ही रह गया था, तभी माँ उसे छोड़कर चली गयी; वह काफ़ी देर तक माँ की लाश के पास बैठा-बैठा उन्हें निहारता रहा। मुकेश उनकी लाश को अपने गाँव ले जाना चाहता था ताकि वहाँ पूरे विधि-विधान से उनका अंतिम संस्कार कर सके, लेकिन उसके साथियों ने उसे समझाया कि लाश कँधे पर ढोकर ले जाने से कोई फ़ायदा नहीं होगा, अब जो होना था, सो हो चुका है।

उधर, सास की मौत से उसकी पत्नी भी काफ़ी दुखी थी, लेकिन अभी आगे का सफ़र भी तय करना था इसलिए उसने भी पति को समझाया कि वह माँ की लाश को वहीं छोड़ दे। मुकेश को कुछ समझ नहीं आ रहा था, एक बेटा होने के नाते उसका यह फ़र्ज़ बनता था कि वह अपनी माँ का अंतिम संस्कार ठीक ढंग से करे, लेकिन ऐसी परिस्थितियों में यह संभव नज़र नहीं आ रहा था। मजबूरी में उसने अपनी माँ को वहीं छोड़ने का फ़ैसला कर लिया, उसने माँ के पैर छूए और फिर भारी मन से उनसे विदा लेकर परिवार के साथ आगे बढ़ गया। फिर भी उसे आत्मग्लानि हो रही थी कि उसे अपनी माँ को इस तरह बीच सड़क पर छोड़कर जाना पड़ रहा है, वह मन ही मन यह भी सोच रहा था कि यदि दिल्ली नहीं छोड़ता तो शायद माँ की जान नहीं जाती।

माँ की मौत की पीड़ा के कारण मुकेश भूख, प्यास, थकावट सब भूल चुका था। इसी तरह पैदल चलते-चलते वह आख़िरकार बिहार की सीमा तक पहुँच गया, अब कुछ घंटों की यात्रा और बची थी। कोरोना वायरस की वजह से न सिर्फ़ शहर वीरान हो चुके थे बल्कि गाँव भी सुनसान नज़र आ रहे थे। खेतों में न किसान नज़र आ रहे थे और न ही घास चरते मवेशी। महामारी का असर सब

जगह दिख रहा था, हर कोई डरा हुआ था।

मुकेश अब अपने गाँव से चंद क़दमों की दूरी पर था। माँ की मौत का ग़म उसे अभी भी था, लेकिन गाँव नज़र आते ही वह थोड़ा ख़ुश हो गया। उसे लग रहा था कि अब उसकी तकलीफ़ों का अंत हो जायेगा, लेकिन ये भी उसकी ग़लतफ़हमी ही साबित हुई। गाँव के प्रवेश द्वार पर पहुँचते ही उसे कुछ लड़के हाथों में तख़्ती लिये खड़े नज़र आये, इन तख़्तियों पर बड़े-बड़े अक्षरों में लिखा था-'इस गाँव में बाहरी लोगों का आना मना है।'

2
आत्मा से मुलाक़ात

लॉकडाउन की वजह से स्कूल, कॉलेज और यूनिवर्सिटी बंद थे। दिल्ली में कई ऐसे छात्र थे, जो अलग-अलग शहरों से यहाँ आकर पढ़ाई कर रहे थे। इनमें से कुछ तो अपने घर जाने में कामयाब हो गये थे, लेकिन कुछ नहीं भी जा पाये थे। दीपक, गोपाल, वैभव और शिराज भी उन बदक़िस्मत छात्रों में शामिल थे। आम दिनों में तो उनका पूरा दिन कॉलेज में अपनी क्लास लेने और दोस्तों के साथ मौज-मस्ती में गुज़र जाता था, लेकिन लॉकडाउन में उनके लिए समय काटना काफ़ी मुश्किल हो रहा था।

दीपक और गोपाल लखनऊ के रहने वाले थे, जबकि वैभव और शिराज मध्य प्रदेश से थे। चारों लोग एक ही कॉलेज में पढ़ते थे और एक साथ ही रहते थे। पिछले कुछ दिनों से वो मोबाइल पर फ़िल्म देखकर अपना टाइम पास कर रहे थे, लेकिन अब उससे भी ऊब चुके थे। सुबह से ही गोपाल का मन बाहर जाने का कर रहा था, इसलिए वह अपने दोस्तों को मनाने की कोशिश करने लगा- "पिछले कई दिनों से हम एक ही कमरे में बंद हैं, क्यों न हम बाहर चलें।" वह मुस्कुराते हुए बोला।

उसकी बात सुनकर तीनों लोग हँस दिये। शिराज बोला, "भाई अभी तो सिर्फ़ पाँच दिन ही हुए हैं, अभी तो हमें 16 दिन और इसी तरह गुज़ारने हैं और उसके बाद भी पता नहीं लॉकडाउन खुलेगा या नहीं।"

"मैं तो इतने दिन कमरे में क़ैद होकर नहीं बिता सकता हूँ।" गोपाल ने अपना मुँह बनाते हुए कहा। "मुझे तो बाहर की हवा खानी है।"

"तुझे पता नहीं है क्या कि पूरी दिल्ली बंद है?" वैभव ने तेज़ आवाज़ में कहा। "बाहर सड़क पर पुलिस डंडे लिये खड़ी है, अगर बाहर निकले तो डंडे खाने पड़ेंगे।"

"तुम लोग डरते बहुत हो।" गोपाल ने उखड़ते हुए कहा। "हम बस थोड़ी देर टहलकर वापस आ जायेंगे।"

"अगर पुलिस ने पकड़ लिया तो क्या करेंगे?" दीपक ने सवाल किया।

"तो क्या... कुछ बहाना बना देंगे, कह देंगे कि दवाई ख़रीदने आये थे।" गोपाल ने हँसते हुए जवाब दिया। "वैसे भी शिराज पिछले कुछ दिनों से बहुत ज़्यादा खाना खा रहा है जिसकी वजह से उसका पेट ख़राब हो गया है, इसलिए उसके लिए दवाई लाना ज़रूरी है।"

"मेरा पेट कब ख़राब हुआ?" शिराज ने चिढ़ते हुए पूछा।

गोपाल ने जब ज़्यादा ज़िद की तो आख़िरकार सब बाहर जाने के लिए मान गये। वो अपने फ़्लैट से बाहर निकले और लिफ़्ट से नीचे आ गये। गेट पर सिक्योरिटी गार्ड चेहरे पर मास्क लगाये बैठा था, उसने उनसे पूछताछ की कि वो कहाँ जा रहे हैं। उससे वैभव की थोड़ी-बहुत दोस्ती थी, इसलिए उसने उसे आँख मारते हुए कहा, "बस थोड़ा तफ़रीह करने का मन कर रहा था। तुम चिंता मत करो, हम लोग पाँच-दस मिनट में वापस आ जायेंगे।"

"ज़्यादा दूर मत जाना," गार्ड ने उसकी ओर देखते हुए कहा। "सड़क पर पुलिस घूम रही है और तुम लोग मास्क भी नहीं लगाये हो।"

"चिंता मत करो," वैभव ने शरारती मुस्कान के साथ जवाब दिया। "बस अभी आते हैं।"

बाहर हर तरफ़ सन्नाटा पसरा हुआ था, न कोई गाड़ी दिख रही थी और न पैदल चलता कोई आदमी।

"अगर लॉकडाउन ऐसे ही चलता रहा तो दिल्ली का सारा प्रदूषण ख़त्म हो जायेगा।" दीपक आसपास नज़र दौड़ाते हुए बोला। "कितना अच्छा लग रहा है, हर तरफ़ शांति ही शांति है।"

"तू सही कह रहा है।" गोपाल ने दीपक की ओर देखते हुए कहा।

जब आसपास पुलिस नहीं दिखी तो चारों लोग बेख़ौफ़ होकर सड़क पर चहलक़दमी करने लगे, लेकिन एक चौराहे पर उन्हें पुलिस की जीप खड़ी दिख गयी। उन पर नज़र पड़ते ही दो पुलिस वाले जीप से बाहर निकले और उनकी तरफ़ दौड़े-

"लॉकडाउन में कहाँ घूम रहे हो?" एक पुलिस वाले ने कड़क आवाज़ में पूछा, उसके एक हाथ में डंडा भी था। पुलिस को देखकर चारों लोग घबरा गये, कमरे के अंदर तो गोपाल बहुत बातें कर रहा था लेकिन हक़ीक़त में पुलिस का सामना होते ही उसके चेहरे की हवाइयाँ उड़ गयीं। आख़िरकार दीपक ने थोड़ा

साहस दिखाया और विनम्र स्वर में बोला, "सर, हम लोग मेडिकल ढूँढ़ रहे थे, हमें दवाई ख़रीदनी है।"

यह सुनते ही पुलिस वाले कुछ चौंकन्ने हो गये, उन्होंने चारों को ग़ौर से देखा। दूसरे सिपाही ने पूछा, "दवाई किसलिए चाहिए? तुममें से किसी को सर्दी-ज़ुकाम तो नहीं है?"

"नहीं सर हममें से किसी को कोरोना नहीं है, आप चिंता मत करिए," इस बार गोपाल ने उत्तर दिया। उसकी आँखों में एक शरारत थी। "हम तो पेट सही करने की दवाई लेने आये थे, आज सुबह से ही हमारे एक साथी का पेट बहुत ख़राब है।"

गोपाल ने पास ही खड़े शिराज की ओर इशारा किया तो उसने भी अपना एक हाथ पेट पर रखते हुए कहा, "सर बहुत एसिडिटी हो रही है, पेट में बहुत दर्द भी हो रहा है।"

"चलो-चलो अपने घर जाओ।" पुलिस वाले ने गुस्से भरे लहजे में कहा। "बिना मास्क के ऐसे बाहर मत घूमो, अब लॉकडाउन में बाहर निकले तो चारों को मुर्ग़ा बना दूँगा।"

इसके बाद चारों लोग चुपचाप अपनी सोसायटी की ओर चल पड़े। चलते-चलते गोपाल बोला, "तुम लोगों ने ग़ौर किया था कि वो पुलिस वाला दवाई का नाम सुनते ही कितना डर गया था। ऐसा लगता है कि कोरोना कोई वायरस नहीं, बल्कि भूत है।"

उसकी बात सुनकर सब हँस पड़े। कुछ देर बाद वो फिर अपने फ़्लैट में पहुँच गये। सबको तेज़ भूख लगी थी, इसलिए खाना बनाने की तैयारी शुरू हो गयी। गोपाल ने सब्ज़ी काटी, शिराज ने आटा गूँथा, वैभव ने रोटियाँ बेलीं और दीपक ने सब्ज़ी बनाने का काम किया। खाना खाने के बाद चारों लोग फ़र्श पर पसर गये, सबने अपना-अपना मोबाइल उठा लिया और व्हाट्सएप्प-फ़ेसबुक पर व्यस्त हो गये। कुछ समय बाद वैभव ने उत्साहित होते हुए कहा, "मैंने बहुत दिनों से हॉलीवुड की हॉरर फ़िल्म नहीं देखी है।"

"हाँ, सही कह रहा है लेकिन मोबाइल पर फ़िल्म देखने में मज़ा नहीं आयेगा।" दीपक बोला। "मैं अपना लैपटॉप चालू करता हूँ, उसी पर देखेंगे।"

"फ़िल्म ज़्यादा डरावनी तो नहीं है न?" शिराज ने वैभव की ओर आशंकित

नज़रों से देखते हुए पूछा। "मुझे ज़्यादा डरावनी फ़िल्में अच्छी नहीं लगती हैं।"

शिराज थोड़ा डरपोक स्वभाव का था, उसे कई बार रात में अकेले बाथरूम जाते हुए भी डर लगता था।

"नहीं।" वैभव मुस्कुराते हुए बोला। "हम सब लोग हैं, क्या फिर भी तुझे डर लगेगा? अभी तो रात भी नहीं हुई है।"

इसके बाद चारों लोग लैपटॉप पर फ़िल्म देखने लगे, फ़िल्म वाक़ई डरावनी थी। इसमें ऐसे दो लड़कों की कहानी दिखाई जाती है जो आत्मा से बात करने की कोशिश करते हैं। इसके लिए वो 'प्लेनचिट' का सहारा लेते हैं, वो एक-एक कर कई आत्माओं से बातचीत करते हैं, कुछ दिनों बाद उनके साथ रहस्यमयी घटनाएँ होने लगती हैं। फ़िल्म में कई ऐसे दृश्य थे जिन्हें देखकर सबके रोंगटे खड़े हो गये, उन्हें दिन के समय ही डर लगने लगा। जब फ़िल्म ख़त्म हुई तो सबके चेहरे पर एक ख़ौफ़ बिखरा हुआ था, उन्हें लग रहा था जैसे वो ख़ुद फ़िल्म का हिस्सा थे।

"वाह यार क्या फ़िल्म दिखाई तूने।" दीपक ने सन्नाटा तोड़ा। "मैंने आज तक इतनी डरावनी फ़िल्म नहीं देखी है।"

शिराज और गोपाल ने भी सहमति में अपना सिर हिला दिया।

"क्या सचमुच आत्माएँ होती हैं?" शिराज ने सहमी आवाज़ में पूछा। "या सिर्फ़ हमें डराने के लिए इस तरह की फ़िल्में बनायी जाती हैं?"

"हाँ, बेटा आत्माएँ सचमुच होती हैं।" गोपाल ने बड़े आत्मविश्वास के साथ कहा। "और फ़िल्म की तरह हम उनसे बात भी कर सकते हैं।"

"मुझे तो ये सब बातें काल्पनिक लगती हैं।" दीपक ने गोपाल की बात काटते हुए कहा। "इस विज्ञान के युग में ऐसी बातें बेमानी हैं, ये सब सिर्फ़ फिल्मों तक ही सीमित है।"

"नहीं, आत्माएँ सच में होती हैं।" गोपाल ने ज़ोर देते हुए कहा। "मेरा एक दोस्त प्लेनचिट से उन्हें बुला चुका है।"

"मुझे भी लगता है कि आत्माएँ होती होंगी, वर्ना इतने सारे बाबा और तांत्रिक उनके होने का दावा क्यों करते।" वैभव ने गोपाल की बात का समर्थन किया।

“अच्छा ऐसी बात है तो तू भी आत्मा से बात करके दिखा।” दीपक ने गोपाल की ओर देखा और चुनौती भरी आवाज़ में बोला। “मुझे भी देखना है कि आत्मा कैसे बातचीत करती है।”

दीपक ने यह बात जिस अंदाज़ में कही उससे ऐसा लगा कि वह गोपाल का मज़ाक़ उड़ा रहा है। इसलिए वह बिना कुछ सोचे-समझे बोल पड़ा- “ठीक है आज मैं तुम सब लोगों को आत्मा बुलाकर दिखाऊँगा।”

उसके इतना बोलते ही कमरे में सन्नाटा पसर गया। शिराज ने गोपाल की ओर देखा और बुदबुदाया- “ये सब बातें छोड़ो, आत्मा को बुलाकर हमें क्या फ़ायदा होगा? इससे बेहतर होगा कि हम सब एक साथ मिलकर लूडो खेलें।”

लेकिन उसकी बात सबने अनसुनी कर दी। ऐसा लग रहा था कि सब लोग हॉलीवुड फ़िल्म की तरह आत्मा से रूबरू होने के लिए बेताब थे। गोपाल को प्लेनचिट से आत्मा को बुलाने का तरीक़ा तो पता था, लेकिन इसके लिए उसे एक सिक्के की ज़रूरत थी। उसने अपने दोस्तों से पूछा कि क्या उनके पास कोई सिक्का है, लेकिन किसी के पास सिक्का नहीं मिला।

“ठीक है, ये प्लेनचिट तुम फिर कभी कर लेना।” शिराज ने मौक़े का फ़ायदा उठाते हुए कहा। उसके पर्स में कुछ सिक्के थे, लेकिन उसने जान-बूझकर देने से इंकार कर दिया था। वह चाहता था कि गोपाल किसी तरह अपना इरादा बदल दे, लेकिन वह नहीं माना। वह पड़ोस में रहने वाले एक अंकल जी के पास गया और उनसे सिक्का माँग लाया।

“अगर कुछ उल्टा-सीधा हो गया तो क्या करेंगे?” शिराज ने गोपाल की ओर देखते हुए कहा। उसके चेहरे पर घबराहट साफ़ दिख रही थी।

“अरे तू चिंता मत कर।” दीपक ने हँसते हुए कहा। “कोई आत्मा-वात्मा नहीं आने वाली है, इस समय वो भी कोरोना के डर से कहीं छिप गयी होगी।”

गोपाल को आत्मा को बुलाने का जो तरीक़ा पता था, वह हॉलीवुड फ़िल्म में दिखाये गये तरीक़े से अलग था। उसने प्लेनचिट के लिए ड्रॉइंगशीट को चौकोर काट लिया और फिर उसके ऊपर अंग्रेज़ी के ‘ए’ से ‘ज़ेड’ तक अक्षर लिख दिये। ड्रॉइंगशीट के बीच में उसने एक लकीर खींची, जिस पर एक गोल आकार बनाया। लकीर के दोनों तरफ़ उसने पेन से ‘यस’-‘नो’ लिख दिया। इसके बाद सिक्के को उस गोल आकृति पर रख दिया।

"अगर आत्मा अनपढ़ हुई, उसे पढ़ना नहीं आता होगा तो क्या करेंगे?" दीपक ने फिर उसकी खिल्ली उड़ाई।

"आत्माएँ तेरी तरह अनपढ़ नहीं होती हैं!" गोपाल ने चिढ़ते हुए कहा। "उनके अंदर सारी भाषाएँ जानने की ताक़त होती है।"

अभी रात के दस बज रहे थे, गोपाल का कहना था कि प्लेनचिट के लिए १२ बजे का समय ठीक होता है, इसलिए सभी लोग १२ बजने का इंतज़ार करने लगे। एक तरफ़ शिराज जहाँ डरा हुआ था, वहीं दीपक और वैभव को गोपाल की बातों पर कुछ ख़ास यक़ीन नहीं था, हाँ, उनके अंदर एक उत्सुकता ज़रूर थी।

जैसे ही रात के १२ बजे, गोपाल ने आत्मा को बुलाने की प्रक्रिया शुरू कर दी, सब लोग ड्रॉइंगशीट के चारों ओर बैठ गये। गोपाल ने सबको हिदायत दी कि कोई किसी तरह का शोर नहीं मचाये, यदि शोर मचाया तो आत्मा गुस्सा हो सकती है। उसने सबको आँख बंद करने के लिए कहा और फिर ख़ुद धीमी आवाज़ में बोलने लगा- "अगर मेरे आसपास कोई आत्मा है तो इस सिक्के में प्रवेश कर जाये। मैं आपसे कुछ सवाल पूछना चाहता हूँ, कृपया मेरा निवेदन स्वीकार करें।"

उसने यह वाक्य कई बार दोहराया, लेकिन कुछ नहीं हुआ। गोपाल की एक उँगली सिक्के पर थी, आत्मा के आने पर सिक्के में कम्पन होना था, लेकिन वह ज़रा-सा भी नहीं हिला। आख़िरकार गोपाल को हार मानना पड़ी।

"क्या हुआ भाई, कहाँ है तेरी आत्मा?" दीपक ने उसकी ओर देखते हुए व्यंग्य किया। "लगता है अभी उसका तुझसे बात करने का मन नहीं है।"

दीपक की बात सुनकर सब हँसने लगे, लेकिन अपनी असफलता के बावजूद गोपाल हार मानने के लिए तैयार नहीं था। वह बोला, "आत्मा ज़रूर आयेगी। हो सकता है कि मेरे बुलाने पर आत्मा नहीं आई, लेकिन हम चारों में कोई न कोई ऐसा ज़रूर होगा जिसके प्रयास करने से आत्मा आ जायेगी।"

"हम कोशिश क्यों करेंगे?" दीपक ने आपत्ति जताई। "दावा तो तू कर रहा था।"

बाक़ी के लोगों ने भी दीपक की बात से सहमति जताई। उनकी गोपाल से बहस भी हुई, लेकिन आख़िर में सबने गोपाल की बात मान ली। गोपाल

ने वादा किया कि यदि तीनों में से किसी के बुलाने पर आत्मा आ गयी तो वह लॉकडाउन खुलने के बाद एक बड़ी पार्टी देगा; पार्टी के लालच ने सबको उसका साथ देने के लिए मजबूर कर दिया। अब सिर्फ़ इस बात का निर्णय लेना था कि तीनों में से सबसे पहले कौन प्रयास करेगा। थोड़ा सोच-विचार के बाद सबकी निगाहें शिराज की ओर घूम गयीं। वह पहले से ही डरा हुआ था, लेकिन दोस्तों के दबाव के आगे कर ही क्या सकता था, उसने भी आत्मा को बुलाने की कोशिश शुरू कर दी। गोपाल को उम्मीद थी कि इस बार तो कोई न कोई आत्मा ज़रूर आयेगी, लेकिन उसकी उम्मीद फिर टूट गयी, सिक्का ज़रा-सा भी नहीं हिला। शिराज मन ही मन ख़ुश भी था कि उसके बुलाने पर कोई आत्मा नहीं आई। दो कोशिशें असफल होने से गोपाल निराश ज़रूर था, फिर भी उसे विश्वास था कि प्लेनचिट से आत्मा आती है; फिर क्या कारण है कि आत्मा नहीं आ रही है? कहीं उससे कोई ग़लती तो नहीं हो रही है? काफ़ी सोच-विचार करने के बाद उसे ध्यान आया कि उसने अगरबत्ती नहीं जलाई है, इसलिए वह अगरबत्ती का पैकेट उठा लाया।

"हमें आत्मा के प्रति अपना सम्मान प्रदर्शित करना होगा।" गोपाल ने सबकी तरफ़ देखते हुए कहा, "शायद वह तभी आयेगी।"

उसकी बात सुनकर दीपक मुस्कुराने लगा, उसने व्यंग्य किया- "हमें शायद आत्मा को 'आत्मा जी' कहकर बुलाना चाहिए, नहीं तो वह बुरा मान जायेगी।"

तीसरी बार आत्मा को बुलाने की बारी वैभव की थी। इस बार प्रयास विफल नहीं हो, इसलिए गोपाल ने पहले ही अगरबत्ती जला दी। उसने वैभव से यह भी कहा कि वह आत्मा का आह्वान करते समय अपनी आवाज़ में नम्रता रखे। उसने गोपाल की सारी बातें मानते हुए अपनी ओर से पूरी कोशिश की कि आत्मा सिक्के में आ जाये, लेकिन सिक्का इस बार भी नहीं हिला। लगातार मिल रही असफलता से गोपाल थोड़ा नाराज़ हो गया।

अब आख़िरी कोशिश दीपक को करनी थी। उसे तो पूरा विश्वास था कि आत्मा नहीं आयेगी, गोपाल को अब भी लग रहा था कि आत्मा को बुलाने के तरीक़े में कुछ न कुछ गड़बड़ है, कुछ न कुछ ग़लती हो रही है। उसने दीपक से कहा कि वह अपने हाथ जोड़कर आत्मा का आह्वान करे, दीपक ने कुटिल मुस्कान के साथ सिर हिलाते हुए इसके लिए सहमति दे दी। वह प्लेनचिट की प्रक्रिया शुरू ही करने वाला था कि अचानक दरवाज़े पर किसी ने दस्तक दी।

इतनी रात को दरवाज़े पर खटखट की आवाज़ सुनकर एक पल के लिए चारों लोगों के दिल की धड़कनें बढ़ गयीं, सबने एक-दूसरे की तरफ़ देखा, फिर हिम्मत करके दीपक उठा, "मैं जाकर देखता हूँ, तुम लोग सब चीज़ें हटा दो।"

कुछ देर के लिए 'प्लेनचिट' की प्रक्रिया रुक गयी। जब दीपक ने दरवाज़ा खोला तो देखा कि बाहर पड़ोस के शर्मा अंकल खड़े हैं, उसे समझ नहीं आया कि वह इतनी रात को क्या करने आये हैं।

"अंकल आप! क्या हुआ?" दीपक उनकी ओर देखते हुए बोला। "आप अभी तक सोये नहीं हैं?"

"नहीं बेटा, पता नहीं क्यों मुझे नींद नहीं आ रही है।" शर्मा अंकल ने हँसते हुए कहा। "इसलिए सोचा कि कुछ देर तुम लोगों के साथ बैठकर बातचीत करूँ। मुझे लग रहा था कि शायद अभी तक तुम लोग भी सोए नहीं होगे।"

दीपक किसी तरह शर्मा अंकल को चलता कर देना चाहता था, लेकिन उसे कोई अच्छा बहाना नहीं सूझा इसलिए उसे न चाहते हुए भी उन्हें अंदर बुलाना पड़ा। उन्हें देखकर बाक़ी तीनों लोगों को भी आश्चर्य हुआ और मन ही मन ख़याल आया कि अब अंकल कम से कम एक घंटे तक जाने वाले नहीं हैं।

"लॉकडाउन की वजह से तुम लोग भी बोर हो रहे होगे," शर्मा अंकल ने गोपाल की ओर देखते हुए कहा। वह फ़र्श पर बिछी चटाई पर बैठ गये। "थोड़ी बातचीत से तुम्हारा समय भी कट जायेगा।"

"जी अंकल," गोपाल ने अपने चेहरे पर बनावटी मुस्कराहट लाते हुए कहा।

"क्यों न हम सब मिलकर लूडो खेलें!" शर्मा अंकल ने अपने मोबाइल पर लूडो गेम ओपन करते हुए कहा।

"नहीं अंकल।" गोपाल ने उन्हें बीच में टोकते हुए कहा। "आप हमें कोई पुरानी कहानी सुना दीजिए, बहुत दिन हो गये हैं आपने हम लोगों को कोई कहानी नहीं सुनाई है।"

शर्मा अंकल थोड़ी देर ख़ामोश रहे, उन्होंने कोई कहानी याद करने की कोशिश की लेकिन याद नहीं आयी।

अभी तो मुझे कोई अच्छी कहानी याद नहीं आ रही है, रात को मेरी यादाश्त कम काम करने लगती है।" वह गहरी साँस लेते हुए बोले।

"अच्छा एक प्रश्न पूछूँ आपसे?" गोपाल ने मुस्कुराते हुए कहा।

"हाँ बेटा पूछो!" शर्मा अंकल बोले।

"क्या आपने कभी किसी भूत-प्रेत या आत्मा को देखा है?" गोपाल ने शर्मा अंकल को घूरते हुए पूछा। "क्या उनसे बातचीत करना संभव है?"

शर्मा अंकल फिर कुछ देर के लिए ख़ामोश हो गये। एक-दो मिनट चुप रहने के बाद वह बोले- "हाँ, एक बार मैंने भूत को देखा है। आज से तीस साल पहले की बात है, उस समय मैं गाँव में रहता था। एक रात जब मैं पास वाले गाँव से अपने घर से लौट रहा था, उस समय अचानक एक आदमी मेरे सामने आ गया, उसने मुझसे बीड़ी माँगी। जब मैंने ग़ौर से उसे देखा तो उसकी आँखें किसी अंगारे की तरह लाल थीं। मैं समझ गया था कि वह भूत है, लेकिन मैं उससे डरा नहीं, मैं ज़ोर से उस पर चिल्ला पड़ा। इसके बाद वह ग़ायब हो गया।"

शर्मा अंकल की कहानी दीपक, वैभव और शिराज को पूरी तरह से अविश्वसनीय लगी, लेकिन गोपाल को उस कहानी पर पूरी तरह विश्वास था। उसने अपने दोस्तों की तरफ़ देखते हुए कहा- "क्या अब भी तुम लोग कहोगे कि आत्माएँ नहीं होती हैं?"

शर्मा अंकल की कहानी ने फिर गोपाल का हौसला बढ़ा दिया। उसे पूरा विश्वास हो गया था कि इस बार तो हर हाल में कोई न कोई आत्मा ज़रूर आयेगी। शर्मा अंकल ने जब देखा कि चारों लोग उनकी कहानी में ज़्यादा रुचि ले रहे हैं तो उन्होंने एक नयी कहानी सुनाना शुरू कर दी। जब तक वह कमरे से गये, तब तक रात के तीन बज चुके थे। सबको तेज़ नींद आ रही थी, लेकिन गोपाल ने फिर प्लेनचिट की तैयारी शुरू कर दी।

"कोई आत्मा नहीं आने वाली है।" दीपक ने उसे फिर समझाने की कोशिश की। "क्यों मेरी नींद ख़राब कर रहा है। एक तो वैसे ही शर्मा अंकल ने बहुत समय बर्बाद कर दिया।"

"अब तेरी बारी आयी तो तू मना कर रहा है।" गोपाल ने दीपक की ओर ग़ुस्से से देखा। "शिराज से ज़्यादा डरपोक तो तू है।"

यह बात सुनकर दीपक को भी ग़ुस्सा आ गया, वह प्लेनचिट के लिए तैयार हो गया। गोपाल ने फ़टाफ़ट अगरबत्ती जला दी, ड्रॉइंगशीट पर सिक्का रख दिया, जिस पर दीपक ने अपनी उँगली रख ली। इसके बाद वह हाथ जोड़कर आत्मा

का आह्वान करने लगा। दस मिनट बाद अचानक दीपक ने सिक्के में कुछ कम्पन महसूस किया, उसने डरते-डरते पूछा- "क्या कोई आत्मा आ चुकी है?"

उसके इतना पूछते ही सिक्का थोड़ा आगे खिसक गया। इसका मतलब स्पष्ट था कि सिक्के में आत्मा प्रवेश कर चुकी थी। आत्मा के आते ही सबकी सिट्टी-पिट्टी गुम हो गयी, चारों लोग चुपचाप सिक्के की तरफ़ देख रहे थे। दीपक की हालत भी ख़राब थी। उसने काँपती आवाज़ में सवाल किया, "आपका नाम क्या है?"

इसके बाद सिक्का अंग्रेज़ी के अक्षरों की तरफ़ खिसकने लगा। पहले वह 'सी' पर गया, फिर 'ओ', फिर 'आर', फिर 'ओ', फिर 'एन' और आख़िरी में 'ए' पर जाकर रुक गया। सबने इन अक्षरों को मिलाकर पढ़ा तो उनके मुँह से एक साथ 'कोरोना' निकला। इसके कुछ सेकंड बाद सब डर के मारे बेहोश हो गये।

3
बेरोज़गारी

महेश की बुरी क़िस्मत उसका पीछा ही नहीं छोड़ रही थी। बचपन से लेकर अभी तक उसने जिस चीज़ में भी हाथ डाला था, उसमें असफलता ही मिली थी। कई छोटी-मोटी नौकरियाँ करने के बाद वह चोर बना था, सोचा था कि बाक़ी कामों की तरह इसमें मंदी तो नहीं आयेगी और ज़िन्दगी आराम से कट जायेगी, लेकिन चोरी का धंधा भी उसे कुछ फलता नज़र नहीं आ रहा था। लॉकडाउन की वजह से वह पिछले कई दिनों से अपना काम नहीं कर पा रहा था। उसका घर से निकलना मुश्किल हो गया था, उसे अब समझ नहीं आ रहा था कि ऐसी स्थिति में वह अपने घर का ख़र्च कैसे चलाये।

महेश की पत्नी कमला झगड़ालू स्वभाव की थी। जब से लॉकडाउन शुरू हुआ था उसने महेश का जीना हराम कर रखा था, वह बात-बात पर उसे ताने देती थी। अब घर में राशन भी ख़त्म होने को था, इसलिए उसका पारा और चढ़ गया था; आज वह कुछ ज़्यादा ही ग़ुस्से में थी।

"कब तक यूँ ही घर पर बैठे रहोगे?" कमला ने खा जाने वाली नज़रों से महेश को देखा और ज़ोर से चिल्लाई। "लगता है कि तुम मुझे और सोनू को भूखे मारना चाहते हो।"

सोनू महेश का बेटा था, जिसकी उम्र आठ साल थी, वह भी पिछले दो दिन से चॉकलेट खाने की ज़िद पकड़े था। बाज़ार में दुकानें तो खुली थीं, लेकिन महेश की जेब में रुपये कहाँ बचे थे। पंद्रह दिन पहले उसने एक घर से कुछ इलेक्ट्रॉनिक सामान चुराया था, जिसे बेचकर उसे पाँच हज़ार रुपये के आसपास मिले थे, वो रुपये कब के ख़र्च हो चुके थे। अपनी पत्नी को चिल्लाते देखकर महेश फिर सहम गया और धीमे से बोला, "मैं क्या कर सकता हूँ? लॉकडाउन की वजह से जगह-जगह पुलिस लगी है। आजकल लोग भी घरों में रहते हैं, वो दिन में सोते हैं और रात में जागते हैं; ऐसे में चोरी करने कहाँ जाऊँ?"

"मुझे कुछ नहीं पता।" कमला ने तीखी आवाज़ में कहा। "तुम्हें बाहर तो जाना ही पड़ेगा, ऐसे कैसे चलेगा।"

"लॉकडाउन खुलते ही मैं चोरी करने चला जाऊँगा।" महेश मुंडी नीचे झुकाये बोला। "तब तक तुम किसी तरह काम चला लो।"

पति की यह बात सुनकर कमला का गुस्सा और बढ़ गया, उसका चेहरा लाल हो गया। इस बार वह पूरी ताक़त से चिल्लाई, "जबसे तुमसे शादी की है, तब से आज तक कभी सुख से नहीं रह पायी हूँ। न तुम कोई नौकरी ढंग से कर पाये और न ही धंधा और अब ठीक से चोरी तक नहीं कर पा रहे हो।"

"हाँ! सच कहती हो।" महेश बुदबुदाया, "लेकिन जल्द ही हमारी परेशानियाँ ख़त्म हो जायेंगी। लॉकडाउन खुलते ही इस बार मैं कोई बड़ी चोरी करूँगा।"

"नहीं, तुम्हें आज ही चोरी करने जाना होगा।" कमला तीखी आवाज़ में बोली, "वर्ना मैं अपनी जान दे दूँगी।"

महेश ने अपनी पत्नी को समझाने की कोशिश की, लेकिन वह अपनी ज़िद पर अड़ी रही। आख़िरकार उसे चोरी करने जाने के लिए राज़ी होना ही पड़ा।

"अपने साथ कुछ मास्क, सैनेटाइज़र भी ले आना।" अब कमला का गुस्सा कुछ शांत हो गया था। उसकी आवाज़ में कुछ नर्मी आ गयी थी। "हमारे पड़ोस में सभी लोग मास्क लगाये रहते हैं। मुझे अच्छा नहीं लगता है।"

"ठीक है।" महेश ने सिर हिला दिया।

महेश ने चोरी के लिए हाँ तो कर दी थी, लेकिन वह अंदर ही अंदर काफ़ी घबरा रहा था। हर सड़क और चौराहे पर पुलिस तैनात थी, हर दस मिनट में पुलिस की गाड़ियाँ सायरन बजाते हुए इधर-उधर दौड़ रही थीं। इतनी सख़्ती के बीच चोरी करना बहुत मुश्किल काम था, लेकिन वह अपने बीवी-बच्चों को भी तो भूखा नहीं मार सकता था इसलिए वह चोरी के लिए बेहतर योजना की रूपरेखा बनाने लगा। उसने तय किया कि वह रात को १२ बजे के बाद ही घर से बाहर निकलेगा और कहीं दूर न जाकर बाज़ू के मोहल्ले के किसी घर या दुकान में चोरी करेगा; फ़िलहाल छोटी-मोटी चोरी करना ही बुद्धिमत्ता थी।

"पापा मेरे लिए भी चॉकलेट ले आना।" बेटे ने भी अपनी माँग रख दी थी।

महेश खाना-पीना खाकर जल्दी सो गया और पत्नी से कह दिया कि उसे रात को १२ बजे के आसपास उठा दे। यह पहला मौक़ा था, जब वह चोरी

करने जाने को लेकर नर्वस हो रहा था। रात ठीक १२ बजे कमला ने महेश को जगा दिया, इसके बाद वह चुपके से सड़क पर आ गया। आसपास नज़रें दौड़ाते हुए और छिपते-छिपाते महेश अपने पड़ोस के मोहल्ले में पहुँच गया। वह एक मकान की ओट में खड़ा हो गया और इस बात का जायज़ा लेने लगा कि आसपास कोई मौजूद तो नहीं है। उसे कोई आदमी तो नहीं दिखा लेकिन पुलिस का सायरन ज़रूर सुनाई दिया, इसलिए वह तब तक अपनी जगह से नहीं हिला जब तक सायरन की आवाज़ बंद नहीं हो गयी। इसके बाद वह यह देखने लगा कि किस मकान में सेंध लगाना बेहतर रहेगा।

मोहल्ले में कई दो मंज़िला और तीन मंज़िला मकान थे, लेकिन उनके अंदर घुसने का कोई रास्ता नज़र नहीं आ रहा था। लोहे के बड़े-बड़े गेट थे, जालियाँ थीं और कोई पाइप भी नहीं था जिसके सहारे वह अंदर दाख़िल हो सकता था। इसलिए उसने एक ऐसे घर की तलाश शुरू कर दी, जिसके अंदर वह आसानी से जा सके। ख़ैर उसकी चाहत पूरी हो गयी, महेश की नज़र एक ख़स्ताहाल घर पर पड़ी- मकान एक मंज़िला था और बाउन्ड्री वाल की ऊँचाई भी काफ़ी कम थी। वह बड़ी आसानी से खिड़की के सहारे छत पर पहुँच गया, वहाँ लोहे का दरवाज़ा था, महेश ने जैसे ही दरवाज़े को हल्के से धक्का दिया वह खुल गया; आज शायद उसकी क़िस्मत अच्छी थी। सीढियाँ उतरने से पहले महेश ने भगवान को याद किया और प्रार्थना की कि वह चोरी करने में कामयाब हो जाये। जब वह नीचे पहुँचा तो उसे यह देखकर आश्चर्य हुआ कि ज़्यादातर कमरों की कुंडी बाहर से लगी थी, सिर्फ़ एक कमरा जिससे बल्ब की रोशनी आ रही थी, उसका दरवाज़ा पूरी तरह से खुला था और बाहर से पर्दा पड़ा हुआ था। यह देखकर महेश की ख़ुशी का ठिकाना नहीं था, उसने सोचा कि शायद भगवान ने उसकी प्रार्थना सुन ली थी और आज उसके हाथ अच्छा-ख़ासा माल लगने वाला है। इसके बाद उसने कमरों में खोज-बीन शुरू कर दी, कई कमरों में खोजबीन करने के बाद भी उसके हाथ कोई क़ीमती सामान नहीं लगा।

एक कमरे में गोदरेज की अलमारी रखी थी, महेश ने उसका ताला तोड़ दिया लेकिन उसमें भी कपड़ों के अलावा कुछ नहीं था। इससे वह काफ़ी निराश हो गया, अब सिर्फ़ वही कमरा बाक़ी था जिससे बल्ब की रोशनी आ रही थी। महेश ने सोचा कि शायद वहाँ कुछ मिले, उसे अब तक मकान में एक भी आदमी नज़र नहीं आया था इसलिए उसे पूरा विश्वास था कि उस कमरे में ज़रूर

कुछ लोग होंगे। उसने दबे पाँव कमरे की तरफ़ अपने क़दम बढ़ाये, पर्दा हटाकर जब वह अंदर दाख़िल हुआ तो उसे पलंग पर एक बूढ़ा व्यक्ति सोता नज़र आया- उसकी आँखें बंद थीं, लेकिन वह कराह रहा था। उसे देखकर लग रहा था कि वह बीमार था।

महेश कुछ देर खड़े होकर उस बूढ़े आदमी को घूरता रहा, ताकि यह पता चल सके कि कहीं वह जगा तो नहीं है, लेकिन उसने एक बार भी आँखें नहीं खोलीं। पूरी तरह आश्वस्त होने के बाद महेश ने अपना काम शुरू कर दिया, कमरे में हर तरफ़ मोटी-मोटी किताबें ही नज़र आ रही थीं। इसके अलावा लकड़ी की एक टेबल थी, जिस पर एक पानी का जग और एक स्टील का गिलास रखा था। ये देखकर महेश बहुत दुखी हुआ, जब उसे पूरे कमरे में कुछ भी चोरी करने लायक़ नहीं मिला तो वह दीवार पर टँगी एक पतलून की जेब को टटोलने लगा- पतलून में उसे एक पर्स मिल गया, जिसे देखकर महेश की आँखों में चमक आ गयी। उसे लगा था कि पर्स में कुछ रुपये तो होंगे, लेकिन उसके अंदर भी सिर्फ़ कुछ सिक्के ही थे। महेश जब पर्स को वापस पतलून में रखने लगा तो उसमें से कुछ सिक्के निकलकर फ़र्श पर गिर पड़े, उनकी आवाज़ से बुज़ुर्ग की नींद खुल गयी। उन्होंने महेश की ओर देखा और काँपती हुई आवाज़ में पूछा- "कौन हो तुम?"

महेश के लिए यह पहला मौक़ा था, जब उसे उस व्यक्ति को अपना परिचय देना था जिसके यहाँ वह चोरी करने आया था। बुज़ुर्ग की हालत देखकर उसे इस बात का अंदाज़ा लग गया था कि उनके अंदर खड़े होकर उसे पकड़ने की ताक़त नहीं थी, इसलिए उसने सच्चाई बता दी, "मैं एक चोर हूँ।"

"तुम ग़लत घर में चोरी करने आ गये हो।" बुज़ुर्ग ने महेश की ओर देखते हुए उखड़ी आवाज़ में कहा। "यहाँ तुम्हें कुछ भीं नहीं मिलेगा।"

उन्होंने महेश को टेबल पर रखे जग और गिलास को उठाकर उसे देने का इशारा किया, महेश ने ये दोनों चीज़ें उन्हें दे दीं।

"मैं पिछले चार-पाँच दिनों से बीमार हूँ।" बुज़ुर्ग धीमे से बोले और महेश को सामने रखी कुर्सी पर बैठने के लिए कहा। "इस लॉकडाउन की वजह से नौकरानी भी नहीं आ रही है, इसलिए घर पर खाना भी नहीं पका है। जो फल थे वो मैंने खा लिये हैं, आज सुबह से भूखा हूँ।"

उनकी बातें सुनकर महेश को दया आने लगी, उसने बुज़ुर्ग से पूछा कि

उनके परिवार वाले कहाँ हैं। उन्होंने बताया कि उनका एक बेटा विदेश में रहता है और बेटी की शादी हो गयी है, जो दिल्ली में रहती है इसलिए वह अकेले ही रहते हैं। आम दिनों में उनके कुछ पुराने दोस्त और मिलने-जुलने वाले आ जाते थे, लेकिन लॉकडाउन की वजह से पिछले कुछ दिनों से घर पर कोई नहीं आया था।

"घर में राशन तो है न?" महेश ने बुज़ुर्ग की तरफ़ देखते हुए पूछा।

"हाँ, राशन तो है।" बुज़ुर्ग ने खाँसते हुए उत्तर दिया। "तुम चाहो तो वह चुरा सकते हो।"

महेश का इरादा राशन चोरी करने का नहीं था बल्कि वह बुज़ुर्ग के लिए खाना पकाने की सोच रहा था। एक चोर के अलावा वह एक इंसान भी था और बुज़ुर्ग व्यक्ति को भूखा देखकर उसके अंदर इंसानियत जाग गयी थी। बातचीत के बाद महेश किचन में चला गया, उसने चार-पाँच रोटियाँ सेंकीं और दाल बनायी। फिर बर्तन में खाना रखकर बुज़ुर्ग के पास ले आया, महेश का यह सेवाभाव देखकर बुज़ुर्ग की आँखें भर आयीं। उन्होंने उसकी ओर देखते हुए कहा- "इतना दयालु चोर मैंने पहली बार देखा है, शायद तुम्हें भगवान ने ही मेरे घर भेजा है ताकि मैं भूख से नहीं मरूँ।"

बुज़ुर्ग को खाना खिलाने के बाद महेश ने उनसे विदा ली। उसने बुज़ुर्ग की मदद करके पुण्य तो कमा लिया था, लेकिन उसे इसके अलावा और कुछ नहीं मिल पाया था। वह चाहता तो घर से कुछ राशन चोरी कर सकता था या फिर माँग भी सकता था, लेकिन उसके अंदर के इंसान ने उसे यह भी करने नहीं दिया।

महेश ने चोरी के लिए फिर एक नये घर की तलाश शुरू कर दी। इस दौरान उसकी नज़र एक किराने की दुकान पर पड़ी- दुकान बाहर से तो बहुत बड़ी नज़र नहीं आ रही थी, लेकिन महेश को लगा कि अंदर कुछ रुपये या सामान तो ज़रूर होगा। उसने चौकन्नी नज़रों से इधर-उधर देखा, गली पूरी तरह सुनसान थी, महेश धीरे-धीरे दुकान के क़रीब पहुँचा। ताला तोड़ने के बाद उसने सावधानीपूर्वक शटर उठाना शुरू कर दिया, ताकि कोई शोर न हो। दुकान के अंदर घुप्प अँधेरा पसरा हुआ था, महेश ने अपने मोबाइल की टॉर्च जलाई और बल्ब का स्विच ढूँढ़ने लगा। रोशनी होते ही उसने अपना काम शुरू कर दिया, लेकिन यह देखकर उसके होश उड़ गये कि दुकान में भी चोरी करने के लिए कुछ

नहीं था। अंदर कुछ अनाज की बोरियाँ पड़ी थीं, अलमारियाँ भी ख़ाली थीं और दुकान के गल्ले में भी कुछ नहीं था। हाँ, एक प्लास्टिक के डिब्बे में कुछ बिस्कुट और चॉकलेट ज़रूर रखे थे, महेश ने एक पॉलीथिन में बिस्कुट और चॉकलेट ही रख लिये। इसके बाद वह उदास मुद्रा में फ़र्श पर बैठ गया, उसे बार-बार अपनी क़िस्मत पर रोना आ रहा था। वह सोचने लगा कि अब क्या करेगा, क्योंकि उसके अंदर ख़ाली हाथ घर जाने की हिम्मत तो नहीं थी।

लॉकडाउन ने उसे पूरी तरह बेबस कर दिया था। इतने दिनों बाद वह चोरी करने निकला था, इसके बावजूद अब तक उसके हाथ कुछ नहीं लगा था। रात के तीन बजने वाले थे, उसे कुछ सूझ नहीं रहा था कि किधर जाये, लेकिन कहीं न कहीं तो चोरी करना ज़रूरी था इसलिए उसने एक आख़िरी कोशिश करने का निर्णय लिया। मोहल्ल्ले के बाहर एक सोने-चाँदी की दुकान थी। सर्राफे की दुकान पर चोरी करना काफ़ी ख़तरे से भरा काम था और सड़क पर पुलिस के होने की संभावना भी थी, लेकिन उसके पास और कोई विकल्प भी नहीं बचा था। महेश सड़क की ओर चल पड़ा, मगर जैसे ही वह चौराहे के क़रीब पहुँचा तो वहाँ उसे पुलिस की एक जीप खड़ी दिखी, पुलिस वालों को देखकर उसके हाथ-पाँव फूल गये, वह छिप गया और उनके जाने का इंतज़ार करने लगा। आधा घंटा गुज़र जाने के बाद भी पुलिस वाले वहाँ से नहीं गये, इसलिए महेश को सोने-चाँदी की दुकान में चोरी करने का ख़याल आख़िरकार छोड़ना ही पड़ा। जहाँ वह खड़ा था उसके पास ही एक मेडिकल शॉप थी, महेश ने सोचा कि इन दिनों कोरोना वायरस फैला हुआ है और बाज़ार में मास्क और सैनेटाइज़र की काफ़ी माँग है, यदि वह मेडिकल में चोरी करता है तो उसे काफ़ी फ़ायदा हो सकता है। वह यह जोड़-भाग भी करने लगा कि यदि उसने एक हज़ार मास्क चोरी किये तो उसे कितने रुपये मिलेंगे। लेकिन बाज़ार में मास्क से ज़्यादा महँगा सैनेटाइज़र मिल रहा था, इसलिए उसने सैनेटाइज़र ज़्यादा संख्या में चोरी करने का फ़ैसला किया; उसका मन फिर उत्साह से भर गया था। जब वह शटर का ताला चटकाकर मेडिकल के अंदर पहुँचा तो उसे लाइट जलती मिली और एक आदमी भी मौजूद था, महेश उसे देखकर भयभीत हो गया। उसे लगा कि शायद पुलिस का कोई आदमी होगा, जो जान-बूझकर चोरों को पकड़ने के लिए छिपा था। वह कुछ देर तक सहमी नज़रों से उस आदमी को देखते रहा, वह आदमी भी उसे घूर रहा था लेकिन कुछ बोला नहीं। आख़िरकार महेश ने साहस जुटाते

हुए उससे पूछा- "तुम कौन हो?"

"मैं इस दुकान का मालिक हूँ।" उस आदमी ने जवाब दिया, लेकिन उसकी आवाज़ में कुछ घबराहट थी। इससे महेश को लगा कि वह निश्चित ही झूठ बोल रहा है, इस बार उसने कड़क आवाज़ में पूछा, "अगर तुम दुकान के मालिक हो तो यहाँ क्यों छिपे हो?"

"मैं रात को अपनी दुकान में ही रहता हूँ।" उस आदमी ने जवाब दिया।

"मगर मैंने कभी तुम्हें इस दुकान पर नहीं देखा है।" महेश ने पूरे आत्मविश्वास के साथ कहा। "सच सच बताओ तुम कौन हो?"

वह आदमी कुछ देर ख़ामोश रहा, फिर धीमे से बोला, "मैं एक चोर हूँ, यहाँ चोरी करने आया था।"

ये सुनकर महेश को कुछ राहत मिली, उसने अपना परिचय भी दे दिया। इसके बाद दोनों बैठकर बातचीत करने लगे, उस चोर का नाम लालाराम था।

"तुम्हें दुकान के अंदर किसने बंद कर दिया?" महेश ने लालाराम को घूरते हुए सवाल किया।

"जिस दिन से लॉकडाउन शुरू हुआ था, उसी रात को मैं मेडिकल में चोरी करने के लिए आया था। सोचा था कि अंदर मास्क और सैनेटाइज़र होंगे, उनकी चोरी करके बाज़ार में बेच दूँगा, लेकिन यहाँ कुछ नहीं मिला।" वह मायूस आवाज़ में बोला। "शायद उसी रात दुकान का मालिक भी आया था, उसे ताला खुला देखकर कुछ संदेह हुआ होगा इसीलिए वह फिर से ताला लगा गया और मैं फँस गया"

कुछ देर शांत रहने के बाद लालाराम महेश की ओर देखते हुए बोला, "क्या तुम भी यहाँ चोरी करने आये हो?"

"हाँ, मैं भी तुम्हारी तरह इसके अंदर चोरी करने घुसा था। रातभर से कई कोशिश कर चुका हूँ, लेकिन अब तक कुछ हाथ नहीं लगा है और यहाँ भी...." उसने दुखी स्वर में जवाब दिया।

"यहाँ चोरी करने के लिए कुछ नहीं है।" लालाराम ने गहरी साँस लेते हुए कहा। "बस थोड़ी-बहुत दवाइयाँ हैं, जिन्हें चुराने का कोई फ़ायदा नहीं है।"

"लगता है मेरी क़िस्मत ही ख़राब है।" महेश अपने माथे पर हाथ रखते

हुए बोला। ''पिछले कुछ दिनों से काम-धंधा पूरी तरह चौपट हो गया है।''

''हाँ, सच कह रहे हो तुम।'' लालाराम दबी आवाज़ में बोला। ''लॉकडाउन की वजह से हम चोरों की हालत भी ख़स्ता है, लेकिन हमारे बारे में कौन सोचता है।''

''तुम कितने दिनों से इस मेडिकल में बंद हो?'' महेश ने प्रश्न किया।

''छह दिन हो गये हैं।'' लालाराम ने उत्तर दिया। ''अब तो यहाँ खाने के लिए भी कुछ नहीं है, फ़्रिज के अंदर जो सामान था वो सब मैं खा चुका हूँ। पिछले एक दिन से तो मैंने कुछ भी नहीं खाया है, सिर्फ़ पानी पिया है।''

उसकी बात सुनकर महेश का दिल फिर पिघल गया। वह किराने की दुकान से बिस्कुट और चॉकलेट चुराकर लाया था, उसने बिस्कुट के पैकेट लालाराम की ओर बढ़ा दिये। बिस्कुट देखकर वह काफ़ी ख़ुश हो गया, उसने फ़टाफ़ट सारे बिस्कुट खा लिये। अब उसके चेहरे पर कुछ चमक दिखाई दे रही थी और आवाज़ भी कुछ बुलंद हो गयी थी।

''शुक्रिया भाई! मुश्किल वक़्त में एक चोर ही दूसरे चोर के काम आता है। अगर तुम चाहो तो लॉकडाउन के बाद हम एक साथ काम कर सकते हैं, मैं बड़े से बड़ा ताला बिना तोड़े खोल सकता हूँ।''

''ठीक है।'' महेश ने जवाब दिया। ''लेकिन अब हमें यहाँ से निकलना चाहिए, कुछ देर बाद सुबह हो जायेगी तो निकलना मुश्किल हो जायेगा।''

''तुम सही कह रहे हो।'' लालाराम ने सहमति में सिर हिलाया, इसके बाद दोनों मेडिकल से बाहर आ गये। जाने से पहले लालाराम ने महेश को फिर शुक्रिया कहा और उसका मोबाइल नंबर भी ले लिया।

''लॉकडाउन ख़त्म होने के बाद मैं तुम्हें फ़ोन करूँगा।'' यह कहते हुए लालाराम अपने रास्ते चला गया। सुबह के साढ़े चार बज चुके थे। अब महेश के पास भी कोई चारा नहीं बचा था, इसलिए वह चुपचाप अपने घर की ओर चल दिया। अभी वह घर से कुछ क़दमों की दूरी पर ही था कि दो पुलिस वाले टकरा गये, उन्होंने उससे पूछताछ शुरू कर दी-

''कहाँ घूम रहा है?''

''सुबह की सैर करने निकला था।''

"तुझे पता नहीं है कि अभी लॉकडाउन चल रहा है, बाहर निकलना मना है।"

"जी सर, पता है लेकिन बहुत दिनों से घर से बाहर नहीं निकला था, इसलिए बाहर की हवा खाने निकला था।"

"चुपचाप अपने घर चला जा, वर्ना ये डंडा देख रहा है न, अगर इससे तेरी मरम्मत की तो लॉकडाउन ख़त्म होने के बाद भी बाहर नहीं निकल पायेगा।"

"जी सर, ग़लती हो गयी।"

किसी तरह महेश ने अपने आपको पुलिस वालों और उनके डंडे से बचा लिया, लेकिन घर जाते हुए उसके पाँव काँप रहे थे। उसके अंदर पुलिस वालों से भी ज़्यादा डर अपनी पत्नी का था, उसका सामना करने की हिम्मत महेश में नहीं थी, लेकिन फिर भी उसे घर तो जाना ही था। वह जब तक घर पहुँचा, तब तक पत्नी और बेटा जग चुके थे। कमला ने महेश को कच्चा चबा जाने वाली नज़रों से देखा और चिल्लाई, "क्या हुआ, ख़ाली हाथ क्यों लौट आये?"

महेश कुछ नहीं बोला और चुपचाप ज़मीन पर बैठ गया। इसी बीच उसका बेटा उसके पास आ गया और उसने मासूमियत से पूछा, "पापा मेरी चॉकलेट लाये हो?"

बेटे का प्रश्न सुनकर महेश के चेहरे पर मुस्कुराहट आ गयी, उसने अपनी जेब में हाथ डाला और चॉकलेट निकालकर बेटे को पकड़ा दिये। इससे वह काफ़ी ख़ुश हो गया, बच्चे के चेहरे पर मुस्कुराहट देखकर कमला का गुस्सा भी कुछ शांत हो गया। उसने महेश को पानी का गिलास पकड़ाते हुए कहा, "चलो हाथ-मुँह धो लो, मैं तुम्हारे लिए नाश्ता बनाती हूँ।"

4
आख़िरी मौक़ा

सुनीता और राजेश की शादी टूटने की कगार पर थी, दोनों ने न्यायालय में तलाक़ के लिए आवेदन दिया था और चाहते थे कि जल्द से जल्द तलाक़ मिल जाये। मामला इस समय कुटुम्ब न्यायालय में चल रहा था, पति-पत्नी की काउंसलिंग की जा रही थी ताकि शायद दोनों अपना फ़ैसला बदल लें; न्यायालय ने उन्हें पंद्रह दिनों तक एक साथ रहने का निर्देश दिया था। इधर इसी बीच कोरोना महामारी भी फैल गयी, इसलिए दोनों के पास और कहीं जाने का रास्ता ही नहीं बचा।

एक समय ऐसा भी था जब सुनीता व राजेश एक-दूसरे पर जान छिड़कते थे। दोनों कॉलेज में साथ ही पढ़ते थे, पढ़ाई के दौरान ही उन्हें एक-दूसरे से प्रेम हुआ था। दोनों की जातियाँ अलग-अलग थीं, सो विवाह भी आसान न था। सुनीता के घर वाले तो इस विवाह के लिए बिल्कुल भी तैयार नहीं थे, लेकिन वह अपनी ज़िद पर अड़ी रही। उसने अपने घर वालों से साफ़-साफ़ कह दिया था कि वह राजेश के अलावा किसी और से शादी नहीं करेगी। वह पूरे दो साल तक अपने माता-पिता को मनाती रही, तब जाकर उनका दिल पिघला। विवाह के एक साल तक दोनों लोग एक-दूसरे के साथ काफ़ी ख़ुश रहे, लेकिन सुनीता की बैंक में नौकरी लग जाने के बाद उनके जीवन में बदलाव आना शुरू हो गये। राजेश तो पहले से ही अपने बिजनेस में व्यस्त था, अब सुनीता भी व्यस्त हो गयी, इससे दोनों को एक साथ समय बिताने का मौक़ा कम मिलने लगा। धीरे-धीरे दोनों के बीच छोटी-छोटी बातों को लेकर झगड़े शुरू हो गये।

सुनीता की शिकायत थी कि उसे नौकरी और घर दोनों का काम करना पड़ता था, जिसमें राजेश बिल्कुल हाथ नहीं बँटाता था। दूसरी तरफ़ राजेश का सोचना था कि नौकरी लगने के बाद सुनीता ही बदल गयी है, घर का काम तो वह पहले भी नहीं करता था, लेकिन पहले उसे इसे लेकर कोई शिकायत नहीं थी। एक दिन दोनों के बीच झगड़ा इतना बढ़ गया कि राजेश ने सुनीता पर हाथ उठा दिया, यहीं से दोनों के रिश्ते में दरार पड़ना शुरू हो गयी और नौबत तलाक़

तक पहुँच गयी। दोनों के दिल में अब एक-दूसरे के लिए प्रेम की जगह नफ़रत थी। वो एक दिन भी साथ नहीं रहना चाहते थे, लेकिन न्यायालय के आदेश को मानना उनकी मजबूरी थी।

आज दोनों को साथ रहते हुए दूसरा दिन चल रहा था। सुनीता सोफे पर बैठी टी.वी. पर कोई नाटक देख रही थी, जबकि राजेश अपने मोबाइल पर फ़ेसबुक में व्यस्त था। उसके लिए घर पर समय काटना काफ़ी मुश्किल हो रहा था, सुनीता झगड़े के बाद अपने माँ-बाप के पास ही रह रही थी। उसके जाने के बाद राजेश अक्सर देर रात ही घर आया करता था, उसका ज़्यादातर समय काम और दोस्तों के बीच बीतता था। उसे धीरे-धीरे अकेले रहने की आदत पड़ने लग गयी थी, वह नहीं चाहता था कि फिर से उसके जीवन में किसी तरह की अशांति आये।

टी.वी. देखते-देखते सुनीता अचानक उठी और किचन में चली गयी। दोपहर का समय था, लंच का वक़्त भी हो चला था इसलिए वह अपने लिए खाना पकाने लगी। खाना बनने के बाद वह वापस टी.वी. देखने लगी, उधर राजेश को भी तेज़ भूख लगी थी, सुनीता को खाना खाते देख उसकी भूख और बढ़ गयी थी। उसने मन ही मन सोचा कि कितनी बेकार औरत है, अपने पति को भूखा रखकर बड़े आराम से खाना खा रही है। उसके लिए सबसे बड़ी मुश्किल यह थी कि उसे खाना बनाना नहीं आता था, फिर भी जब भूख असहनीय होने लगी तो वह किचन में जाकर खाना बनाने की कोशिश करने लगा। उसने सोचा कि रोटी बनाना आसान होगा इसलिए एक थाली में आटा गूँथने लगा, लेकिन पानी ज़्यादा डालने की वजह से आटा गीला हो गया। उसे जब कुछ समझ नहीं आया तो वह चावल पकाने की कोशिश करने लगा, उसने कुकर में पानी डाला और फिर उसमें कुछ मुट्ठी चावल डाल दिये। गैस पर चावल चढ़ाने के बाद वह फिर ड्रॉइंग रूम में आकर बैठ गया और अपने मोबाइल में व्यस्त हो गया। इस बीच उसे यह ध्यान नहीं रहा कि उसने गैस पर चावल चढ़ा रखा है, उसने कुकर की सीटियों पर भी ध्यान नहीं दिया। जबकि सुनीता ने जान-बूझकर कुकर की सीटियों की आवाज़ को नज़रअंदाज़ कर दिया, इसकी वजह से चावल जल गये और पूरे किचन में धुआँ ही धुआँ भर गया। जब धुआँ कमरे में आने लगा तो दोनों किचन की ओर दौड़े, राजेश ने फ़टाफ़ट गैस बंद की और कुकर को चूल्हे से नीचे उतार लिया। चावल जलकर खाक हो चुके थे, यह देखकर राजेश को बहुत

अफ़सोस हुआ। पति की इस बेवक़ूफ़ी को देखकर सुनीता को हँसी आ रही थी और ग़ुस्सा भी। उसने राजेश को घूरकर देखा और बड़बड़ाई, "तुम्हें तो घर का कोई भी काम नहीं आता है, चावल तक नहीं पका सकते हो। चलो खाना मैं बना देती हूँ, तुम जाकर कुकर साफ़ करो।"

"ठीक है!" राजेश गुर्राया। "ज़्यादा भाषण मत दो, जब तक तुम यहाँ हो तब तक तुम ही खाना पकाओ, मैं बर्तन माँज दिया करूँगा।"

इसके बाद सुनीता खाना बनाने लगी और राजेश कुकर साफ़ करने लगा। कुकर पूरी तरह से जल चुका था इसलिए उसे साफ़ करना इतना आसान नहीं था। जब वह पूरी ताक़त के साथ कुकर को रगड़-रगड़कर साफ़ करने लगा तो सुनीता चिल्लाई, "कम से कम बर्तन तो ठीक ढंग से साफ़ कर लो, कितनी आवाज़ कर रहे हो।"

"तुम अपना काम करो।" राजेश भी ज़ोर से चीख़ा। "मुझे बार-बार समझाइश देने की कोशिश मत करो। अपने लिए कोई ऐसा आदमी ढूँढ़ लेना, जिसे सारे काम आते हों।"

"वो तो मैं ढूँढ़ ही लूँगी।" सुनीता ने अकड़ते हुए कहा, "बस जल्दी से तुमसे तलाक़ मिल जाये।"

राजेश को आश्चर्य हो रहा था कि सुनीता के व्यवहार में कितना बदलाव आ गया था। एक समय था, जब वह उसे कोई काम नहीं करने देती थी, वह जो भी कहता था उसे बिना ना-नुकुर के मान लेती थी। वह जब घर पर रहता था तो सुनीता से तरह-तरह की डिश बनवाता था और वह बड़ी ख़ुशी से बनाती भी थी, आज सिर्फ़ खाना बनाने के लिए वह इतने नखरे कर रही थी। अचानक उसका सारा प्यार कहाँ चला गया था, यह सब सोचकर उसका मन खिन्न हो गया। उसके मन में ख़याल आया कि उसका सुनीता से तलाक़ लेने का फ़ैसला पूरी तरह सही ही है। चावल पकने के बाद सुनीता ने एक थाली में खाना परोसकर टेबल पर रख दिया और फ़्रिज से पानी निकालने चली गयी। पत्नी के खाना परोसकर देने से राजेश का ग़ुस्सा कुछ शांत हो गया। कई दिन हो गये थे, जबसे उसने डाइनिंग टेबल पर बैठकर ठीक ढंग से खाना नहीं खाया था, सुनीता के जाने के बाद वह होटल में ही खाना खा रहा था।

पति को खाना परोसने के बाद सुनीता फिर टी.वी. पर नाटक देखने लगी।

नाटक के एक दृश्य में एक लड़का घुटनों के बल बैठकर लड़की से अपने प्रेम का इज़हार कर रहा था, यह देखकर सुनीता अपने पुराने दिनों की यादों में खो गयी। उसकी आँखों के सामने कॉलेज के दिन घूमने लगे, वह याद करने लगी कि किस तरह उसकी और राजेश की प्रेम कहानी शुरू हुई थी; दोनों एक साथ ही पढ़ते थे। उस समय राजेश की गिनती कॉलेज के मारपीट करने वाले लड़कों में होती थी, जबकि सुनीता शांत स्वभाव की लड़की थी। राजेश फ़र्स्ट ईयर से ही सुनीता के इर्द-गिर्द घूमा करता था, उससे किसी न किसी बहाने से बात करने की कोशिश करता था, लेकिन वह उसे भाव नहीं देती थी। राजेश के लिए उसके मन में पहले अच्छे ख़याल नहीं थे, लेकिन फ़र्स्ट ईयर का रिज़ल्ट आने के बाद उसकी राय कुछ बदल गयी थी। राजेश ने क्लास में टॉप किया था, सुनीता आश्चर्यचकित थी कि राजेश का रिज़ल्ट इतना अच्छा कैसे आया। उसने अपने कुछ क्लासमेट से उसके बारे में पूछताछ की, उनका कहना था कि राजेश बाहर से जितना अल्हड़ दिखता है, अंदर से उतना ही संजीदा है। धीरे-धीरे वह राजेश से बात करने लगी, कुछ समय बाद वह उसे पसंद भी करने लगी, लेकिन दोनों में से किसी ने अपने प्यार का इज़हार नहीं किया था। एक दिन जब सुनीता लाइब्रेरी में बैठकर पढ़ाई कर रही थी तो राजेश उसके पास आकर बैठ गया और धीमी आवाज़ में बोला था, "मुझे तुमसे कुछ बात करनी है।"

"हाँ! बोलो।" सुनीता ने उसकी ओर देखते हुए पूछा था।

"यहाँ नहीं कह सकता, चलो किसी रेस्टोरेंट में चलकर बैठते हैं।" राजेश ने मुस्कुराते हुए कहा। "मैं बाहर तुम्हारा इंतज़ार कर रहा हूँ।"

इसके बाद राजेश लाइब्रेरी से बाहर चला गया, कुछ समय बाद सुनीता भी बाहर आ गयी। उसने देखा कि राजेश मोटरसाइकिल पर उसका इंतज़ार कर रहा था, उसने सुनीता को पीछे बैठने का इशारा किया। यह पहला मौक़ा था, जब सुनीता उसके साथ मोटरसाइकिल पर बैठी थी इसलिए उसका दिल तेज़ी से धड़क रहा था। वह मोटरसाइकिल की पिछली सीट पर राजेश से कुछ दूरी बनाकर बैठी थी, लेकिन जैसे ही वह ब्रेक लगाता उसकी देह राजेश की देह से छू जाती, इससे उसका दिल और तेज़ गति से धड़कने लगता। रेस्टोरेंट में दोनों एक कोने की टेबल पर आमने-सामने बैठे।

राजेश ने सुनीता की आँखों में झाँकते हुए कहा, "आज मुझे तुमसे बहुत ज़रूरी बात करनी है।"

“क्या?” सुनीता ने मंद-मंद मुस्कुराते हुए पूछा।

“मैं तुमसे प्यार करता हूँ।” राजेश ने अपना हाथ उसके हाथ पर रख दिया। “मैं तुमसे शादी करना चाहता हूँ। क्या तुम मुझसे प्यार करती हो?”

यह सुनकर सुनीता के गालों की रंगत बदल गयी, वो गुलाबी हो गये। उसकी आँखों में अचानक शर्म दिखाई देने लगी, वह कुछ देर नज़रें नीची किये हुए ख़ामोश बैठी रही, फिर धीमे से बोली, “मैं भी तुम्हें पसंद करती हूँ, लेकिन मुझे सोचने के लिए कुछ समय चाहिए।”

“ठीक है।” राजेश बोला। “तुम जितना समय चाहो, ले सकती हो। मैं तुम्हारे जवाब का इंतज़ार करूँगा।”

सुनीता ने राजेश के प्रेम प्रस्ताव का जवाब कॉलेज के आख़िरी साल में दिया था और उसके दो साल बाद दोनों ने शादी कर ली थी। पुराने दिनों को याद करके सुनीता के होठों पर मुस्कराहट आ गयी थी और गाल फिर सुर्ख़ हो गये थे। उसने सोचा कि वो कितने ख़ूबसूरत दिन थे, किसी सपने की तरह। साथ ही ख़ुद से सवाल भी किया कि उनका रिश्ता टूटने के पीछे कौन ज़िम्मेदार है, वह या राजेश? लेकिन उसे सही जवाब नहीं मिला। अब शायद यह सब सोचने का कोई फ़ायदा भी नहीं था, क्योंकि दोनों चाहकर भी अपने जज़्बातों को पहले जैसा नहीं बना सकते थे।

खाना खाते हुए राजेश भी पुरानी यादों में खोया हुआ था। वह उस दिन को याद कर रहा था, जिस दिन सुनीता ने उसके प्रेम प्रस्ताव का जवाब दिया था। गर्मियों की शाम थी, राजेश अपने दोस्तों के साथ खड़े होकर एक चौराहे पर सिगरेट पी रहा था, तभी अचानक उसका मोबाइल बजा- स्क्रीन पर सुनीता का नाम देखकर वह ख़ुशी से उछल पड़ा। कॉलेज ख़त्म होने के बाद दोनों के बीच कोई बातचीत नहीं हुई थी, इसके बावजूद राजेश को एक उम्मीद थी कि सुनीता एक दिन उसे फ़ोन ज़रूर करेगी। उसने अपनी भावनाओं को नियंत्रित करते हुए सुनीता का फ़ोन उठाया और बोला- “हाय, कैसी हो?”

“मैं ठीक हूँ। बहुत दिन हो गये थे, हम लोगों की कोई बात नहीं हुई थी...” दूसरी ओर से सुनीता की आवाज़ आयी।

“हाँ, मैं भी यही सोच रहा था और तुम्हें याद भी कर रहा था।” राजेश ने सधी हुई आवाज़ में कहा। उसने जान-बूझकर पूछा। “आज अचानक मेरी

याद कैसे आ गयी?"

"तुम्हें याद है न कि तुमने मुझसे कुछ पूछा था?" सुनीता दबी आवाज़ में बोली। "मैंने सोचा अब मुझे तुम्हारे प्रश्न का जवाब दे देना चाहिए।"

"सॉरी, मुझे कुछ ध्यान नहीं आ रहा है!" राजेश ने कुछ याद न आने का नाटक किया।

"तुम भूल गये कि तुमने मुझे रेस्टोरेंट में प्रपोज़ किया था।" सुनीता ने नाराज़ होते हुए पूछा।

"ओह सॉरी...मुझे याद आ गया।" राजेश ने अपनी हँसी रोकते हुए कहा। "तो क्या जवाब है तुम्हारा?"

"पहले यह बताओ कि तुम मुझसे सच्चा प्यार तो करते हो न?" सुनीता ने सवाल किया।

"हाँ! मैं तुमसे बहुत प्यार करता हूँ, यदि तुम्हें यक़ीन नहीं है तो मेरा दिल चीरकर देख सकती हो।" राजेश हँसते हुए बोला, लेकिन सुनीता कुछ नहीं बोली। राजेश ने उससे पूछा, "क्या हुआ, ख़ामोश क्यों हो गयीं?"

"मैं भी तुमसे प्यार करती हूँ।" वह खिलखिलाते हुए बोली। "आई लव यू राजेश।"

यह सुनकर राजेश की तो साँस ही थम गयी। वह सुनीता को उसी पल देखना चाहता था, इसलिए बिना देर किये मोटरसाइकिल से उसके घर पहुँच गया। उसने उसे फ़ोन करके बाहर आने को कहा, सुनीता जब बाहर आयी तो वह उसे कुछ सेकंड तक बिना पलक झपकाये देखते रहा।

सुनीता की तेज़ आवाज़ ने राजेश की तंद्रा तोड़ी और वह फिर वर्तमान में लौट आया- "कब से तुम्हारा फ़ोन बज रहा है, आवाज़ सुनाई नहीं दे रही है क्या? अपना फ़ोन तक नहीं उठा सकते हो क्या?" वह झल्लाते हुए बोली।

राजेश ने ग़ुस्से भरी नज़रों से अपनी पत्नी की ओर देखा और बोला- "तुम कितनी बदल गयी हो। एक वह सुनीता थी, जिसकी आवाज़ में कोयल जैसी मिठास थी और एक यह सुनीता है, जिसकी आवाज़ कौवे से भी कर्कश है।"

"तो तुम भी तो पहले वाले राजेश नहीं रहे।" सुनीता ने चिढ़ते हुए कहा। "कहते थे कि मुझे कभी कोई परेशानी नहीं होने दोगे, मेरे लिए अपनी जान तक

दे दोगे। अब कहाँ ग़ायब हो गया वह प्यार?"

"शायद मुझे तुम्हें पहचानने में ही ग़लती हो गयी थी।" राजेश ने जवाब दिया। "इसीलिए अब मैं अपनी ग़लती सुधारने जा रहा हूँ।"

"सिर्फ़ तुमसे ही नहीं, मुझसे भी बड़ी ग़लती हो गयी थी।" सुनीता ने गहरी साँस लेते हुए कहा। "मुझे क्या पता था कि माँ-बाप से लड़-झगड़कर शादी करने का यह अंजाम होगा।"

इस बातचीत के बाद सुनीता रोने लगी, जबकि राजेश फ़ोन पर अपने दोस्त से बातचीत करने में व्यस्त हो गया। बात करते-करते वह दूसरे कमरे में चला गया और कुछ देर बाद लौटा, सुनीता अब भी रो रही थी। उसे रोते देखकर राजेश को अच्छा नहीं लग रहा था इसलिए उसने उसे चुप होने के लिए कहा, लेकिन सुनीता के आँसू नहीं रुके। इससे उसे ग़ुस्सा आ गया, वह कुछ ऊँची आवाज़ में बोला, "रोने की कोई ज़रूरत नहीं है। बस कुछ दिनों की बात है, तलाक़ के बाद तुम भी आराम से रहना और मैं भी; हम दोनों एक-दूसरे के लिए बने ही नहीं थे।"

रात को सुनीता जब बिस्तर पर लेटी तो नींद उसकी आँखों से दूर थी, वह बार-बार करवट बदलती रही लेकिन उसे नींद नहीं आयी। उसके अंदर एक अजीब-सी बेचैनी और पछतावे की भावना थी, उसे बार-बार यही लग रहा था कि उसे राजेश के साथ इतना रूखा व्यवहार नहीं करना चाहिए था। जब तक वह उससे दूर थी, उसके मन में राजेश के लिए सिर्फ़ नफ़रत ही नफ़रत ही थी, लेकिन अब न जाने क्यों उसके अंदर अपने पति के लिए उतनी नफ़रत नहीं बची थी। राजेश को सामने देखकर उसका मन कुछ बदलने-सा लगा था, लेकिन वह अपने आपको कमज़ोर साबित नहीं करना चाहती थी। उसे इस बात का अंदाज़ा भी तो नहीं था कि राजेश में कोई बदलाव आया है या नहीं, यदि उसने भावनात्मक होकर अभी अपना निर्णय बदल लिया तो इसकी क्या गारंटी थी कि भविष्य में फिर ऐसी स्थितियाँ नहीं आयेंगी; उसके मन में एक अजीब-सी उथल-पुथल मची थी।

अक्सर सुनीता जब परेशान होती थी तो अपनी माँ से सलाह लेती थी, माँ का अनुभव और सीख हमेशा उसे सही रास्ता दिखाते थे। जब उसने प्रेम विवाह का निर्णय लिया था तो माँ भी उसके ख़िलाफ़ थीं, लेकिन सबसे पहले

स्वीकृति भी उन्होंने ही दी थी। पिता को मनाने का काम भी उन्होंने ही किया था, उन्होंने यह समझाइश भी दी थी कि ज़िन्दगी में फ़ैसले लेना आसान है लेकिन उन्हें निभा पाना बहुत मुश्किल होता है, इसलिए इंसान को दिल और दिमाग़ का तालमेल बैठाते हुए ही कोई निर्णय लेना चाहिए। राजेश के साथ जब उसके रिश्ते बिगड़ने लगे थे, तब भी माँ ने उसे समझाया था कि उसे कुछ समय काम छोड़कर अपने रिश्ते पर ध्यान देना चाहिए, क्योंकि जीवन में रिश्तों से ज़्यादा मूल्यवान कुछ नहीं होता है। यदि एक बार वो टूट जायें तो फिर उन्हें जोड़ना मुश्किल होता है। तलाक़ का फ़ैसला भी माँ को ठीक नहीं लगा था, लेकिन उन्होंने बेटी की ज़िद को देखते हुए इसके लिए स्वीकृति दे दी थी।

सुनीता ख़ुद भी राजेश से तलाक़ लेने को लेकर किसी संशय में नहीं थी। उसने बहुत सोच-समझकर ही ये निर्णय लिया था, फिर भी न जाने क्यों अब उसका मन डोल रहा था। वह देर रात तक ख़ुद से सवाल-जवाब करती रही और अपनी माँ की कही बातों को भी याद करती रही, सुबह उसकी नींद देर से खुली। जब वह अपने कमरे से बाहर निकली तो देखा कि राजेश किचन में चाय बना रहा था। उसे चाय बनाते देखकर सुनीता को काफ़ी आश्चर्य हुआ, मन में थोड़ी ख़ुशी हुई लेकिन कुछ ही पलों में वह ख़ुशी यह सोचकर ग़ायब हो गयी कि राजेश शायद सिर्फ़ अपने लिए चाय बना रहा होगा, यह सोचते-सोचते वह बाथरूम की तरफ़ चली गयी। हाथ-मुँह धोने के बाद जब वह ड्रॉइंगरूम रूम में आयी तो राजेश ने उसकी ओर कप बढ़ाते हुए कहा, "लो चाय पी लो। मैं अपने लिए चाय बना रहा था, सोचा तुम्हारे लिए भी बना लूँ।"

सुनीता ने राजेश के हाथ से चाय का कप ले लिया और धीमी आवाज़ में बोली, "शुक्रिया।"

चाय पीने के बाद सुनीता ने अपनी माँ को फ़ोन लगाया और उसने अपने मन में मच रही उथल-पुथल को उनसे साझा किया। उसकी बात सुनने के बाद माँ ने सुनीता को सलाह दी कि वह ख़ुद अपने दिल से पूछे कि वह राजेश के साथ रहना चाहती है या नहीं। माँ की बात सुनकर सुनीता फिर कन्फ़्यूज हो गयी- जब वह राजेश से अलग रह रही थी तो उसका दिल कुछ और कह रहा था, लेकिन अब उसके साथ रहने पर दिल कुछ और कह रहा था। वह अपने पति को लेकर थोड़ा नर्म हो रही थी, लेकिन राजेश ने अपनी बातों से दोबारा उसका ग़ुस्सा भड़का दिया।

"आज नाश्ते में छोले-भटूरे बनाकर तुम मेरी चाय का अहसान चुकता कर सकती हो।" उसने मुस्कुराते हुए कहा।

सुनीता को फिर लगने लगा कि उसका तलाक़ लेने का फ़ैसला सही है।

"तुम्हें एक बीवी नहीं, नौकरानी चाहिए थी।" वह राजेश को घूरते हुए बोली। "मुझसे तलाक़ लेने के बाद किसी नौकरानी से ही शादी कर लेना।"

यह कहते हुए सुनीता सोफे से उठी और गुस्से में पैर पटकते हुए नहाने के लिए बाथरूम चली गयी। कुछ मिनट बाद उसके चीख़ने की आवाज़ आयी, चीख़ सुनकर राजेश बाथरूम की तरफ़ भागा- वहाँ पहुँचकर उसने देखा कि सुनीता फ़र्श पर अपने पैरों को पड़कर बैठी थी और दर्द से कराह रही थी, वह फिसल गयी थी। दरअस्ल उसके घर से जाने के बाद राजेश ने बाथरूम की सफ़ाई नहीं की थी, जिसकी वजह से टाइल्स चिकनी हो गयी थीं, जल्दबाज़ी में सुनीता ने इस पर ध्यान नहीं दिया था।

"अब सिर्फ़ मुझे देखते ही रहोगे या उठाओगे भी!" सुनीता कराहते हुए बोली। राजेश ने उसे खड़ा करने की कोशिश की, लेकिन दर्द के कारण सुनीता खड़ी नहीं हो पायी। आख़िरकार राजेश ने उसे अपने हाथों में उठा लिया और बिस्तर पर जाकर लिटा दिया। इसके बाद वह अलमारी से आयोडेक्स निकालकर लाया और सुनीता के पैरों में लगाने लगा। पति को अपनी सेवा करते देख उसका आधा दर्द दूर हो गया, वह कुछ देर तक अपलक राजेश के चेहरे को देखती रही और फिर बोली, "क्या तुम तलाक़ का फ़ैसला बदल नहीं सकते हो?"

उसकी बात सुनकर राजेश मुस्कुराया और बोला, "मैंने तो अपना फ़ैसला कब का बदल लिया है, तभी तो तुम्हें आज नाश्ते में छोले-भटूरे बनाने के लिए कहा था।"

यह सुनकर सुनीता का रहा-सहा दर्द भी ग़ायब हो गया, वह हँस पड़ी।

5
बड़ा दान

अजीत सिंह की गिनती शहर के बड़े लोगों में होती थी या यूँ कहें कि दबंग व्यक्तियों में होती थी। उनकी नेताओं और मंत्रियों से अच्छी जान-पहचान थी, जिनमें से कुछ का उनके घर भी आना-जाना था, इसकी वजह से लोग उन्हें भी 'नेताजी' कहकर पुकारते थे। उनके घर पर हमेशा भीड़भाड़ बनी रहती थी, मंत्रियों से जान-पहचान होने के कारण कई लोग अपने उल्टे-सीधे काम करवाने के लिए अजीत सिंह के पास आते थे। इनमें से कुछ के काम हो जाते थे तो कुछ के नहीं भी होते थे; काम होना या न होना नोटों की गड्डी की मोटाई पर निर्भर करता था। कुछ समय से अजीत सिंह के मन में चुनाव लड़ने की इच्छा कुलबुला रही थी, वह लाल बत्ती की गाड़ी में घूमने के सपने देख रहे थे। उन्होंने मन ही मन यह ठान भी लिया था कि अगले चुनाव में विधायक के लिए खड़े होंगे।

आज भी अजीत सिंह अपने चाहने वालों के साथ घर के बाहर बैठकर बातचीत कर रहे थे। उन्होंने सोचा कि एक बार लोगों से भी राय ले ली जाये कि यदि वो चुनाव में खड़े हुए तो जीतेंगे या नहीं?

"रामलखन तुम क्या सोचते हो कि यदि मैं विधायक का चुनाव लड़ूँगा तो जीतूँगा या हारूँगा?" उन्होंने अपनी मूछों पर ताव देते हुए पूछा।

अजीत सिंह की उम्र पचास से ऊपर निकल चुकी थी, लेकिन वह चालीस से ज़्यादा के नहीं लगते थे। शरीर से हट्टे-कट्टे थे और चेहरे पर अभी भी रौनक़ बरक़रार थी।

"क्यों नहीं जीतेंगे।" रामलखन तपाक से बोला। "इस क्षेत्र में ऐसा कौन है, जो आपको हरा पायेगा? हम तो कब से चाह रहे थे कि आप चुनाव लड़ें।"

"नहीं! नहीं! तुम सच नहीं बोल रहे हो।" अजीत सिंह ने रामलखन की ओर देखते हुए कहा। "हमारे शहर में ही कितने नेता हैं और उनकी जनता पर पकड़ भी अच्छी है।"

रामलखन एक स्थानीय पार्टी का छोटा-मोटा कार्यकर्ता था, लेकिन उसका हर जगह उठना-बैठना था। वह भी ख़ुद को किसी बड़े नेता से कम नहीं समझता

था इसलिए अक्सर दूसरे लोगों को कम आँकता था।

"दादा, आप कैसी बात कर रहे हैं?" वह मुस्कुराते हुए बोला। "आप जिन नेताओं की बात कर रहे हैं, उन्हें तो कुछ दिनों पहले तक कोई जानता तक नहीं था, उनसे ज़्यादा लोकप्रिय तो आप हैं। यदि आप चुनाव में खड़े हुए तो सबकी ज़मानत ज़ब्त हो जायेगी।"

रामलखन की बात सुनकर अजीत सिंह चिंतन की मुद्रा में आ गये।

"रघुवीर तुम क्या कहते हो, क्या रामलखन की बात सच है?" अजीत सिंह ने एक उम्रदराज़ व्यक्ति की ओर देखते हुए पूछा।

रघुवीर की उम्र साठ साल से अधिक थी। वह एक-दो बार पार्षद का चुनाव भी लड़ चुका था, लेकिन हार गया था इसलिए अब उसने राजनीति से पूरी तरह से संन्यास ले लिया था। वह कुछ देर तक अजीत सिंह को घूरता रहा और फिर गहरी साँस लेते हुए बोला, "रामलखन तो अभी बच्चा है, उसे राजनीति की सही समझ नहीं है। राजनीति बहुत टेढ़ी खीर है, चुनाव जीतने के लिए पहले जनता का दिल जीतना पड़ता है। इसलिए पहले लोगों के दिल में जगह बनाओ, वैसे भी अगले चुनाव में अभी काफ़ी समय बाक़ी है।"

रामलखन को रघुवीर की बात अच्छी नहीं लगी, इसलिए वह नाराज़ होते हुए बोला, "तुम ख़ुद पार्षद का चुनाव भी नहीं जीत पाये और मेरे बारे में उल्टी-सीधी बात कर रहे हो।"

जब दोनों लोग बहस करने लगे तो अजीत सिंह ने बीच-बचाव किया। अजीत सिंह वैसे तो करोड़पति थे, लेकिन कंजूसी के मामले में उनका कोई जवाब नहीं था। बिना किसी ठोस कारण के उनकी जेब से एक रुपया भी नहीं निकलता था। जो लोग उनसे मिलने आते थे, उनमें से ही किसी एक को चाय का ख़र्च उठाना पड़ता था।

"चलो बातें तो बहुत हो गयीं, अब मुझे चाय की तलब लग रही है।" यह कहते हुए उन्होंने अपने नौकर अनिल को आवाज़ दी। वह कुछ ही पलों में भागता हुआ उनके सामने आकर खड़ा हो गया, "जी, सर!"

"कहाँ मस्ती करता रहता है?" अजीत सिंह ने उसे डाँटते हुए कहा। "सब लोग यहाँ कितनी देर से चाय का इंतज़ार कर रहे हैं।"

अजीत सिंह ने अनिल को आँखों से कुछ इशारा भी किया, जिसे वह

भली-भाँति समझ गया। इसके बाद अनिल कुर्सी पर बैठे लोगों की ओर देखते हुए बोला- "आज चाय किसकी तरफ़ से रहेगी?"

कोई कुछ सोच पाता, इससे पहले ही रामलखन बोल पड़ा, "आज की चाय रघुवीर चाचा की तरफ़ से रहेगी, उनसे फ़टाफ़ट पैसे ले लो।"

रामलखन के होठों पर एक शरारती मुस्कराहट थी जबकि रघुवीर के चेहरे का रंग उड़ गया था। उसने बेमन से अपनी जेब से एक सौ रुपये का नोट निकालकर अनिल को पकड़ाया और बोला- "बिस्कुट का पैकेट भी ले आना।"

कुछ देर बाद अनिल सबके लिए चाय और बिस्कुट ले आया। अजीत सिंह ने कुछ और लोगों से भी अपने चुनाव लड़ने के बारे में रायशुमारी की। ज़्यादातर लोगों का कहना था कि वह आसानी से चुनाव जीत जायेंगे, लेकिन अजीत सिंह के कानों में रघुवीर के शब्द गूँज रहे थे, उन्हें भी लगने लगा कि चुनाव जीतने के लिए जनता का दिल जीतना बहुत ज़रूरी है। उनका एक छोटा भाई था, जिसका नाम जवाहर था। वह पढ़ा-लिखा था और एक कंपनी में मैनेजर था, रात को खाना खाते समय उन्होंने जवाहर से भी चुनाव लड़ने के बारे में सलाह ली। उसकी राय भी रघुवीर से कुछ मिलती-जुलती थी। वह बोला- "भैया, चुनाव जीतना आसान काम नहीं है।"

"वह तो मुझे भी पता है।" अजीत सिंह ने अपने भाई की ओर देखते हुए कहा। "लेकिन तू ये बता कि इसके लिए मुझे क्या करना होगा?"

"आपको लोगों के बीच जाना होगा। उनके मन में अपने लिए प्यार और विश्वास पैदा करना होगा।" जवाहर ने किसी विशेषज्ञ की तरह जवाब दिया। "यदि आपने लोगों का दिल जीत लिया तो फिर आपको चुनाव जीतने से कोई नहीं रोक सकता है।"

"मगर मैं लोगों का दिल कैसे जीतूँ?" अजीत सिंह ने अधीरता से पूछा।

"आप लोगों के बीच जाइए और उनसे उनकी समस्याएँ जानिए।" जवाहर बोला। "इससे कुछ सालों में ही आप जनता के बीच लोकप्रिय हो जायेंगे।"

होली क़रीब थी, इसलिए जवाहर ने उन्हें एक आइडिया दिया कि वह एक होली मिलन समारोह का आयोजन करें। इसमें क्षेत्र के लोगों को बुलायें, उन्हें खाना-पीना खिलायें, जिससे लोग उनके क़रीब आयेंगे। अजीत सिंह को जवाहर का यह आइडिया अच्छा लगा, लेकिन उनकी चिंता इस समारोह पर

ख़र्च होने वाले पैसे को लेकर थी, वह अपनी जेब से तो पैसा नहीं ख़र्च कर सकते थे। रात को सोते समय अजीत सिंह देर रात तक इसके बारे में सोचते रहे। उन्हें याद आया कि एक सरकारी कर्मचारी कई महीनों से अपना ट्रांसफ़र करवाने के लिए चक्कर काट रहा था, यदि उसका काम करवा दिया जाये तो ख़ुद-ब-ख़ुद रुपयों का बंदोबस्त हो जायेगा; यह विचार आते ही उनकी आँखों में चमक आ गयी। अगली सुबह उन्होंने उस सरकारी कर्मचारी को ख़ुद फ़ोन किया और घर आने के लिए कहा-

"तुम बहुत दिनों से अपना ट्रांसफ़र करवाने के लिए परेशान हो रहे हो।" अजीत सिंह ने विनय की ओर देखते हुए कहा। "तुम्हारे बीवी-बच्चे दूसरे शहर में रहते हैं और तुम यहाँ पड़े हो। मैं कल पूरी रात तुम्हारी परेशानी के बारे में ही सोचता रहा, इसकी वजह से मुझे ठीक से नींद भी नहीं आयी।"

"ये तो आपकी दरियादिली है, जो आपने मेरे बारे में इतना सोचा।" विनय ने नम्रतापूर्वक कहा। "अगर आपने मेरा ट्रांसफ़र करवा दिया तो आपका ये अहसान मैं कभी नहीं भूलूँगा।"

"सोच तो मैं यही रहा हूँ।" अजीत सिंह माथे पर सिलवटें लाते हुए बोले। "मगर ये इतना आसान काम तो नहीं है।"

"क्यों?"

"तुम जानते हो, आजकल हर चीज़ का भाव कितना बढ़ गया है, ऊपर से ट्रांसफ़र करवाने वालों की भी लम्बी लाइन है।"

"कितना ख़र्च आयेगा?" विनय ने डरते-डरते पूछा।

अजीत सिंह ने उसे जो रक़म बतायी, उसे सुनकर उसके होश उड़ गये। वह हाथ जोड़ते हुए बोला, "इतनी बड़ी रक़म का इंतिज़ाम मैं कैसे करूँगा। मैं तो एक छोटा-सा कर्मचारी हूँ,ये तो मेरे लिए बहुत ज़्यादा होगा।"

यह सुनकर अजीत सिंह ने गहरी साँस लेते हुए कहा, "ये कहकर तो तुमने मुझे मुश्किल में डाल दिया है, फिर भी तुम्हारे लिए कुछ तो करना ही होगा। अगर तुम्हें मंज़ूर हो तो एक सस्ता उपाय है तुम्हारे लिए!"

"जी बताइये?" विनय ने पूछा।

"मैं एक होली मिलन समारोह का आयोजन करने जा रहा हूँ, तुम उसकी ज़िम्मेदारी उठा लो। थोड़ा-बहुत जो ख़र्च होगा वह तुम देख लेना, मैं पूरी कोशिश

करूँगा कि तुम्हारा ट्रांसफ़र हो जाये।" अजीत सिंह गंभीर आवाज़ में बोले।

उन्होंने यह बात इस अंदाज़ में कही जैसे वह विनय पर अहसान कर रहे हों। अजीत सिंह ने मन ही मन सोचा कि वह होली मिलन समारोह का आयोजन धूमधाम से करेंगे और ज़्यादा से ज़्यादा लोगों को बुलायेंगे, ताकि लोगों के बीच उनकी प्रसिद्धि बढ़े।

अब विनय के पास भी कोई रास्ता नहीं था। वह पिछले एक साल से अपने ट्रांसफ़र के लिए परेशान हो रहा था, कई लोगों से इसके लिए निवेदन कर चुका था। नेताओं के यहाँ चक्कर भी लगा चुका था लेकिन अब तक उसका काम नहीं हुआ था। वह किसी भी तरह अपने शहर पहुँचना चाहता था ताकि अपने बीवी-बच्चों के साथ रह सके।

कुछ दिनों बाद अजीत सिंह के यहाँ फिर महफ़िल सजी। उन्होंने सबके बीच शेख़ी मारते हुए कहा, "मैं सोच रहा हूँ कि इस बार होली मिलन समारोह का आयोजन करूँ, जिसमें क्षेत्र के सभी लोगों को बुलाऊँ।"

"दादा, ये तो बहुत अच्छा ख़याल है।" रामलखन ने उत्साहित स्वर में प्रतिक्रिया दी। "इससे निश्चित ही लोगों के बीच आपकी लोकप्रियता बढ़ेगी।"

अजीत सिंह कुछ देर ख़ामोश रहे, फिर मूँछों पर हाथ फेरते हुए बोले- "तुम लोगों ने कहा था न कि लोगों के दिल में जगह बनाना ज़रूरी है, बस यही सोचकर यह समारोह आयोजित करने की सोच रहा हूँ।"

"मगर इसमें तो बहुत ख़र्च होगा!" रघुवीर बोला।

"हाँ सो तो है, लेकिन पैसे की चिंता कौन करता है।" अजीत सिंह ने हँसते हुए कहा। "अब विधायक बनने के लिए ख़र्च तो करना ही होगा।"

अजीत सिंह के मुँह से इस तरह की बात सुनकर सब हैरान हो गये, लेकिन किसी की कुछ पूछने की हिम्मत नहीं हुई।

ख़ैर होली का दिन भी आ गया, अजीत सिंह के घर के ठीक सामने एक बड़ा-सा टैंट लगाया गया; खाने-पीने की भी अच्छी व्यवस्था की गयी थी। होली मिलन समारोह में अजीत सिंह ने हर समाज के प्रतिनिधि, बुज़ुर्गों और शहर के कुछ प्रतिष्ठित लोगों को बुलाया था। उन्हें उम्मीद थी कि समारोह में अच्छी भीड़भाड़ होगी लेकिन ऐसा नहीं हुआ, सिर्फ़ गिने-चुने लोग ही उनके आयोजन में शामिल हुए। इसकी वजह से अजीत सिंह के अरमानों पर पानी फिर गया,

इससे उन्हें काफ़ी दु:ख हुआ और ग़ुस्सा भी आया। दरअसल, शहर के कुछ और नेताओं ने भी होली के दिन अपने यहाँ दावत और समारोह का आयोजन किया था, लोग वहीं चले गये थे।

कुछ दिनों बाद अजीत सिंह के घर पर दोबारा लोगों का जमघट लगा। उन्होंने यह जानने की कोशिश की कि होली मिलन समारोह से उनकी लोकप्रियता में कोई इज़ाफ़ा हुआ है या नहीं?

"इतना बड़ा आयोजन करने से हमें कुछ फ़ायदा हुआ कि नहीं? या हमने ऐसे ही पैसे बर्बाद कर दिये।" अजीत सिंह ने रामलखन की ओर देखते हुए पूछा।

"आपको फ़ायदा तो होता अगर...." रामलखन कुछ पलों के लिए रुका और फिर बोला, "आपके यहाँ ज़्यादा जनता आती, लेकिन वो तो कहीं और चली गयी।"

"हाँ, लोग तो ज़्यादा नहीं आये।" अजीत सिंह ने अफ़सोस भरे स्वर में कहा। "मगर हमने जो इतने पैसे ख़र्च किये, उसका क्या?"

"मैंने तो पहले ही कहा था कि राजनीति इतनी आसान नहीं है।" रघुवीर मुस्कुराते हुए बोला। "अभी तो बहुत समय है तुम्हारे पास। लोगों के बीच जाओ, समाज सेवा करो, एक न एक दिन तुम्हें सफलता ज़रूर मिलेगी।"

"चाचा, आजकल लोकप्रियता सिर्फ़ समाज सेवा से नहीं मिलती है!" रामलखन ने उसकी बात काटते हुए कहा। "अख़बार में आपका फ़ोटो आना भी ज़रूरी है। तुमने आज का अख़बार देखा? दूसरे नेताओं की कितनी बड़ी-बड़ी फ़ोटो छपी हैं। मैं गारंटी से कह सकता हूँ कि उन्होंने होली मिलन समारोह पर इतने पैसे ख़र्च नहीं किये होंगे, जितने दादा ने किये हैं।"

"अच्छा सबके फ़ोटो आये हैं!" अजीत सिंह ने चौंकते हुए पूछा और अनिल को आवाज़ लगाई। वह दौड़ता हुआ आया और सहमी आवाज़ में बोला, "जी सर!"

"जा फ़टाफ़ट अंदर से अख़बार लेकर आ।" अजीत सिंह बेरुख़ी से बोले।

अनिल जैसे ही अख़बार लेकर आया, उन्होंने उसके पन्ने पलटना शुरू कर दिया। रामलखन की बात एकदम सही थी, अख़बार में दूसरे नेताओं के होली मिलन समारोह की ख़बरें छपी थीं और साथ में बड़ी-बड़ी तस्वीरें भी थीं। यह

देखकर अजीत सिंह का ख़ून खौल उठा, वह गुर्राये- "बताओ आजकल क्या जमाना आ गया है, बाक़ी लोगों ने अपने यहाँ छोटे-मोटे आयोजन किये, इसके बावजूद उनके यहाँ जनता पहुँच गयी और अख़बार में उनकी फ़ोटो भी छप गयी, हमारा किया-धरा तो सब मिट्टी में मिल गया।"

"सही कहते हो दादा, आजकल भलाई का ज़माना नहीं है। काम बेशक थोड़ा करो, लेकिन दिखावा पूरा करना ज़रूरी है।" रामलखन ने आवाज़ में कृत्रिम दुःख लाते हुए कहा। "अगर आपको चुनाव जीतना है तो फिर अख़बार में अपनी फ़ोटो भी छपवानी पड़ेगी, तभी बात बनेगी।"

"बिना काम किये अख़बार में फ़ोटो छपवाने से काम नहीं चलेगा!" रघुवीर ने रामलखन की बात से असहमति जताते हुए कहा। "अगर राजनीति में सफल होना है तो तुम्हें जनता का दुःख-दर्द समझना होगा और उन्हें दूर भी करना होगा।"

"नहीं रघुवीर, रामलखन की बात एकदम ठीक है।" अजीत सिंह कुछ सोचते हुए बोले। "आजकल अख़बार में तस्वीर आना बहुत ज़रूरी है, तभी लोगों के बीच पहचान बनती है।"

सबके जाने के बाद वह इस सोच में डूब गये कि आख़िर अख़बार में उनकी फ़ोटो कैसे आयेगी। इसके बारे में उन्होंने अपने भाई जवाहर से बातचीत की, उसने अजीत सिंह को सलाह दी वह अख़बार में होली की शुभकामना वाला विज्ञापन छपवाएँ, जिसमें उनकी एक बड़ी-सी फ़ोटो भी हो। उन्हें अपने भाई का आइडिया पसंद आया, लेकिन विज्ञापन छपवाने के लिए उन्हें फिर पैसों की ज़रूरत पड़नी थी। अजीत सिंह ने विनय को फ़ोन लगाया और उसे अपने घर पर बुलाया। विनय ने सोचा था कि अजीत सिंह ने उसका ट्रांसफ़र वाला काम करवा दिया था, वह एक घंटे के अंदर उनके घर पर पहुँच गया।

"तुम्हारे ट्रांसफ़र के लिए मैंने मंत्री से बात कर ली है।" अजीत सिंह मुस्कुराते हुए बोले। "बस कुछ दिनों की बात है, मगर..."

"मगर क्या...?" विनय ने अजीत सिंह की ओर देखते हुए पूछा।

"तुम्हें मेरा एक छोटा-सा काम और करना होगा।" अजीत सिंह ने एक कुटिल मुस्कान के साथ कहा। "बस उसके बाद तुम्हारा काम सौ प्रतिशत हो जायेगा।"

विनय पहले ही काफ़ी रुपये ख़र्च कर चुका था और अजीत सिंह फिर अख़बार में विज्ञापन निकलवाने के लिए उससे पैसे ऐंठने की तैयारी कर रहे थे। मगर उसके पास भी उनकी बात मानने के अलावा और कोई विकल्प नहीं था, इसलिए वह मजबूरी में फिर पैसे ख़र्च करने के लिए राज़ी हो गया।

"विज्ञापन पहले पेज पर छपना चाहिए।" अजीत सिंह बिना किसी झिझक के बोले। "और तस्वीर बड़ी होनी चाहिए ताकि लोगों को अच्छी तरह से दिखे।"

उनकी यह इच्छा भी पूरी हो गयी। अख़बार में उनकी फ़ोटो छप गयी, लेकिन अब भी उन्हें यह पता नहीं चला कि इससे जनता के बीच उनकी लोकप्रियता में इज़ाफ़ा हुआ है या नहीं। इसी बीच पूरे देश में कोरोना नाम का एक विदेशी वायरस फैल गया, सरकार ने सभी जगह लॉकडाउन लगा दिया, लोगों के आने-जाने पर रोक लग गयी। सिर्फ़ ज़रूरी कामों के लिए ही घर से बाहर निकलने की इजाज़त थी, इसके कारण अजीत सिंह के घर में भी लोगों ने आना-जाना बंद कर दिया। ऐसे में भला उन्हें कौन बताता कि अख़बार में फ़ोटो आने से उनकी प्रसिद्धि बढ़ी या नहीं? एक दिन टी.वी. पर समाचार देखते हुए वह बोले- "इस कोरोना वायरस को भी अभी आना था, इसकी वजह से मेरा बहुत बड़ा नुक़्सान हो गया।"

"वह कैसे भैया?" जवाहर ने हँसते हुए पूछा।

"अरे मैंने सोचा था कि अख़बार में फ़ोटो छपने के बाद जनसम्पर्क अभियान शुरू करूँगा, लेकिन अब तो यह संभव नहीं लगता है।" अजीत सिंह ने जवाब दिया।

"आप ग़लत सोच रहे हैं, यह समय तो आपके लिए और अच्छा है। आप चाहें तो आसानी से लोगों के दिल में जगह बना सकते हैं।" जवाहर ने अपने भाई की ओर देखते हुए कहा।

"वह कैसे?" अजीत सिंह ने चौंकते हुए पूछा। "क्या तुम्हारे पास कोई नया आइडिया है, जिससे ऐसा हो सके?"

जवाहर ने सिर हिलाया और उन्हें फ़ेसबुक पर कुछ तस्वीर दिखाते हुए बोला, "देखिए लोग किस तरह भूखे और ग़रीब व्यक्तियों को खाना खिला रहे हैं, आप चाहें तो इनकी तरह ग़रीब लोगों की मदद कर सकते हैं। इसके बाद अपनी फ़ोटो खिंचवाकर फ़ेसबुक पर डाल दें या व्हाट्सएप्प से सबको भेज दें,

इससे निश्चित ही आपकी लोकप्रियता बढ़ेगी।"

जवाहर का आइडिया अजीत सिंह को पसंद तो आया, लेकिन वह कुछ सोच में भी पड़ गये। ग़रीबों को खाना खिलाने के लिए उन्हें पैसे ख़र्च करने पड़ते, जो उनके लिए काफ़ी मुश्किल था। वह काफ़ी समय तक गुणा-भाग करते रहे कि इस काम में कितना ख़र्चा आयेगा। पहले उन्होंने सौ लोगों को खाना खिलाने के बारे में सोचा, फिर इसे घटाकर पचास कर दिया, लेकिन यह भी उन्हें ज़्यादा लगा, इसलिए उन्होंने यह संख्या पच्चीस कर दी। अचानक उन्हें एक और बढ़िया ख़याल आया कि इतने लोगों को खाना खिलाने की जगह दो-दो केले बाँटना सही रहेगा, इससे उनका ख़र्च बहुत कम हो जायेगा। अब सवाल फ़ोटो खींचने का था, उन्होंने इसके लिए अपने भाई जवाहर को साथ ले जाने की सोची। अगली सुबह अजीत सिंह ने बाज़ार से गिनती के पचास केले ख़रीदे और कार में बैठकर एक ग़रीब बस्ती में पहुँच गये। उन्होंने अपनी मूँछों पर ताव देते हुए बस्ती में रहने वालों को दो-दो केले बांटे और जवाहर ने उनकी फ़ोटो खींच ली। अजीत सिंह बहुत ख़ुश थे, उन्हें लग रहा था कि केले बाँटकर उन्होंने बहुत बड़ा दान-पुण्य का काम किया था। वह यह सोचकर भी उत्साहित थे कि जब लोग उनकी तस्वीर देखेंगे तो उनकी जमकर तारीफ़ करेंगे। मन ही मन इस प्रफ्फुलता का अनुभव करते हुए जब अपने घर की तरफ़ जा रहे थे, तब उन्हें सड़क के किनारे उनका नौकर अनिल दिखाई दे गया, वह लोगों को खाने के पैकेट बाँट रहा था। अजीत सिंह कार रुकवाकर कुछ देर तक उसे घूरते रहे, न जाने क्यों एकाएक उनका सारा उत्साह ग़ायब हो गया।

6
संस्कारी बेटे

सुबह का वक़्त था, रामवती अपने घर के बाहर खड़ी होकर पड़ोस में रहने वाली सुशीला से बात कर रही थीं, तभी उनका बेटा रवि आया और पैर छूकर बोला, "माँ मैं ऑफ़िस जा रहा हूँ, तुम अपना ध्यान रखना। तुम्हारे घुटनों में दर्द रहता है, इसलिए ज़्यादा चला-फिरा मत करो।"

"ख़ुश रहो बेटा।" रामवती ने बेटे के सिर पर हाथ रखते हुए कहा। "मेरी इतनी चिंता मत किया कर।"

"तुम बहुत क़िस्मत वाली हो, जो तुम्हें इतने संस्कारी बेटे मिले हैं। नहीं तो आज के समय में बच्चे अपने माँ-बाप से सीधे मुँह बात तक नहीं करते हैं।" सुशीला ने थोड़ा दुखी होते हुए कहा। "मेरी ही बेटा देख लो, वह कभी मुझसे यह तक नहीं पूछता है कि मैंने खाना खाया है या नहीं?"

"सब ईश्वर की माया है।" रामवती ने मुस्कुराते हुए कहा। "मैंने पिछले जन्म में ज़रूर कुछ पुण्य किया होगा, जो इतने संस्कारी बेटे पैदा हुए।"

सुशीला से बातचीत के बाद रामवती घर के अंदर चली गयी। वह जैसे ही सोफे पर बैठी, उनकी बहू आरती चाय लेकर आ गयी।

"माँ जी चाय के साथ क्या लेंगी? बिस्कुट या कुछ बना दूँ?" उसने सास की ओर देखते हुए पूछा।

रामवती ने अपनी बहू को प्यार भरी नज़रों से देखा और मुस्कुराते हुए बोली, "तू मेरे लिए इतना परेशान मत हुआ कर, जो तू सब लोगों के लिए बनाती है वही मेरे लिए भी ले आया कर।"

"आपका ध्यान रखा मेरे फ़र्ज़ है।" आरती ने जवाब दिया। "आप मेरी सास नहीं बल्कि माँ हैं।"

"हाँ, वो तू हूँ।" रामवती बोली। "आज आकाश नहीं दिखा, वह स्कूल नहीं गया क्या?"

आकाश रामवती का छह साल का पोता था, जिस पर हर दादी की तरह वह भी जान छिड़कती थीं। रवि के अलावा रामवती का एक और बेटा था,

जिसका नाम सुरेश था। वह रवि से पाँच साल छोटा था और यूनिवर्सिटी में पढ़ता था। उसके पति सरकारी नौकरी में थे, उनका देहाँत पाँच साल पहले ही हुआ था। पति की मौत के बाद रामवती के मन में कई आशंकाएँ थीं। वह अक्सर लोगों से यह सुनती रहती थीं कि ज़माना बदल गया है, बच्चे माँ-बाप की ज़िम्मेदारी से बचने के लिए उन्हें वृद्धाश्रम में छोड़ आते हैं। उस समय रामवती ने भी सोच रखा था कि यदि बच्चों का व्यवहार बदला तो वह ख़ुद ही उनसे अलग रहने लगेंगी; पति की पेंशन उनकी गुज़ारे के लिए काफ़ी थी।

"माँ जी आकाश का माथा थोड़ा गर्म था, इसलिए मैंने उसे आज स्कूल नहीं भेजा।" आरती ने जवाब दिया।

"उसे बुख़ार है क्या?" रामवती ने चिंतित स्वर में पूछा। "तूने मुझे पहले क्यों नहीं बताया?"

"आप चिंता मत करिये, बस थोड़ा-सा माथा गर्म है। घर पर आराम करेगा तो अपने आप सही हो जायेगा।" आरती ने सामान्य लहजे में कहा।

रामवती को अपनी बहू के जवाब से संतुष्टि नहीं हुई। वह अपनी चाय छोड़कर उस कमरे में पहुँच गयीं, जहाँ उनका पोता लेटा था। आकाश बिस्तर पर लेता हुआ मोबाइल पर कोई गेम खेल रहा था, रामवती ने उसके माथे पर हाथ रखा और देखने लगीं कि उसका माथा कितना गर्म है। दादी को देखकर आकाश भी ख़ुश हो गया, वह अपना मोबाइल छोड़कर उनसे लिपट गया। रामवती उसे दुलार करते हुए बोलीं, "मैं तुझसे कहती हूँ न कि स्कूल से आने के बाद घर पर ही रहा कर, मगर तू मेरी बात ही नहीं मानता है। मुझे तो लगता है कि तुझे किसी की नज़र लग गयी है।"

रामवती एकाएक उठीं और अपने पूजा वाले कमरे में चली गयीं। वहाँ से वह कुछ चीज़ें अपने साथ लेकर आयीं और आकाश की नज़र उतारने लगीं। आरती चुपचाप खड़े होकर यह सब देखती रही, लेकिन वह कुछ बोली नहीं। वह पढ़ी-लिखी महिला थी, इसके बावजूद वह अपनी सास को रोटी-टोकती नहीं थी।

नज़र उतारने के बाद रामवती ने आरती को अपने पास बुलाया और प्यार से बोलीं, "बहू, अभी आकाश छोटा है, उसका ठीक से ध्यान रखाकर। उसे ज़्यादा बाहर आने-जाने मत दिया कर, न जाने कौन किस नज़र से देखता है।"

"जी माँ।" आरती ने जवाब दिया। "आइंदा इस बात का ध्यान रखूँगी।"

अब तक सुरेश भी सोकर उठ चुका था और यूनिवर्सिटी जाने के लिए तैयार हो रहा था। वह भी रामवती से बहुत प्यार करता था और उनका लाड़ला भी था। यूनिवर्सिटी जाने से पहले वह रामवती के पास आया और उनके पैर छुए।

"क्या बात है बहुत दिनों से तूने मुझसे पैसे नहीं माँगे हैं?" रामवती ने हँसते हुए कहा। "जा अलमारी से कुछ रुपये निकाल ले।"

माँ की बात सुनकर सुरेश मुस्कुराते हुए बोला, "पैसों की ज़रूरत तो थी, लेकिन मैंने सोचा था कि कुछ दिन ऐसे ही काम चला लूँगा।"

"तू इतना सोचा मत कर, मुझे हर महीने पेंशन मिलती है। मैं उन रुपयों को क्या अपने साथ ले जाऊँगी?" रामवती ने बेटे की ओर देखते हुए कहा।

इतना कहते हुए वह ख़ुद ही उठीं और अलमारी से हज़ार रुपये निकालकर सुरेश को पकड़ा दिये। सुरेश के जाने के बाद आरती रामवती के पास सोफे पर बैठ गयी, उसने अपनी सास की ओर देखते हुए कहा, "ऐसे तो आप देवर जी को बिगाड़ देंगी, अभी कुछ दिन पहले ही तो वह आप से रुपये लेकर गये थे।"

"यही तो समय है पैसे ख़र्च करने का!" रामवती बोलते-बोलते कुछ संजीदा हो गयीं। "तेरे ससुर ने तो अपनी पूरी ज़िन्दगी पैसे कमाने में ही निकाल दी, न कहीं घूमने जाते थे, न ढंग के कपड़े पहनते थे। मैंने उन्हें कई बार समझाने की कोशिश की थी कि पैसे कमाने के साथ-साथ ज़िन्दगी को अच्छी तरह से जीना भी ज़रूरी है, लेकिन उन्होंने मेरी बात कभी नहीं सुनी।"

अपने पति को याद कर रामवती की आँखें भर आयीं। आरती ने उनकी आँखों के आँसू पोंछते हुए कहा- "सासू माँ, आप बार-बार क्यों पुरानी बातें याद करके दुखी होती रहती हैं?"

"मन पर किसका ज़ोर है बेटा!" रामवती ने भर्रायी आवाज़ में उत्तर दिया। "शायद उनके हिस्से में इतना ही सुख लिखा था।"

आरती ने अपनी सास की इस बात का कोई जवाब नहीं दिया, सिर्फ़ सहमति में अपना सिर हिला दिया।

"तूने भी तो बहुत दिनों से कोई नयी साड़ी नहीं ख़रीदी है। रामवती ने अपनी बहू की ओर देखते हुए कहा, "और आकाश को भी रवि ने बहुत दिनों से नये कपड़े नहीं दिलवाये हैं।"

"हाँ, क्या करूँ।" आरती मायूसी से बोली। "इनकी तनख़्वाह से जो थोड़ा-बहुत बचता है, वह बीमा की किश्तों में चला जाता है।"

"तू चिंता मत कर मैं हूँ ना।" रामवती फिर उठीं और अपने कमरे की ओर चली गयीं, अलमारी से कुछ रुपये निकालकर उन्होंने आरती को थमा दिये। पति के गुज़रने के बाद उनकी ज़िन्दगी में अब बचा ही क्या था, उनकी पूरी दुनिया दोनों बेटों, पोते और बहू तक ही सिमट गयी थी। वह हमेशा भगवान से उनकी ख़ुशी के लिए प्रार्थना करती रहती थीं।

दोपहर के समय रामवती जब अपने पोते आकाश के पास बैठी थीं, सुशीला उससे मिलने आयी-

"पास के मोहल्ले में कहीं भागवत बैठी है, मैं वहीं जा रही थी तो मैंने सोचा तुमसे भी पूछ लूँ।" वह हँसते हुए बोली।

भागवत का नाम सुनते ही रामवती भी ख़ुश हो गयीं। उनके घुटनों में दर्द था, जिसकी वजह से चलने-फिरने में दिक़्क़त होती थी। इसके बावजूद वह फट से बोलीं, "अरे, इसमें भी कुछ पूछने की बात है? तू थोड़ी देर रुक, मैं तैयार होकर आती हूँ।"

"लेकिन माँ जी आपके तो घुटने में दर्द है!" आरती ने अपनी सास को टोका। "रवि भी मुझसे कहकर गये हैं कि आपको ज़्यादा चलने-फिरने नहीं दूँ।"

"तू चिंता मत कर! उसे मैं कुछ नहीं बताऊँगी।" रामवती ने हँसते हुए कहा। इसके बाद वह तैयार होने चली गयीं।

धार्मिक कार्यों में रामवती बढ़-चढ़कर हिस्सा लेती थीं। वह घर पर तो पूजा-पाठ करती ही थीं, यदि उन्हें पता चलता था कि आसपास कहीं कोई धार्मिक आयोजन हो रहा है तो वह अपनी शारीरिक तकलीफ़ को भूलकर वहाँ भी पहुँच जाती थीं।

रास्ते में सुशीला ने रामवती से फिर वही बात दोहराई, "तू सच में बहुत ख़ुशक़िस्मत है। तेरी बहू तेरा कितना ध्यान रखती है, मेरी बहू तो हमेशा मुझसे झगड़ती रहती है।"

"यह तो अपने-अपने संस्कारों की बात है।" रामवती बोलीं। "जिसे जैसे संस्कार मिलते हैं, वह वैसा ही व्यवहार करता है।"

“हाँ, सो तो है।” सुशीला ने अपना सिर हिलाया, “लेकिन मैंने तो अपने बेटे को अच्छे संस्कार दिये थे, फिर वह असंस्कारी कैसे हो गया?”

“होगा कुछ पिछले जन्मों का हिसाब-किताब!” रामवती ने कहा। “चिंता मत कर जो जैसा कर्म करेगा, उसे वैसा ही फल मिलेगा।”

कुछ देर बाद रामवती और सुशीला उस मोहल्ले में पहुँच गये, जहाँ भागवत कथा का आयोजन हो रहा था। एक बड़े से पंडाल में लोग दरी पर बैठे थे, रामवती और सुशीला भी वहाँ बैठ गयीं और कथा सुनने लगीं। कथा सुनते-सुनते रामवती के मन में ख़याल आया कि क्यों न वह घर पर भी भागवत कथा करवाये; उन्होंने घर पहुँचकर इस बारे में बात करने की सोची। रात को जब सब लोग खाना खा रहे थे तो रामवती ने अपने बेटे रवि की ओर देखते हुए कहा, “बेटा, मैं घर पर भागवत बिठाने की सोच रही हूँ, तू क्या बोलता है?”

“अचानक आपके मन में भागवत कथा की बात कहाँ से आयी?” रवि ने हँसते हुए पूछा।

इससे पहले कि रामवती जवाब दे पातीं, आरती बोल पड़ी, “माँ जी आज भागवत कथा सुनने गयी थीं।”

“नहीं, ऐसी बात नहीं है बेटा।” रामवती ने आरती की तरफ़ गर्दन घुमाते हुए कहा। “यह इच्छा तो मेरे मन में बहुत पहले से ही थी।”

“मगर इसमें तो बहुत पैसे ख़र्च होंगे!” रवि ने कनखियों से अपनी पत्नी को देखा और बोला। “और मुझे ऑफ़िस से छुट्टी भी लेनी पड़ेगी।”

“तू पैसों की चिंता मत कर, जितने पैसों की ज़रूरत होगी मेरे खाते से निकाल लेना।” रामवती ने बेटे की चिंता दूर करने की कोशिश की। “घर में सुख-संपन्नता बनी रहे, इसके लिए पूजा-पाठ बहुत ज़रूरी है। आकाश भी अक्सर बीमार रहता है, भागवत कथा होने से घर की शुद्धता हो जायेगी।”

“मगर माँ इतनी फ़िज़ूल ख़र्ची की क्या ज़रूरत है?” अबकी बार सुरेश बोला। “यदि कुछ करवाना ही है तो रामायण का पाठ करवा लो।”

उसकी बात का समर्थन रवि और आरती ने भी किया। आख़िरकार रामवती को सबकी बात माननी पड़ी, उन्होंने रामायण पाठ के लिए सहमति दे दी। उन्होंने यह सोचते हुए ख़ुद को तसल्ली दी कि भागवत कथा फिर कभी करा लेंगी।

अगले दिन रामवती ने अपने जान-पहचान वाले एक पंडित जी को फ़ोन लगाया, उन्हें बताया कि वह घर पर रामायण पाठ करवाना चाहती हैं। पंडित जी दो दिन बाद अपने शिष्यों के साथ घर पर पहुँच गये और रामायण पाठ शुरू हो गया। रामवती काफ़ी ख़ुश थीं, पाठ ख़त्म होने पर उन्होंने सभी पंडितों को भोजन कराया, उन्हें दान दिया और अपने बच्चों को उनसे आशीर्वाद भी दिलवाया।

यह सबकुछ होने के कुछ दिनों बाद जब रामवती सुशीला के घर पर बैठी उससे बातचीत कर रही थीं, तो उन्हें एक नयी जानकारी मिली। सुशीला बोली, "मेरा बेटा बता रहा था कि दुनियाभर में कोरोना फैल रहा है।"

"ये कोरोना क्या बला है?" रामवती ने पूछा।

"ये बहुत बड़ी महामारी है, इससे बहुत लोग मर भी रहे हैं। अब ये महामारी हमारे देश में भी आ गयी है, मेरे बेटे ने तो मुझे घर से बाहर निकलने से भी मना कर दिया है।" सुशीला ने तुरंत जवाब दिया।

"अच्छा!" रामवती कुछ चौंकीं। "क्या ये बीमारी बाहर निकलने से भी हो जाती है?"

"हाँ, मेरा बेटा तो यही कह रहा था कि इसके कीटाणु बाहर घूम रहे हैं, वो हमारी साँस से हमारे शरीर के अंदर चले जाते हैं।" सुशीला ने जवाब दिया।

उसके जवाब ने रामवती को थोड़ा डरा दिया। उनका बेटा रवि जब ऑफ़िस से लौटा तो उन्होंने उससे कोरोना के बारे में पूछताछ की- "बेटा तूने कोरोना महामारी के बारे में तो सुना है न? ये महामारी बाहर निकलने से फैल रही है। कुछ दिनों के लिए तू ऑफ़िस जाना बंद कर दे, सुरेश से भी बोल दे कि वह यूनिवर्सिटी नहीं जाये और आकाश को भी स्कूल मत भेजना।"

"ये सब बातें तुम्हें किसने बतायीं?" रवि ने हँसते हुए पूछा।

"सुशीला ने, उसे यह जानकारी उसके बेटे ने दी है।" रामवती ने उत्तर दिया।

"सुशीला चाची तो तुम्हें यूँ ही डराती रहती हैं।" रवि ने लापरवाही से कहा। "अब तो हमारे घर में रामायण पाठ भी हो चुका है, अब किस बात का डर है?"

रामवती जब अपने बेटे से बात करके संतुष्ट नहीं हुईं तो वह टी.वी. पर

समाचार देखने लगीं। समाचार में भी कोरोना वायरस के बारे में बताया जा रहा था, डॉक्टर कह रहे थे कि जिन लोगों को सर्दी-खाँसी, ज़ुकाम और बुख़ार की शिकायत हो रही है, उन्हें तुरंत डॉक्टर के पास जाकर अपनी जाँच करवानी चाहिए और दूसरे लोगों से दूरी बनाकर रखनी चाहिए।

समाचार देखकर रामवती और चिंतित हो गयीं। उन्होंने अपने बेटे से फिर इस बारे में बात की, लेकिन उसने उनकी बात को दोबारा मज़ाक़ में उड़ा दिया। लेकिन कुछ दिनों बाद जब कोरोना वायरस तेज़ी से फैलने लगा तो पूरे देश में लॉकडाउन लगा दिया गया। रवि का ऑफ़िस जाना बंद हो गया, सुरेश की यूनिवर्सिटी बंद हो गयी और आकाश के स्कूल पर भी ताला लग गया। रामवती ने भी कोरोना के डर के कारण आस-पड़ोस में उठना-बैठना बंद कर दिया। वह अपनी सहेली सुशीला से भी नहीं मिल पा रही थीं, वह घर पर बैठी-बैठी दिनभर भगवान की पूजा करतीं और प्रार्थना करतीं कि उनका परिवार इस महामारी से सुरक्षित रहे।

एक दिन उनके बड़े बेटे रवि की तबीअत अचानक ख़राब हो गयी। उसे पहले हल्का बुख़ार आया, फिर सर्दी-खाँसी भी होने लगी। यह देखकर सभी लोग चिंतित हो गये। सुरेश को आशंका हुई कि कहीं उसके भाई को कोरोना तो नहीं हो गया। उसने अपनी भाभी से अपने मन की बात कही, "भाभी, कहीं भैया को कोरोना तो नहीं हो गया है? उन्हें बुख़ार भी आ रहा है और सर्दी-खाँसी भी है।"

देवर की बात सुनकर आरती के चेहरे का रंग उड़ गया, फिर भी उसने अपना डर छिपाते हुए कहा- "हो सकता है कि ये मामूली बुख़ार हो और कुछ दिनों के बाद अपने आप सही हो जाये।"

"मगर मुझे ऐसा नहीं लगता है।" सुरेश ने गंभीरतापूर्वक कहा। "मैंने टी.वी. पर देखा है कि कोरोना से संक्रमित व्यक्तियों में बिल्कुल ऐसे ही लक्षण होते हैं।"

"अच्छा!" आरती ने चौंकते हुए पूछा। "अब हमें क्या करना चाहिए?"

"मेरे ख़याल से हमें किसी डॉक्टर को बुलाना चाहिए।" सुरेश ने सुझाव दिया।

दोनों लोगों ने रामवती से इस बारे में बातचीत की, उन्होंने दोनों को फटकार लगाते हुए कहा, "ये कोई कोरोना-वोरोना नहीं है बल्कि मामूली बुख़ार

है, देखना कुछ दिनों बाद रवि अपने आप ठीक हो जायेगा, किसी डॉक्टर को बुलाने की ज़रूरत नहीं है।"

लेकिन इसके बाद भी सुरेश और आरती नहीं माने। उन्हें डर लग रहा था कि कहीं रवि की वजह से बाक़ी के लोग भी कोरोना के चपेट में न आ जायें, इसलिए उन्होंने फ़ोन करके एक डॉक्टर को घर पर बुला लिया। डॉक्टर को देखकर रामवती नाराज़ हो गयीं, लेकिन बेटे-बहू के सामने उनके एक नहीं चली।

डॉक्टर ने रवि का अच्छी तरह से चेकअप किया और फिर बोला, "जो लक्षण हैं, उससे तो लग रहा है कि ये कोरोना से संक्रमित हो गये हैं, लेकिन मैं अभी कुछ भी दावे के साथ नहीं कह सकता हूँ। इन्हें 14 दिनों तक एक अलग कमरे में रखिए। अगर इस बीच ठीक नहीं होते हैं तो फिर अस्पताल में भर्ती करना होगा।"

डॉक्टर की बात सुनकर सब चिंतित दिखाई दिये। वह जाते-जाते एक और हिदायत दे गया, "कोशिश करिये कि 14 दिनों तक इनसे दूरी बनाकर रखें, नहीं तो दूसरे लोग भी संक्रमित हो सकते हैं।"

एकाएक घर का पूरा माहौल बदल गया था। आरती और सुरेश ने निर्णय लिया कि वो 14 दिनों तक रवि के क़रीब नहीं जायेंगे, लेकिन रामवती अपने बेटे से दूर नहीं रह सकीं। उन्होंने डॉक्टर की हिदायत पर बिल्कुल भी ध्यान नहीं दिया, वह रवि के पास जाकर बैठ गयीं और उसके माथे पर प्यार से हाथ फेरते हुए बोलीं, "ये डॉक्टर तो हमेशा फालतू बातें करते हैं। मुझे मालूम है कि तुझे कुछ नहीं हुआ है, मामूली-सा बुख़ार है जो कुछ दिनों में सही हो जायेगा।"

माँ का प्यार देखकर रवि भावुक हो गया और रुँधी आवाज़ में बोला- "तुझे यक़ीन है न कि मैं एकदम ठीक हो जाऊँगा?"

"हाँ बेटा, मुझे पूरा यक़ीन है।" रामवती ने जवाब दिया। "तू चिंता मत कर, मैं हूँ न तेरे साथ।"

रवि ने माँ की गोद में सिर रखते हुए कहा, "माँ मैं जब ठीक हो जाऊँगा तो तेरी ख़ूब सेवा करूँगा।"

"चल अब सो जा।" रामवती ने बेटे को दुलार करते हुए कहा।

अब रवि के कमरे में सिर्फ़ रामवती ही जाती थीं, वही उसे खाना खिलातीं

और उसकी दूसरी ज़रूरतों का ख़याल रखती थीं। अपनी बहू और छोटे बेटे का व्यवहार देखकर वह अंदर से व्यथित थीं, उन्होंने दोनों को समझाने की कोशिश भी कि रवि को कुछ नहीं हुआ है, लेकिन उनका डर दूर नहीं कर सकीं। ख़ैर रामवती की प्रार्थना और मेहनत रंग लायी, कुछ दिनों बाद रवि पूरी तरह से ठीक हो गया। जब डॉक्टर ने दोबारा उसकी जाँच की तो उसे पूरी तरह से स्वस्थ पाया। रवि के ठीक होते ही आरती और सुरेश का व्यवहार उसके साथ पहले जैसा हो गया।

सबकुछ ठीक चल रहा था कि अचानक एक दिन रामवती को तेज़ खाँसी उठी, एक-दो दिन बाद उन्हें बुख़ार भी आ गया। रवि ने फ़ोन करके डॉक्टर को बुलाया, उसने वही बात कही, जो कुछ दिनों पहले उसकी जाँच के बाद कही थी। यह सुनते ही घर के सभी लोग एक-दूसरे की ओर देखने लगे।

रामवती अपने बेटे रवि की ओर देखते हुए बोली, "चिंता की कोई बात नहीं है, मुझे भी तेरी तरह मामूली बुख़ार ही हुआ है। कुछ दिनों में सही हो जायेगा।"

रवि कुछ देर ख़ामोश रहा और फिर बोला, "नहीं माँ, ये मामूली बुख़ार नहीं लग रहा है। हो सकता है कि तुझे कोरोना हो गया हो!"

"अरे नहीं बेटा।" रामवती बेटे की बात सुनकर हँसी। "ये डॉक्टर तो बस ऐसे ही डराते रहते हैं। तुझे ध्यान नहीं है, पहले भी उसने ऐसा ही कहा था।"

"यदि तुझे कोरोना हुआ तो घर के बाक़ी लोगों को भी ये बीमारी हो सकती है।" रवि ने माँ को घूरते हुए कहा। "इसलिए तेरा घर पर रहना ठीक नहीं है, मैं तुझे भर्ती करवाने के लिए किसी हॉस्पिटल में बात करता हूँ।"

अपने बेटे की बात सुनकर रामवती की आँखों में आँसू आ गये। वह बेटा, जिसके लिए वह पिछले कुछ दिनों से अपनी जान जोख़िम में डाले हुई थीं, आज उसे उनके क़रीब आने में भी डर लग रहा था और उन्हें अस्पताल में भर्ती करवाने की बात कर रहा था।

कुछ मिनट बाद रवि ने एक सरकारी हेल्पलाइन पर फ़ोन करके घर पर एम्बुलेंस बुला ली। एम्बुलेंस से दो लोग बाहर आये और रामवती को अपने साथ लेकर जाने लगे। जाते-जाते रामवती ने सुशीला के घर पर नज़र डाली, वह बाहर ही खड़ी थी और कातर आँखों से उनकी ओर ही देख रही थी। रामवती मन ही मन बुदबुदाई, "सब कर्मों का खेल है...."

7
शराब की आख़िरी बोतल

सोहन लाल पिछले कुछ दिनों से काफ़ी परेशान थे। उनकी परेशानी की वजह थी लॉकडाउन में शराब की दुकानों का बंद होना। वो मूलत: बिहार के रहने वाले थे, लेकिन नौकरी के कारण बीवी-बच्चों से दूर दिल्ली में अकेले रह रहे थे, इसलिए उनके पास अकेलेपन से बचने का एकमात्र सहारा शराब ही थी; शराब से एक दिन भी दूर रहना सोहन लाल के लिए काफ़ी मुश्किल था। एकाएक लॉकडाउन लगने के कारण वह शराब का स्टॉक भी नहीं कर सके थे, अब उनके पास सिर्फ़ एक बोतल ही बची थी।

आज लॉकडाउन का तीसरा दिन था, सोहन लाल अपने फ़्लैट में सोफे पर बैठे थे और सामने टेबल पर शराब की बोतल रख रखी थी, वह उसे ललचाई नज़रों से देख रहे थे। कई बार वह बोतल को हाथ में भी उठा चुके थे, लेकिन हर बार कुछ सोचकर उसे वापस टेबल पर रख देते थे, इस समय शराब की यह बोतल उनके लिए दुनिया की सबसे क़ीमती चीज़ थी। एक तरफ़ उन्हें इस बात का दु:ख था कि समय नहीं मिलने के कारण वह शराब नहीं ख़रीद सके थे तो दूसरी तरफ़ यह तसल्ली भी थी कि कम से कम उनके पास एक बोतल तो थी; उन्होंने मन ही मन भगवान का शुक्रिया अदा किया। शराब की बोतल को घूरते हुए सोहन लाल उन लोगों का दु:ख महसूस करने की कोशिश करने लगे, जो लॉकडाउन की वजह से शराब से पूरी तरह महरूम होंगे। वो अपने दिन कैसे गुज़ार रहे होंगे, इसकी कल्पना करके उनकी आँखें भर आयीं।

सोहन लाल सरकारी कर्मचारी थे, अच्छी-ख़ासी तनख़्वाह मिलती थी और उनका दिल भी बहुत बड़ा था। शराब के नशे में वह कई ग़रीब लोगों की मदद कर चुके थे, कई बार मज़दूरों को उनकी पसंद की शराब भी पिला चुके थे। यदि उनके वश में होता तो जिस तरह से लोग ग़रीबों को खाना बाँट रहे थे, वह उसी तरह उन्हें शराब बाँटते। लेकिन ऐसा मुमकिन नहीं था, इसके कारण उनका मन थोड़ा दुखी हो गया। उन्होंने फिर शराब की बोतल अपने हाथ में उठा ली, उस पर लिखे एक-एक शब्द को इस तरह पढ़ने लगे जैसे वह शराब की बोतल न होकर

कोई किताब हो और उस पर कोई कहानी लिखी हो।

अभी दोपहर का वक़्त था, इसलिए सोहन लाल ने सोचा कि यह समय शराब पीने के लिए ठीक नहीं है। शराबी होने के बावजूद वह नियम के बड़े पाबंद थे, उन्होंने मुश्किल से मुश्किल हालात में भी कभी दिन के समय शराब नहीं पी थी। कई मौक़ों पर दोस्तों ने जब सोहन लाल को दोपहर में शराब पिलाने की कोशिश की थी तो उन्होंने दोस्तों को जमकर लताड़ भी लगाई थी। साथ ही उन्हें नसीहत भी दी थी- "शराब का सेवन हमेशा रात्रि में ही करना चाहिए क्योंकि इस समय वातावरण और हमारा मन दोनों शांत रहते हैं, इसलिए शराब पीने का वास्तविक आनंद तो रात में ही मिलता है।"

सोहन लाल की यह नसीहत सुनकर उनका एक दोस्त झगड़ भी पड़ा था। वह खीजते हुए बोला था, "शराब पीना कोई योग क्रिया थोड़े ही है, जिसके लिए शांति आवश्यक है।"

दोस्त का यह प्रश्न सोहन लाल को मूर्खतापूर्ण लगा था। उन्होंने उसे हँसते हुए जवाब दिया था, "योग और शराब दोनों ही हमारी आंतरिक प्रसन्नता बढ़ाते हैं। जब हम योग करते हैं तो इस संसार से विमुख होकर स्वलीन हो जाते हैं, ठीक उसी तरह यदि कोई व्यक्ति शराब का सेवन उचित वातावरण में करता है तो वह स्वयं से साक्षात्कार कर सकता है; उसका तन और मन स्वस्थ बन सकता है।"

उनकी इस बात का जवाब किसी को नहीं सूझा था।

बेशक सोहन लाल अकेले रहते थे। उन्हें देखने वाला कोई नहीं था, लेकिन वह अपने नियम कैसे तोड़ सकते थे। उन्होंने सोचा कि रात कौन-सी दूर है, कुछ घंटों के बाद वह भी आ जायेगी, इसलिए समय काटने के लिए वह टी.वी. देखने बैठ गये। टी.वी. पर एक समाचार देखकर उनके चेहरे का भाव अचानक बदल गया- समाचार में दिखाया जा रहा था कि एक झुग्गी-झोपड़ी में रहने वाले व्यक्ति ने एक शराब की दुकान में चोरी की थी, पुलिस उस व्यक्ति को मारते-पीटते हुए एक गाड़ी में बलपूर्वक बैठा रही थी। न्यूज़ रिपोर्टर ने जब उस व्यक्ति से यह सवाल किया कि उसने शराब की चोरी क्यों की तो वह रोते हुए बोला, "लॉकडाउन की वजह से मैंने पिछले दो दिनों से शराब की एक बूँद तक गले के नीचे नहीं उतारी है। मेरे कुछ दोस्त भी शराब नहीं मिलने के कारण काफ़ी परेशान थे, इस कारण मजबूरी में मुझे यह क़दम उठाना पड़ा।"

सोहन लाल का अंदेशा वाक़ई सच हो गया। समाचार देखते हुए उनके मन में ख़याल आ रहा था कि यह दुनिया कितनी असंवेदनशील हो गयी है। एक ग़रीब आदमी यदि ऐसे हालातों में कुछ शराब की बोतलें चुरा ले तो क्या यह इतना बड़ा गुनाह हो गया कि उसे जेल में डाल दिया जाये? समाचार देखकर उनका मन दुखी हो गया। उनकी नज़र फिर शराब की बोतल की ओर चली गयी लेकिन उन्होंने बड़ी कामयाबी से अपने मन पर क़ाबू पा लिया, बस अब कुछ घंटों की ही तो बात थी। कुछ समय बाद सोहन लाल सोफे से उठकर बिस्तर पर जाकर लेट गये। लेटे-लेटे वह उस दिन को याद करने लगे, जब उन्होंने पहली बार शराब चखी थी, उस वक़्त उनकी उम्र सत्रह-अठारह साल की रही होगी। सोहन लाल को गाँव का सबसे सीधा-साधा लड़का माना जाता था, हर कोई उनके सीधेपन की मिसाल देता था। तब वह शराब तो दूर बीड़ी-सिगरेट तक नहीं पीते थे, इसकी वजह से उनके दोस्त मन ही मन उनसे ईर्ष्या रखते थे।

एक बार गाँव में एक युवक की शादी थी। उसकी बारात दूसरे गाँव में गयी थी, अपने दोस्तों के साथ सोहन लाल भी बारात में गये थे। गाँव में सभी बारातियों के रुकने की व्यवस्था एक स्कूल में की गयी थी। लड़के पक्ष के लोगों ने बारातियों के लिए ख़ास शरबत बनवाया था, एक लड़के ने चुपके से सोहन लाल के शरबत में थोड़ी-सी शराब मिलाकर उन्हें पिला दी। शरबत पीते ही सोहन लाल का सिर घूमने लगा और कुछ देर बाद उन्हें उल्टी भी हो गयी। सोहन लाल को कुछ समझ नहीं आ रहा था कि अचानक यह क्या हो रहा है, लेकिन इसके साथ-साथ एक अजीब से आनंद का अनुभव भी हो रहा था। कुछ दिनों बाद सोहन लाल को उनके दोस्तों ने सबकुछ सच-सच बता दिया। इस घटना के बाद उन्होंने फिर एक बार अपने गाँव के लड़कों के साथ शराब पी और यह सिलसिला आगे भी चलता रहा।

यह सब याद करते-करते उन्हें नींद आ गयी। सपने में वह किसी बियर-बार में बैठे थे, जहाँ तरह-तरह की महँगी बोतलें उनके टेबल पर रखी थीं, वह बारी-बारी हर बोतल से शराब निकालकर अपना पैग बना रहे थे। आह! कैसा मनोरम दृश्य था, लेकिन मोबाइल की घंटी ने उनका यह सुंदर सपना तोड़ दिया। फ़ोन पर सोहन लाल के जिगरी दोस्त परमाल थे, सोहन लाल ने जैसे ही फ़ोन उठाया, परमाल तुरंत बोला- "तुमसे एक ज़रूरी काम था।"

"हाँ बोलो, क्या काम है?" सोहन लाल ने तुरंत जवाब दिया।

"तुम तो जानते ही हो कि लॉकडाउन की वजह से सबकुछ बंद है, शराब की दुकान भी नहीं खुल रही है..." परमाल दुखी स्वर में बोला।

"हाँ, सो तो है।" सोहन लाल ने जवाब दिया। "पर किया ही क्या जा सकता है।"

"इस मुश्किल में सिर्फ़ तुम ही मेरी मदद कर सकते हो।" परमाल ने आगे कहा। "इसीलिए मैंने सबसे पहले तुम्हें ही फ़ोन लगाया है।"

उसकी बात सुनकर सोहन लाल सोच में पड़ गये। उन्हें इस बात का अंदाज़ा हो गया था कि परमाल उनसे किस तरह की मदद माँग सकता है, इसके बावजूद उन्होंने अंजान बनते हुए पूछा, "बताओ तुम्हें किस तरह की मदद की आवश्यकता है? क्या रुपयों की ज़रूरत है?"

"नहीं, मुझे रुपयों की ज़रूरत नहीं है!" परमाल ने जवाब दिया। "मेरे पास जो शराब का स्टॉक था, वह ख़त्म हो गया है। तुम्हारे पास तो कुछ न कुछ इंतिज़ाम तो होगा ही, बस मुझे शराब की एक बोतल दे दो।"

परमाल बेशक सोहन लाल का अच्छा दोस्त था, लेकिन वह एक मात्र शराब की बोतल उसे कैसे दे सकते थे। इसलिए उन्होंने बातें बनाते हुए कहा, "तुम तो जानते ही हो कि लॉकडाउन एकाएक लगा था, इसकी वजह से मुझे भी शराब ख़रीदने का मौक़ा नहीं मिल सका। जो थोड़ी-बहुत शराब थी, उसे मैंने दो दिनों में ख़त्म कर दिया। मैं तुम्हें ही फ़ोन करने वाला था, लेकिन इससे पहले ही तुमने मुझे फ़ोन कर दिया।"

अपने दोस्त से झूठ बोलने के बाद सोहन लाल को आत्मग्लानि हुई, लेकिन वह भी हालात के आगे मजबूर थे। परमाल ने अगर उनसे कुछ और माँगा होता तो हँसते-हँसते दे देते, लेकिन शराब की बोतल देने की हिम्मत तो उनमें नहीं थी। सोहन लाल जब तक बिस्तर से उठे, तब तक शाम हो गयी थी। दीवार घड़ी में शाम के छह बज रहे थे, उन्होंने अपने लिए चाय बनायी और फिर प्लेट में कुछ बिस्कुट रखकर सोफे पर जा बैठे। चाय की चुस्कियाँ लेते हुए और बिस्कुट खाते हुए उनकी निगाह शराब की बोतल पर ही जमी हुई थी, उनका हाथ बोतल का ढक्कन खोलने के लिए मचल रहा था। सोहन लाल मन ही मन यह कल्पना करने लगे कि शराब के साथ चखने में क्या बढ़िया रहेगा? पहले उन्होंने सोचा कि 'काजू की नमकीन' और 'सलाद' ठीक रहेगा, लेकिन उन्हें सिर्फ़ दो चीज़ें

नाकाफ़ी लगीं इसलिए डिसाइड किया कि 'प्याज की पकौड़ी' और 'पापड़' भी चखने में शामिल रहेंगे।

शाम के सात बजते ही उन्होंने अपनी तैयारी शुरू कर दी। वह किचन में पहुँचे और पकौड़ी के लिए बेसन घोलने लगे। इसके साथ ही तलने के लिए कुछ पापड़ निकाल लिये। पकौड़ी बनाने और पापड़ तलने के बाद उन्होंने एक प्लेट में काजू की नमकीन निकाल ली और फिर सलाद काट लिया। यह सब करते-करते रात के 8:30 बज गये। खाने-पीने का सब सामान लेकर सोहन लाल फिर सोफे पर पसर गये, उन्होंने सोचा कि कुछ देर और इंतज़ार कर लिया जाये और पीने का प्रोग्राम 9 बजे शुरू किया जाये। तब तक टाइम पास करने के लिए उन्होंने टी.वी. चालू कर लिया और समाचार देखने लगे। समाचार में दिखाया जा रहा था कि देश में तेज़ी से कोरोना के मरीज़ों की संख्या बढ़ रही है। कुछ चैनल वालों का यह भी कहना था कि इस तरह के हालात को देखते हुए लॉकडाउन को बढ़ाना पड़ सकता है। यह सुनते ही सोहन लाल थोड़ा घबरा गये,उन्होंने शराब की बोतल की ओर देखते हुए सोचा कि अगर लॉकडाउन बढ़ा तो शराब की दुकानें कुछ और दिन नहीं खुलेंगी, फिर तो मुश्किल हो जायेगी इसलिए अभी बोतल ख़त्म करना समझदारी नहीं होगी। लेकिन यह भी सच था कि उनके लिए शराब पीने की इच्छा को नियंत्रित करना काफ़ी मुश्किल हो रहा था। काफ़ी सोच-विचार के बाद उन्होंने यह निर्णय लिया कि बोतल को एक बार में ख़त्म न कर वह हर रोज़ थोड़ी-थोड़ी मात्रा में शराब का सेवन करेंगे और इसकी शुरूआत कल से करेंगे। सोहन लाल ने शराब की बोतल हाथ में उठायी, उसे काफ़ी देर तक प्यार भरी नज़रों से देखते रहे और फिर वापस टेबल पर रख दिया। इसके बाद उन्होंने गिलास में पानी भरा और घूँट-घूँट पानी पीते हुए पकौड़ी खाने लगे, काजू की नमकीन को उन्होंने वापस डिब्बे में रख दिया।

रात को सोते समय उन्होंने मन ही मन योजना बनाई कि वह हर दिन बोतल में से सिर्फ़ दो पैग पीयेंगे, ताकि वह लॉकडाउन ख़त्म होने तक चल सके। अगले दिन सोहन लाल को उनकी पत्नी ने फ़ोन किया, उन्होंने बताया कि अब उनकी सास यानी सोहन लाल की माँ पूरी तरह ठीक हो गयी हैं और आज उन्होंने खाना भी खाया है। वह पिछले एक साल से बीमार थीं और खाना-पीना भी छोड़ रखा था। अपनी माँ के स्वस्थ होने की ख़बर सुनकर सोहन लाल काफ़ी ख़ुश हो गये और उत्साहित होते हुए बोले, "ये तो तूने बहुत अच्छी ख़बर सुनाई, इस बार

मैं जब घर आऊँगा तो तुझे सोने का हार दिलवाऊँगा।''

"सोने के हार के साथ मुझे झुमके भी चाहिए।'' पत्नी ने भी मौक़े का फ़ायदा उठाया।

"ठीक है, वह भी दिलवा दूँगा ।'' सोहन लाल ने हँसते हुए कहा।

एक तरफ़ लोग कोरोना नामक वायरस की चपेट में आकर बीमार पड़ रहे थे तो दूसरी तरफ़ सोहन लाल की माँ को अपनी बीमारी से छुटकारा मिल गया था। ख़ैर, कुछ भी हो यह समाचार सुनने के बाद उनकी ख़ुशी का ठिकाना नहीं था, उन्होंने शराब की बोतल की ओर देखते हुए सोचा कि इस ख़ुशी को सेलिब्रेट करना चाहिए। उन्होंने दो पैग रोज़ पीने वाला ख़याल एक तरफ़ झटक दिया और पूरी बोतल ख़ाली करने का मन बना लिया। उनका मन फिर उत्साह और उमंग से भर गया, सोहन लाल ने सोचा कि वह रात को उबले हुए अंडों के साथ शराब का लुत्फ़ उठायेंगे। इसके बाद वह सोफे से उठे और फ्रिज खोलकर उसके अंदर कुछ देखने लगे, यह देखकर उन्हें तसल्ली हुई कि अंदर अब भी चार अंडे मौजूद थे।

शराब का सेवन न किये हुए अभी सोहन लाल को सिर्फ़ कुछ ही दिन हुए थे, लेकिन उन्हें लग रहा था कि मानो वर्षों गुज़र गये हों। वह बैठे-बैठे दोबारा अपनी शराब से जुड़ी स्मृतियों के पन्ने उलटने लगे- इसी पिछले रविवार की ही तो बात थी, वह अपने दोस्तों के साथ ढाबे पर गये थे जहाँ सबने छककर शराब पी थी। वह भी क्या दिन थे! ऐसी ही कुछ और खट्टी-मीठी यादें सोहन लाल के होठों पर मंद मंद मुस्कराहट ला रही थीं।

शाम होते ही वह किचन में गये और अंडे उबालने के लिए रख दिये, इसके बाद प्लेट में काजू की नमकीन निकाल ली। कुछ देर बाद अंडे भी उबल गये, सब कुछ रेडी था। अब सोहन लाल के लिए एक मिनट का इंतज़ार करना भी मुश्किल था, इसलिए उन्होंने फ़टाफ़ट शराब की बोतल उठा ली और उसे खोलने लगे, लेकिन एकाएक उनकी नज़र दीवार पर पँखे की हवा से फड़फड़ा रहे कैलेण्डर की ओर चली गयी, ओह! आज तो मंगलवार है.. यह ध्यान आते ही उन्होंने बिना कोई देरी किये बोतल वापस टेबल पर रख दी।

वैसे सोहन लाल दोस्तों के साथ कई बार मंगलवार को भी शराब पी चुके थे और माँस भी खा चुके थे, लेकिन आज पता नहीं क्यों उनका मन इस बात के

लिए हाँ नहीं कर रहा था। उन्होंने प्लेट पर रखे अंडों को देखा, फ्रिज में वही चार अंडे बचे थे, अब यह भी नहीं पता था कि किराने की दुकान पर अंडे मिलेंगे या नहीं। गहन चिंतन-मनन के बाद सोहन लाल ने हाथ जोड़कर भगवान से माफ़ी माँगी और अंडे खाना शुरू कर दिये। इस तरह शराब की बोतल फिर सुरक्षित बच गयी। बोतल को घूरते हुए सोहन लाल बुदबुदाए, "कल चाहे कुछ भी हो जाये, मैं तुम्हें नहीं छोड़ने वाला हूँ।"

यह वाक़ई पहला मौक़ा था, जब शराब की कोई बोतल उनके घर पर इतने दिनों तक सुरक्षित बची हुई थी। विपरीत परिस्थितियों ने सोहन लाल के अंदर संयम और धैर्य का गुण विकसित कर दिया था, वह धीरे-धीरे अपनी इच्छाओं पर क़ाबू पाना भी सीख रहे थे। शराब से अपना मन हटाने के लिए वह टी.वी. देखने बैठ गये, ज़्यादातर न्यूज़ चैनल कोरोना वायरस की ही रट लगाये हुए थे इसलिए उन्होंने एक फ़िल्मी चैनल लगा लिया। पता नहीं यह उनकी ख़ुशक़िस्मती थी या बदक़िस्मती थी कि उन्होंने जो चैनल लगाया था, उस पर 'शराबी' फ़िल्म आ रही थी। इससे उनकी भावनाएँ फिर भड़क गयीं, हाथ शराब की बोतल का ढक्कन खोलने के लिए मचलने लगे, लेकिन मंगलवार ने उन्हें रोक लिया। मन मसोसकर सोहन लाल सोने के लिए चले गये।

अगले दिन जब वह उठे तो उन्होंने पूरी तरह मन बना लिया था कि आज तो हर हाल में शराब पीकर रहेंगे, अब उनके लिए शराब से दूर रहना असहनीय हो गया था। दोपहर का समय था, सोहन लाल सोफे पर बैठकर टी.वी. देख रहे थे, इसी दौरान किसी ने उनके दरवाज़े की घंटी बजाई। लॉकडाउन की वजह से पिछले कुछ दिनों से उनके घर पर कोई नहीं आया था, इसलिए घंटी की आवाज़ सुनकर वह थोड़ा आश्चर्यचकित हो गये, लेकिन दरवाज़े पर खड़े व्यक्ति को देखकर उनके चेहरे का रंग ही उड़ गया, उनके सामने परमाल खड़ा था।

उसे देखकर सोहन लाल काँपती हुई आवाज़ में बोले, "परमाल तुम अचानक कैसे आ गये, पूरे शहर में तो लॉकडाउन लगा हुआ है?"

"तुमसे मिलने का मन हो रहा था, इसलिए किसी तरह पुलिस को चकमा देकर तुम्हारे घर तक पहुँच गया।" परमाल ने मुस्कुराते हुए जवाब दिया।

सोहन लाल उसे किसी तरह बाहर से भगा देना चाहते थे लेकिन उन्हें कोई ठोस बहाना नहीं सूझा इसलिए परमाल अंदर आ गया और सोफे पर जाकर

बैठ गया। बैठते ही उसकी नज़र टेबल पर रखी चमचमाती शराब की बोतल पर पड़ी, जिससे उसकी आँखों में चमक आ गयी। दूसरी तरफ़ सोहन लाल का दिल एक अंजाने डर की वजह से ज़ोरों से धड़क रहा था। उन्होंने अपनी इच्छाओं का त्याग करके इतने दिनों तक बोतल को सुरक्षित बचाये रखा था, लेकिन अब परमाल उनकी बोतल को खा जाने वाली नज़रों से देख रहा था।

"तुम्हारे पास जब बोतल थी तो तुमने मुझसे झूठ क्यों बोला?" परमाल ने नाराज़गी जताई। "पिछले कई दिनों से मैं शराब पीने के लिए तड़प रहा हूँ। कितनी कोशिश की लेकिन कहीं शराब का बंदोबस्त नहीं हो सका।"

सोहन लाल के दिमाग़ में बोतल बचाने का एक ख़याल आया, उन्होंने परमाल की ओर देखते हुए कहा, "इस बोतल को हाथ भी मत लगाना, नहीं तो तुम्हें कोरोना हो जायेगा।"

यह सुनते ही परमाल ने शराब की बोतल की ओर बढ़ते अपने हाथ को पीछे खींच लिया और चौंकते हुए पूछा, "क्यों?"

सोहन लाल ने गहरी साँस लेते हुए दुखी आवाज़ में जवाब दिया, "इस बोतल को मैंने एक लड़के से मँगवाया था, उसका कोरोना टेस्ट पॉज़िटिव आया है। यही वजह है कि मैंने बोतल को हाथ तक नहीं लगाया है। वह लड़का बोतल को टेबल पर रख गया था, तब से वह वहीं रखी है।"

"ये सब फालतू की बातें हैं, भला शराब की बोतल छूने से कोरोना कैसे हो सकता है।" परमाल हँसते हुए बोला।

"क्या तुम्हें नहीं पता है कि कोरोना का संक्रमण चीज़ों को छूने से भी फैल रहा है।" सोहन लाल ने अपने दोस्त को समझाने की कोशिश की।

"क्या ऐसा किसी डॉक्टर ने कहा है?" परमाल ने मुँह बनाते हुए पूछा। उसकी निगाहें अब भी शराब की बोतल पर जमी हुई थीं।

"तो क्या मैं तुमसे झूठ बोलूँगा?" सोहन लाल ने जवाब दिया। "तुम्हारी तरह मैं भी शराब के लिए तरस रहा हूँ, लेकिन उसके लिए ज़िन्दगी को ख़तरे में डालना तो समझदारी नहीं है।"

परमाल को अब लगा कि सोहन लाल ठीक ही बोल रहा है, इसलिए उसने उदास होते हुए कहा, "तो क्या यह बोतल ऐसे ही रखी रहेगी?"

"नहीं! चौदह दिनों बाद इसका संक्रमण ख़त्म हो जायेगा, तब मैं तुम्हें बुला

लूँगा और हम लोग एक साथ बैठकर शराब पीयेंगे।" सोहन लाल ने मुस्कुराते हुए उत्तर दिया।

कोरोना के डर के कारण परमाल सोहन लाल की बात मानने को तैयार ज़रूर हो गया था लेकिन बोतल देख-देखकर उसका मन बहुत व्यथित हो रहा था।

"क्या कोई उपाय नहीं है, जिससे हम इस बोतल की शराब पी सकें?" उसने सोहन लाल की ओर देखा।

"नहीं! बिल्कुल नहीं!" उन्होंने थोड़ा रूखे स्वर में कहा।

कुछ समय बाद परमाल चला गया। उसके जाते ही सोहन लाल ने राहत की साँस ली, उन्होंने शराब की बोतल हाथ में उठायी और उसे कुछ मिनटों तक देखते रहे। उन्हें ऐसा लग रहा था कि उन्होंने शराब की बोतल नहीं, बल्कि किसी जंगली जानवर से अपनी जान बचा ली हो। वह यह सोचकर फिर प्रसन्न हो गये कि आख़िरकार उनका लंबा इंतज़ार आज रात ख़त्म हो जायेगा। दोपहर में खाना खाने के बाद वह अपने कमरे में सोने चले गये, सोते हुए भी वह मुस्कुरा रहे थे। उनकी नींद शाम पाँच बजे के आसपास एक तेज़ आवाज़ से खुली, सोहन लाल फ़टाफ़ट अपने बिस्तर से उठे और दूसरे कमरे की ओर भागे, वहाँ का नज़ारा बहुत भयानक था- शराब की बोतल टेबल से गिरकर चकनाचूर हो चुकी थी, एक बिल्ली फ़र्श पर फैली शराब को चाट रही थी। यह देखकर सोहन लाल की आँखें नम हो गयीं, वह कुछ समय बिना पलक झपकाये बिल्ली और बोतल के टुकड़ों को देखते रहे। जब वह इस सदमे से बाहर आये तो बिल्ली को मारने दौड़े, लेकिन वह खुले दरवाज़े से बाहर भाग गयी।

8
पैसे का मूल्य

सुबह का वक़्त था, सेठ भगवान लाल अपने बंगले के गार्डन में बैठकर अपने बेटे के साथ चाय पी रहे थे। तीन दिन बाद उनके पोते का जन्मदिन था, वह चाहते थे कि अपने पोते का पहला जन्मदिन इतनी धूमधाम से मनायें कि पूरे शहर में इसकी चर्चा हो। वह एक सर्राफा व्यवसायी थे, शहर में उनकी सोने-चाँदी की कई दुकानें थीं। वह वैसे तो दयालु स्वभाव के थे लेकिन उन्हें अपनी संपन्नता का दंभ भी था। जब भी अवसर मिलता था, वह यह जताने से नहीं चूकते थे कि उनके पास कितनी दौलत है। शहर के बड़े अधिकारियों और मंत्रियों से उनके दोस्ताना संबंध थे, वह जब अपने घर पर कोई आयोजन करते थे तो बड़े-बड़े लोगों को बुलाते थे और उनकी अच्छी ख़ातिरदारी भी करते थे। इसकी वजह से सभी लोग उनकी दिल खोलकर तारीफ़ करते, जिसे सुनकर वह गदगद हो जाते थे।

"ये बबलू का पहला जन्मदिन है, मैं चाहता हूँ कि दावत शहर के सबसे बड़े होटल में हो।" सेठ जी अपने बेटे मोहन की ओर देखते हुए बोले। "और ऐसी हो कि लोग सालों तक याद रखें।"

"हाँ, पिताजी मैं भी यही चाहता हूँ।" मोहन बोला। "मैंने इस बारे में कल ही होटल के मैनेजर से बात कर ली थी और उसे सब चीज़ों का अच्छा इंतजाम करने के लिए कह दिया था।

"तुमने मैनेजर से बात क्यों की?" सेठ जी गुर्राये। "उसका मालिक तो मेरा दोस्त है, तुम्हें सीधे उसे फ़ोन लगाना चाहिए था।"

इसके बाद भगवान लाल अपने मोबाइल में होटल के मालिक का नंबर ढूँढ़ने लगे। नंबर मिलते ही उन्होंने तुरंत उसे फ़ोन लगा दिया, "मेहरा जी क्या हाल-चाल हैं?"

"जी, ठीक हूँ, बस आप लोगों की कृपा है।" उधर से आवाज़ आयी।

"तीन दिन के बाद मेरे पोते बबलू का जन्मदिन है, मेरे बेटे ने आपका होटल बुक किया है। मैं चाहता हूँ कि कार्यक्रम ऐसा हो कि लोग तारीफ़ करते

नहीं थकें।" सेठ जी बोले।

"आप बिल्कुल चिंता मत करिए, सारी व्यवस्था मैं ख़ुद व्यक्तिगत रूप से देखूँगा। आपको कोई शिकायत का मौक़ा नहीं मिलेगा।" मेहरा जी ने हँसते हुए जवाब दिया।

"हाँ, यह ठीक रहेगा।" सेठ जी बोले। "आप तो जानते हैं कि दावत में शहर के कई बड़े लोग मौजूद रहेंगे, इसलिए ये आपकी ज़िम्मेदारी है कि किसी को कुछ कहने का मौक़ा नहीं मिले।"

इसके बाद सेठ जी ने फ़ोन काट दिया।

"हम जैसे पैसे वाले लोगों की वजह से ही उनका होटल चल रहा है।" उन्होंने अपने बेटे की ओर देखते हुए कहा। "मैंने ख़ुद मेहरा जी को अच्छी तरह से समझा दिया है, अब सारी व्यवस्था वह ख़ुद देखेंगे।"

पोते के जन्मदिन समारोह के लिए सेठ जी ने महँगे कार्ड भी छपवा लिये थे। उन्होंने बेटे को आदेश दिया कि वह आज ही सारे कार्ड बाँट दे। इसके बाद वह एक मंत्री को फ़ोन लगाने लगे, सेठ जी उन्हें जन्मदिन समारोह में बुलाना चाहते थे, लेकिन वह किसी ज़रूरी काम से दिल्ली गये थे इस कारण उन्होंने समारोह में आने में असमर्थता जताई। ख़ैर, समारोह में उनके अलावा भी कई बड़े लोग आने वाले थे।

सेठ जी चाहते थे कि उनके पोते के जन्मदिन पर उनके नौकर-चाकर भी नये कपड़े पहनें, इसलिए उन्होंने सभी को बुलाकर पैसे दिये और साथ में हिदायत भी दी कि वो तुरंत बाज़ार से अपने लिए नये कपड़े ख़रीद लें। वह पिछले कुछ दिनों से बस इसी सोच-विचार में लगे थे कि किस तरह पोते के जन्मदिन को भव्य बनाया जाये। जब वह इसी को लेकर अपने एक दोस्त से बातचीत कर रहे थे तो उसने उनसे हँसते हुए पूछा कि वह वह अपने पोते को क्या उपहार देने वाले हैं? सेठ जी को यह अफ़सोस हुआ कि यह बात तो वह भूल ही गये थे। वह काफ़ी सोच-विचार करते रहे कि पोते को क्या उपहार देना अच्छा रहेगा, लेकिन जब उन्हें कुछ समझ नहीं आया तो उन्होंने सोचा कि क्यों न इस बारे में पत्नी से राय ले ली जाये।

"हमें अपने पोते को पहले जन्मदिन पर क्या उपहार देना चाहिए?"

"अभी तो वह सिर्फ़ एक साल का है, अभी उसे उपहार देने की क्या

ज़रूरत है?''

''तुम कैसी बात कर रही हो? अगर मैं अपने पोते को कुछ नहीं दूँगा तो क्या लोग मेरा मज़ाक़ नहीं उड़ायेंगे?''

''तो ठीक है, तुम जो चाहे दे दो।''

''मैं चाहता हूँ कि उपहार ऐसा होना चाहिए जिसे देखकर लोगों की आँखें फटी की फटी रह जायें। क्यों न उसे मैं कोई महँगी कार उपहार में दूं?'' सेठ जी ने अपनी पत्नी मालती की ओर देखते हुए कहा।

उनकी बात सुनकर मालती हँसने लगी और बोली, ''क्या आपका एक साल का पोता कार चलायेगा?''

''वह कार नहीं चलायेगा तो क्या!'' पत्नी की बात सेठ जी को कुछ पसंद नहीं आयी। ''लोगों के बीच इसकी चर्चा तो होगी कि मैंने अपने अपने पोते को उपहार में कार दी है।''

''ठीक है, तुम जैसा ठीक समझो।'' मालती ने अंततः अपनी सहमति दे दी।

अगले दिन सेठ जी अपनी पत्नी के साथ शहर के सबसे बड़े गाड़ियों के शोरूम पर पहुँच गये। सेठ जी ने शोरूम के मैनेजर को अपने पास बुलाकर उससे पूछा कि उसके यहाँ सबसे महँगी कार कौन-सी है? मैनेजर ने उन्हें शोरूम में रखी सभी महँगी गाड़ियाँ दिखा दीं। सभी कारें देखने के बाद सेठ जी ने मैनेजर को घूरते हुए कहा, ''क्या तुम्हारे शोरूम में इनसे महँगी कोई कार नहीं है?''

''नहीं सेठ जी।'' मैनेजर ने नम्रतापूर्वक जवाब दिया। ''जितनी भी महँगी गाड़ियाँ थीं, मैं आपको दिखा चुका हूँ।''

सेठ जी कुछ देर सोच-विचार में रहे, फिर मुँह बनाते हुए बोले, ''ठीक है, इनमें से जो सबसे महँगी कार है उसे होटल में पहुँचा देना। ये कार मैं अपने पोते को उपहार में दे रहा हूँ, इसलिए उसे अच्छी तरह से सजा भी देना।''

मैनेजर ने सिर हिलाते हुए जवाब दिया, ''जी सिर आप जिस भी होटल में चाहेंगे, वहाँ कार सही समय पर पहुँच जायेगी।''

मालती को कुछ समझ नहीं आया कि उनके पति ने कार को घर की बजाय होटल में क्यों पहुँचाने के लिए कहा। जब उन्होंने सेठ जी से इसका कारण पूछा

तो उन्होंने उत्तर दिया, "तुम भी बेवक़ूफ़ों जैसे प्रश्न पूछती हो? यदि मैं कार घर पर मँगवाता तो फिर लोगों को यह कैसे पता चलता कि मैं अपने पोते को उपहार में कार दे रहा हूँ?"

"हाँ, ये बात तो आप सही कह रहे हैं।" मालती धीमे से बोली। "लोगों को इस बात का पता तो चलना ही चाहिए।"

शोरूम से जब सेठ जी घर पर पहुँचे तो उन्होंने देखा कि उनके पारिवारिक पंडित शास्त्री जी उनका इंतज़ार कर रहे थे। सेठ जी ने और उनकी पत्नी ने शास्त्री जी के पैर छुए।

"ख़ुश रहो।" उन्होंने दोनों को आशीर्वाद दिया। "मैंने सुना है कि आप अपने पोते का जन्म दिवस बहुत धूमधाम से मना रहे हैं, आपका नौकर मेरे घर पर कार्ड देने आया था।"

"जी पंडित जी।" सेठ जी मुस्कुराते हुए बोले। "पोते का पहला जन्मदिन है, बड़े-बड़े लोग आयेंगे।"

"मेरा एक सुझाव है कि आप अपने पोते के पहले जन्मदिन के अवसर पर पूजा ज़रूर करवायें।" पंडित जी सेठ जी की ओर देखते हुए बोले। "अगर आप कहें तो मैं इसकी तैयारी करूँ।"

उनकी बात सुनकर सेठ जी के बग़ल में बैठीं उनकी पत्नी भी बोल पड़ीं, "हाँ, पंडित जी आप बिल्कुल सही बोल रहे हैं, बबलू के पहले जन्मदिन पर पूजा-पाठ तो बहुत ज़रूरी है।"

"ठीक है पंडित जी जन्मदिन वाले दिन आप सुबह के समय घर पर पूजा-पाठ करिये।" सेठ जी ने गर्वीले स्वर में कहा। "और शाम को होटल में दावत खाने आ जाइयेगा।"

सेठ जी की बात सुनकर पंडित जी कुछ देर तक मंद-मंद मुस्कुराते रहे, फिर धीमे से बोले, "इस शुभ अवसर पर आपको ग़रीबों और ब्राह्मणों को दान-दक्षिणा भी देनी चाहिए। इससे बच्चे को उनका आशीर्वाद मिलेगा और आगे चलकर उसका जीवन सुखमय होगा।"

"आप जैसा उचित समझें, वैसा करें।" सेठ जी हाथ जोड़ते हुए बोले। "आपको जितने भी रुपये चाहिए, मेरे बेटे से ले लें। किसी बात का संकोच मत कीजियेगा।"

यह सुनकर पंडित जी के चेहरे पर थोड़ी चमक आ गयी। सेठ जी और उनकी पत्नी को आशीर्वाद देने के बाद पंडित जी प्रस्थान कर गये। उनके जाते ही सेठ जी अपनी पत्नी से बोले, "मेरी कृपा से ही इसका जीवन चल रहा है, वर्ना आजकल कौन दान-दक्षिणा देता है।"

"आपको ऐसा नहीं बोलना चाहिए।" पत्नी ने आपत्ति जताई। "हमारे घर के सारे पूजा-पाठ वही करवाते हैं, उनकी सेवा करना हमारा धर्म है।"

"अगर वह पूजा-पाठ करते हैं तो उसके लिए मैं उन्हें मोटी दक्षिणा भी देता हूँ।" सेठ जी हँसते हुए बोले। "हमें उनकी ज़रूरत नहीं है, बल्कि उन्हें हमारी ज़रूरत है।"

मालती को अपने पति की यही बात अच्छी नहीं लगती थी कि वह हमेशा अमीर होने का घमंड करते थे और दूसरों को कमतर आँकते थे। वह उन्हें कई बार समझा भी चुकी थी कि दुनिया में सिर्फ़ दौलत ही सबकुछ नहीं होती है, कई बार ज़रूरत पड़ने पर दौलत भी काम नहीं आती है। लेकिन सेठ जी उनकी इस बात को यह कहते हुए नजरअंदाज़ कर देते थे, "अगर आपके पास पैसे हैं तो आप कुछ भी ख़रीद सकते हो।" उनकी यह बात अक्सर सच भी साबित होती थी क्योंकि अपने पैसे की दम पर वह कई नामुमकिन कामों को मुमकिन बना चुके थे। जो चीज़ें आम लोगों को काफ़ी कोशिश करने से भी नहीं मिलती थीं, वो उन्हें घर बैठे बड़ी आसानी से उपलब्ध हो जाती थीं।

आज बबलू यानी सेठ जी के पोते का जन्मदिन था। दिन के समय घर पर पूजा-पाठ हुई और रात को शहर के सबसे आलीशान होटल में दावत का आयोजन किया गया। इसमें शहर के अमीर लोग, राजनीतिक हस्तियाँ, प्रशासनिक और पुलिस अधिकारी शामिल हुए। दावत में खाने-पीने के साथ-साथ नाच-गाने की भी व्यवस्था थी। सेठ जी ने सभी मेहमानों के सामने अपने नन्हे पोते को गोदी में उठाकर उपहारस्वरूप उसे कार की चाबी भेंट की। यह देखकर सब उनकी रईसी के मुरीद हो गये, कुछ लोगों का तो कहना था कि पूरे शहर में उनसे बड़ा कोई अमीर नहीं है।

एक दिन सेठ जी जब घर पर आराम कर रहे थे, तब उनके बचपन के दोस्त राधेश्याम उनसे मिलने आये। उन्हें देखकर सेठ जी बहुत ख़ुश हुए, राधेश्याम और वह स्कूल के साथी थे। राधेश्याम अपने बच्चों के साथ रहने के लिए दूसरे

शहर चले गये थे, इसलिए अब दोनों की मुलाक़ात नहीं हो पाती थी। सेठ जी ने अपने पोते के जन्मदिन पर भी उन्हें बुलाया था, लेकिन वह आ नहीं पाये थे। सेठ जी शिकायती लहजे में बोले, "लगता है दूसरे शहर जाकर तुम मुझे पूरी तरह से भूल गये हो। तुम्हें मैंने अपने पोते के जन्मदिन पर बुलाया था, लेकिन तुम नहीं आये।"

"नहीं, ऐसी बात नहीं है।" राधेश्याम ने मुस्कुराते हुए जवाब दिया। "मैं अपने बचपन के मित्र को कैसे भूल सकता हूँ। कुछ व्यस्ताओं के कारण जन्मदिन की दावत में मैं नहीं आ सका था।"

"तुमने ये तो सुना होगा कि मैंने अपने पोते का जन्मदिन कितने धूमधाम से मनाया था?" सेठ जी अपने दोस्त की ओर देखते हुए बोले। "अभी भी लोग उस दावत की चर्चा कर रहे हैं।"

"हाँ, मुझे कुछ लोगों से इसकी जानकारी मिली थी।" राधेश्याम ने सिर हिलाते हुए कहा। "लक्ष्मी जी की तुम पर भरपूर कृपा है।"

"हाँ, सो तो है।" सेठ जी हँसने लगे। "बताओ तुम्हारा स्वागत कैसे करूँ? क्या भोजन बनवाऊँ तुम्हारे लिए?"

"मेरी इच्छा तो आम खाने की हो रही है।" राधेश्याम ने मज़ाक़िया लहजे में कहा। "क्या खिलवा सकते हो?"

उनकी बात सुनकर सेठ जी ने मुस्कुराते हुए जवाब दिया, "इस मौसम में भला आम कहाँ मिलेंगे?"

"अगर तुम मुझे आम नहीं खिला सकते हो तो फिर इतनी दौलत का क्या फ़ायदा।" राधेश्याम ने व्यंग्य किया।

उन्होंने तो यह बात मज़ाक़ में ही कही थी, लेकिन सेठ जी को लगा कि उन पर तंज़ कसा गया है। उन्होंने मन ही मन सोचा कि अगर वह अपने मित्र को आम नहीं खिलवा पाये तो यह उनकी अमीरी का अपमान होगा। कुछ पलों की ख़ामोशी के बाद वह बोले, "मैं तुम्हारी इच्छा ज़रूर पूरी करूँगा, आज मैं तुम्हें भोजन के साथ आम ज़रूर खिलवाऊँगा।"

"आम भला इस मौसम में कहाँ मिलेंगे?" राधेश्याम ने मुस्कुराते हुए अपने दोस्त को देखा। "मैं तो बस यूँ ही मज़ाक़ कर रहा था।"

"अगर पैसे हों तो किसी भी मौसम में कुछ भी मिल सकता है, फिर आम

क्या चीज़ है?" सेठ जी ने थोड़ी ऊँची आवाज़ में कहा।

"तुम्हारी यह सोच ठीक नहीं है, पैसे से संसार की हर चीज़ नहीं प्राप्त की जा सकती है।" राधेश्याम ने गंभीर आवाज़ में कहा। "यह सिर्फ़ तुम्हारा भ्रम है, धन हर जगह काम नहीं आता है।"

"नहीं मित्र, मैं तुम्हारी इस बात से सहमत नहीं हूँ।" सेठ जी अपनी बात पर अड़े रहे। "मैं तुम्हें इस मौसम में आम खिलाकर यह बात साबित कर दूँगा।"

राधेश्याम ने अपने दोस्त को फिर समझाने की कोशिश की कि आम मँगवाने की ज़रूरत नहीं है, लेकिन वह नहीं माने। उन्होंने अपने नौकर को बुलाया और बाज़ार से आम ख़रीदकर लाने का आदेश दिया।

नौकर ने सेठ जी की ओर आश्चर्य से देखा। उसे लगा कि वह शायद मज़ाक़ कर रहे हैं, इसलिए उसने कुछ जवाब नहीं दिया और चुपचाप खड़ा रहा। उसे चुपचाप खड़ा देखकर सेठ जी क्रोधित हो गये, वह गुस्से में चिल्लाये, "तुमने सुना नहीं मैंने क्या कहा! फ़टाफ़ट बाज़ार जाओ और आम लेकर आओ।"

नौकर ने थोड़ी हिम्मत जुटाई और धीमे से बोला, "मालिक इस मौसम में आम मिलना तो मुश्किल है।"

"मुझे कुछ नहीं सुनना," सेठ जी फिर चिल्लाये। "मैंने जैसा कहा है, वैसा करो।"

नौकर के पास अब कोई विकल्प नहीं बचा था, वह चुपचाप वहाँ से चला गया और बाज़ार में आम की खोज में जुट गया, लेकिन उसे आम कहीं नहीं मिला। कुछ देर बाद वह वापस सेठ जी के सामने जाकर खड़ा हो गया और डरते-डरते बोला, "मालिक मैं पूरे बाज़ार में घूमा, एक-एक दुकान पर गया, लेकिन आम कहीं नहीं दिखे।"

यह सुनकर सेठ जी आग-बबूला हो गये, उन्होंने नौकर को डाँटकर भगा दिया। इसके बाद उन्होंने अपने ड्राइवर को बुलाया और उसे आम लाने के लिए भेजा। सेठ जी का साफ़-साफ़ कहना था कि वह गाड़ी लेकर पूरे शहर में घूमे और कहीं से भी आम ख़रीदकर लाओ। इधर-उधर भटकने के बाद ड्राइवर भी सेठ जी के सामने आकर खड़ा हो गया, उन्होंने उसे भी डाँटकर भगा दिया और नौकरी से निकालने की धमकी दी।

अब तो वाक़ई बात इज़्ज़त पर आ गयी थी। सेठ जी को लगा कि यदि

वह आम नहीं मँगवा सके तो उनका पैसों का घमंड चूर-चूर हो जायेगा, इसलिए उन्होंने अपने परिचित के एक फल व्यापारी को फ़ोन लगाया। उसने पहले तो थोड़ी ना-नुकुर की, लेकिन जब सेठ जी ने उसे मुँह-माँगे दाम देने की बात कही तो वह आम उपलब्ध करवाने के लिए राज़ी हो गया। कुछ देर बाद सेठ जी के यहाँ एक लड़का आम लेकर आ गया, आम देखकर सेठ जी ख़ुश हो गये। उन्होंने राधेश्याम की ओर मुस्कुराते हुए देखा, "अब क्या कहना है तुम्हारा? पैसे से कुछ भी संभव है या नहीं?"

उनके इस सवाल का जवाब राधेश्याम के पास नहीं था, इसलिए वह ख़ामोश ही रहे, जो भी हो उन्हें बेमौसम आम खाने को तो मिल गया, दूसरी तरफ़ सेठ जी के खाते में एक और उपलब्धि जुड़ गयी। वह अब हर किसी को आम वाला क़िस्सा सुनाते। उनका क़िस्सा सुनाने का सिलसिला यूँ ही चलता रहता, अगर एकाएक कोरोना वायरस नहीं फैला होता। इस वायरस की वजह से सेठ जी को अपने सारे शोरूम बंद करने पड़े, इससे उन्हें काफ़ी नुक़्सान होने लगा। उन्हें यह भी चिंता सताने लगी कि इतनी मेहनत से खड़ा किया गया कारोबार कहीं लॉकडाउन की वजह से पूरी तरह बर्बाद नहीं हो जाये। वह दुखी रहने लगे, उन्हें चिंताग्रस्त देखकर एक दिन उनकी पत्नी ने इसका कारण जानना चाहा, "आजकल आप इतना दुखी और चिंतित क्यों रहते हैं?"

सेठ जी ने दुखी स्वर में जवाब दिया, "तुम तो जानती ही हो कि मैंने ये व्यापार कितनी मेहनत से खड़ा किया है। लॉकडाउन की वजह से मुझे हर रोज़ लाखों रुपये का नुक़्सान हो रहा है। यह सब मुझसे देखा नहीं जा रहा है।"

"कुछ दिनों के बंद से भला हमें कितना नुक़्सान होगा।" मालती ने अपने पति को दिलासा देते हुए कहा। "अगर थोड़ा-बहुत नुकसान हो भी गया तो इससे हमारी दौलत तो कम नहीं हो जायेगी।"

"ये बेवजह नुकसान मुझे अच्छा नहीं लग रहा है।" सेठ जी धीमे से बोले। "और पता नहीं ये बंद कब तक चलता रहेगा?"

"आप बेवजह चिंता मत करिये।" मालती मुस्कुराते हुए बोलीं। "कुछ दिनों बाद सब पहले जैसे हो जायेगा।"

पत्नी की समझाइश के बावजूद सेठ जी की चिंता कम नहीं हुई, वह सोते-जागते बस अपने नुक़्सान के बारे में ही सोचते रहते। इसकी वजह से उनकी

भूख भी घट गयी और स्वास्थ्य भी बिगड़ने लगा, वह ब्लडप्रेशर के मरीज़ बन गये। उनकी ऐसी हालत देखकर परिवार के सभी सदस्य दुखी थे, लेकिन कोई कुछ नहीं कर सकता था। किसी की भी समझाइश का सेठ जी पर असर नहीं हो रहा था। उनके बेटे ने एक डॉक्टर से बात की तो उसने फ़ोन पर ही कुछ दवाइयाँ बता दीं। इन दवाइयों से सेठ जी को आराम भी मिल गया, लेकिन उनकी पत्नी अभी भी चिंतित थी। उन्होंने फिर अपने पति को फिर समझाने की कोशिश की, ''आप बेवजह चिंता करके अपना स्वास्थ्य ख़राब कर रहे हैं। अगर आपको कुछ हो गया तो मैं क्या करूँगी?''

''तू चिंता मत कर, मैं बिल्कुल ठीक हूँ।'' उन्होने पत्नी की ओर स्नेहिल नेत्रों से देखा। ''मझे कुछ नहीं होगा।''

लेकिन मालती की चिंता कुछ दिन बाद सही साबित हुई। एक दिन सेठ जी को सीने में दर्द उठा, लेकिन ये सामान्य दर्द नहीं था,दवाई खाने से भी उन्हें आराम नहीं मिला। उनके बेटे मोहन ने जब डॉक्टर को फ़ोन लगाया तो उसने उन्हें तुरंत अस्पताल ले जाने की सलाह दी। मोहन ने ड्राइवर को तुरंत बुलाकर गैरेज से गाड़ी बाहर निकलवाई। इसके बाद वह अपने पिता को एक पास के अस्पताल में ले गया, लेकिन वहाँ न तो डॉक्टर था और न कोई दूसरा स्टाफ़। अपने पिता को गाड़ी में लिटाये वह एक घंटे तक एक अस्पताल से दूसरे अस्पताल में भटकता रहा, लेकिन कहीं मरीज़ के इलाज या उसे भर्ती करने की व्यवस्था नहीं थी। कोरोना वायरस के डर की वजह से प्राइवेट अस्पतालों में तो डॉक्टर ही नहीं आ रहे थे। मोहन ने जान-पहचान वाले कुछ डॉक्टरों को भी फ़ोन लगाया, लेकिन किसी ने उसका फ़ोन नहीं उठाया। उसने जब कुछ प्रशासनिक अधिकारियों से बात की तो उन्होंने कोई मदद करने के बजाय सेठ जी को सरकारी अस्पताल ले जाने के लिए कहा। उनकी करोड़ों की दौलत इस समय काम नहीं आ रही थी। थक-हारकर मोहन आख़िरकार अपने पिता को एक सरकारी अस्पताल लेकर पहुँचा, लेकिन तब तक काफ़ी देर हो चुकी थी, सेठ जी दुनिया छोड़कर जा चुके थे। उनकी आँखें खुली हुई थीं, जिनमें आँसुओं की कुछ बूँदें चमक रही थीं।

९
आदत

लॉकडाउन खुलने की वजह से जहाँ कुछ लोग ख़ुश थे तो कुछ परेशान भी, उनमें से ही एक शर्मा जी थे। उनके दो बच्चे थे, एक लड़का और एक लड़की। लड़के का नाम पंकज था, वह स्कूल में पढ़ता था, जबकि लड़की का नाम नेहा था, वह अपनी पढ़ाई पूरी कर चुकी थी। शर्मा जी लंबे समय से उसकी शादी की योजना बना रहे थे, अगर कोरोना वायरस की वजह से लॉकडाउन नहीं लगा होता तो शायद अब तक उसकी शादी भी हो चुकी होती। अब लॉकडाउन तो खुल चुका था, लेकिन उनके दोनों बच्चों पर उसका असर अब भी बाक़ी था। यही शर्मा जी और उनकी पत्नी की चिंता का कारण था।

अभी दो दिन पहले की ही बात है- स्कूल में उनके बेटे को उसके एक दोस्त ने छू लिया था, इसके बाद उसके मुँह से झाग निकलना शुरू हो गया था और वह बेहोश भी हो गया था लगभग एक घंटे बाद उसे होश आया था। स्कूल के प्रिंसिपल ने शर्मा जी को फ़ोन करके इसकी सूचना दी और उनसे यह जानने की कोशिश की कि क्या उनके बेटे को मिर्गी का दौरा पड़ता है? शर्मा जी ने उन्हें यह बताया कि पंकज के साथ आज तक ऐसा कुछ नहीं हुआ है। जब वह घर आया तो उन्होंने उससे बड़े प्यार से पूछा, "बेटा, तुम स्कूल में अचानक गिर क्यों पड़े थे?"

"मेरे दोस्त ने मुझे छू लिया था।" पंकज ने पिता की ओर देखते हुए बड़ी मासूमियत से जवाब दिया।

"दोस्त ने छू लिया तो क्या हो गया?" शर्मा जी ने हैरानी से अपने बेटे की ओर देखा।

"पता नहीं पापा, उसकी छूते ही मुझे कुछ हो गया। मैं डर गया था और मेरे हाथ-पैर काँपने लगे थे, इसके बाद क्या हुआ था मुझे कुछ याद नहीं है।" पंकज धीमे से बोला। उसके चेहरे पर अब भी डर नज़र आ रहा था।

"क्या पहले भी तुम्हारे साथ ऐसा कुछ हुआ है?" शर्मा जी ने पंकज से किसी डॉक्टर की तरह सवाल किया।

"नहीं!" उसने फ़टाफ़ट जवाब दिया।

"लगता है लॉकडाउन का साइडइफ़ेक्ट सिर्फ़ मेरे बच्चों पर ही पड़ा है।" शर्मा जी पत्नी की ओर देखते हुए बड़बड़ाये।

"इसमें गुस्सा होने वाली क्या बात है।" उनकी पत्नी बोली। "बस थोड़े दिनों में सब ठीक हो जायेगा।"

"पंद्रह दिन तो गुज़र गये हैं, पता नहीं कब सब ठीक होगा।" शर्मा जी गुस्से में बोले। "मैं तो इन दोनों की वजह से काफ़ी परेशान हो गया हूँ।"

"अरे ये सब बातें छोड़िए।" पत्नी ने मुस्कुराते हुए पूछा। "मुझे ये बताइये कि दोपहर के खाने में क्या खायेंगे?"

"कुछ भी बना लो।" शर्मा जी ने बुझे मन से जवाब दिया। "इन बच्चों ने मेरा सुख-चैन छीन लिया है।"

बच्चों से ध्यान हटाने के लिए शर्मा जी की पत्नी ने जान-बूझकर खाने का ज़िक्र छेड़ दिया था। पति की ओर प्यार से देखते हुए वह फिर बोलीं, "आज मैं आपके पसंदीदा भरवाँ बैंगन बना रही हूँ।"

"सच?" शर्मा जी एकाएक सब भूल गये और उनके तनावग्रस्त चेहरे पर बच्चों जैसी ख़ुशी नज़र आने लगी। "वाह, फिर तो मज़ा आ जायेगा। लॉकडाउन की वजह से हर रोज़ दाल और आलू की सब्ज़ी खाकर मैं तो अच्छे खाने का स्वाद ही भूल गया हूँ, साथ में दो-चार पापड़ भी तल लेना।"

"ठीक है।" पत्नी ने सिर हिलाते हुए जवाब दिया।

लॉकडाउन ख़त्म होने के बाद भी पंकज और नेहा अपना ज़्यादातर समय कमरे के अंदर ही बिताते थे। वो खाना खाने या बहुत ज़रूरी काम होने पर ही बाहर निकलते थे, ख़ासकर नेहा ने तो अपने आपको कमरे के अंदर ही क़ैद कर लिया था। आज भी वह ठीक खाने के समय पर बाहर आयी। पूरा परिवार डाइनिंग टेबल पर एक साथ बैठा हुआ था, शर्मा जी का पूरा ध्यान अपनी बेटी पर ही था। उन्होंने नेहा की तरफ़ गुस्से से देखते हुए कहा, "क्या खाते समय भी मास्क तुम्हारे कानों से लटकता रहेगा? उसे निकालकर अलग क्यों नहीं रखती हो?"

"आप भूल गये क्या कि डॉक्टर ने लॉकडाउन के समय क्या कहा था।" नेहा हँसते हुए बोली। "उन्होंने कहा था न कि कोरोना वायरस से बचने के लिए

हमेशा मास्क लगाये रखना ज़रूरी है।"

"हाँ, वह तो सिर्फ़ कोरोना वायरस के ख़त्म होने तक के लिए कहा था।" शर्मा जी ने झल्लाते हुए कहा। "अब तो अपनी आदत बदल लो।"

"पापा, आप टेंशन मत लो और आराम से खाना खाओ।" नेहा ने उत्तर दिया।

"तुझे मास्क कान से निकालने में क्या परेशानी हो रही है?" शर्मा जी बेटी के जवाब से और चिढ़ गये। "उसे उतारकर रख क्यों नहीं देती है?"

"मुझे मास्क उतारने के बाद अच्छा नहीं लगता है।" नेहा धीमे से बोली। "मुझे ऐसा लगता है जैसे मेरे आसपास कोई वायरस घूम रहा है।"

"तुम दोनों ने मुझे पागल कर दिया है।" शर्मा जी अपने बेटे की ओर देखते हुए बोले। "तुम मास्क नहीं उतारती हो और तुम्हारा भाई किसी के छूते ही बेहोश हो जाता है। मुझे समझ नहीं आ रहा है कि मैं तुम दोनों का क्या करूँ?"

"आप अपना ग़ुस्सा शांत करिये और खाना शुरू करिये।" शर्मा जी की पत्नी बोलीं।

उन्होंने पति की थाली में भरवाँ बैंगन और रोटी रख दी। भरवाँ बैंगन देखते ही शर्मा जी फिर सबकुछ भूल गये और शांति से खाना खाने लगे।

"कितने दिनों बाद इतना स्वादिष्ट खाना खा रहा हूँ।" वह उँगलियाँ चाटते हुए बोले। "वो पापड़ कहाँ है?"

"ओह, मैं पापड़ तलना तो भूल ही गयी।" पत्नी ने माथे पर हाथ रखते हुए जवाब दिया। "मैं अभी लेकर आती हूँ।"

इसके बाद वह किचन में चली गयीं। पत्नी के वापस आने तक शर्मा जी अपने दोनों बच्चों को घूरते रहे, उनके दिमाग़ में यही चल रहा था कि वो अपने बच्चों को पहले जैसा सामान्य कैसे बनायें।

दो-तीन दिन बाद उनके मोबाइल पर किसी अंजान नंबर से फ़ोन आया, फ़ोन करने वाले ने अपना नाम मनोहर तिवारी बताया। शर्मा जी उन्हें पहचान नहीं पा रहे थे, लेकिन दिमाग़ पर थोड़ा जोड़ डालने पर उन्हें ध्यान आया कि ये वही तिवारी जी हैं, जिनके बेटे से कुछ दिन पहले उनकी लड़की की बात चली थी। कुछ कारणों की वजह से ये बातचीत आगे नहीं बढ़ पाई थी। यह याद आते ही शर्मा जी ख़ुश हो गये, उन्होंने पूरी विनम्रता से तिवारी जी को नमस्कार किया

और उनकी कुशल-क्षेम पूछी। चूंकि लॉकडाउन समाप्त हो चुका था, इसलिए तिवारी जी रिश्ते की बात को आगे बढ़ाना चाहते थे, वह अपने बेटे के साथ घर पर आना चाहते थे। यह सुनकर शर्मा जी को लगा कि भगवान ने उनकी प्रार्थना सुन ली है, उनकी मुँह-माँगी मुराद पूरी हो गयी है इसलिए उन्होंने बिना देरी किये तिवारी जी को अपने घर पर आने का निमंत्रण दे दिया।

तिवारी जी भी कुछ ज़्यादा ही जल्दबाज़ी में थे। उन्होंने बताया कि वह कल शाम ही अपने बेटे के साथ उनकी लड़की को देखने आयेंगे। इसके बाद शर्मा जी ने पत्नी को बुलाया और उन्हें तिवारी जी से हुई बातचीत के बारे में बताया। उन्होंने शर्मा जी की ओर देखते हुए कहा, "यह तो ख़ुशी की बात है, फिर आप चिंतित क्यों दिख रहे हैं?"

"मेरी चिंता का कारण नेहा का अजीब व्यवहार है।" शर्मा जी ने जवाब दिया। "मैं चाहता हूँ कि एक बार तुम उससे बात करो।"

"ठीक है।" यह कहते हुए उनकी पत्नी ने नेहा को आवाज़ लगाई। कुछ देर बाद वह अपने कमरे से बाहर निकलकर आयी और माँ के सामने आकर खड़ी हो गयी। वह अब भी मास्क लगाये हुए थी, "क्या हुआ माँ?" उसने धीमे से पूछा।

"बैठ यहाँ, तुझसे पिता जी को कुछ बात करनी है।" उन्होंने जवाब दिया और पति को आँखों से कुछ इशारा किया।

"बेटा, कल तुम्हें देखने के लिए लड़के वाले आ रहे हैं।" शर्मा जी ने बेटी की ओर देखते हुए कहा। "तुम कल अच्छे से तैयार हो जाना। बहुत मुश्किल से तुम्हारी शादी की बात दोबारा शुरू हो रही है।"

"नहीं, पापा मुझे शादी नहीं करनी है।" नेहा ने बिना कुछ सोचे फ़टाफ़ट जवाब दे दिया। "आप लड़के वालों को मना कर दीजिए।"

"ये कैसी बात कर रही हो तुम।" शर्मा जी ने ग़ुस्से से कहा। "क्या पूरी ज़िन्दगी कुँवारी रहोगी?"

"हाँ।" नेहा मुस्कुराते हुए बोली। "मैं पूरी ज़िन्दगी कुँवारी ही रहना चाहती हूँ।"

"देखो अपनी लड़की को कैसी पागलों जैसी बातें कर रही है।" शर्मा जी पत्नी की तरफ़ देखते हुए चीखे। "तुम ही इसे कुछ समझाओ।"

"शादी तो तुझे करनी ही पड़ेगी।" मिसेज शर्मा बड़े प्यार से बेटी से बोलीं। "कोई भी लड़की ज़िन्दगी भर कुँवारी नहीं रह सकती है। अपने पिता की बात मान ले, अगर तू नहीं मानेगी तो मेरे मरा हुआ मुँह देखेगी।"

माँ ने बेटी को जब 'इमोशनली ब्लैकमेल' किया तो वह लड़के के सामने जाने के लिए राज़ी हो गयी, लेकिन उसने एक शर्त रखी- "आप लोग चाहते हैं तो मैं लड़के से मिलने के लिए राज़ी हूँ, लेकिन मैं किसी बाहर से आने वाले व्यक्ति के सामने चेहरे से मास्क नहीं हटाऊँगी। बाक़ी आप लोग सोच लो!"

"तुम्हारा दिमाग़ ख़राब है क्या?" शर्मा जी का गुस्सा फिर भड़क गया। "अगर तुम चेहरे से मास्क नहीं हटाओगी तो लड़का तुम्हारा चेहरा कैसे देखेगा?"

"मैं फ़ेसबुक पर उसे अपना चेहरा दिखा दूँगी।" नेहा ने लापरवाही से हँसते हुए कहा। "फ़ेसबुक पर मेरी बहुत-सी तस्वीरें हैं।"

"ठीक है, तू अपने कमरे में जा।" शर्मा जी की पत्नी ने बेटी की ओर देखते हुए कहा।

उसके जाते ही उन्होंने अपने पति को समझाना शुरू कर दिया। उन्होंने अपने पति से कहा कि जब लड़का सामने होगा तो नेहा ख़ुद-ब-ख़ुद अपने चेहरे से मास्क हटा देगी। शर्मा जी पत्नी की बात से संतुष्ट तो नहीं थे लेकिन वह कर भी क्या सकते थे। मन को तसल्ली देने के लिए उन्होंने भी सोच लिया कि शायद पत्नी की बात सही हो जाये।

अगले दिन लड़के वाले नेहा को देखने के लिए आ गये। शर्मा जी की पत्नी ने उन्हें चाय-नाश्ता कराया, इसके बाद दोनों पक्षों के बीच बातचीत शुरू हुई-

"लॉकडाउन की वजह से मैं विवाह की बात आगे नहीं बढ़ा सका था। इसके लिए मैं आपसे क्षमा चाहता हूँ।" तिवारी जी ने हाथ जोड़ते हुए कहा। "अब मैं चाहता हूँ कि शादी जल्द से जल्द फ़ाइनल हो जाये। मेरे बेटे को दिल्ली में नौकरी मिल गयी है, वह भी चाहता है कि जल्द से जल्द शादी हो जाये।"

शर्मा जी ने लड़के की तरफ़ देखा। वह देखने में काफ़ी स्मार्ट था और सीधा-साधा भी लग रहा था।

"बेटा, तुम्हारा नाम क्या है?" शर्मा जी ने उससे मुस्कुराते हुए सवाल किया।

"सुमित, अंकल।" उसने भी मुस्कुराते हुए जवाब दिया।

“भाई साहब, अब लड़की को बुलाइए।” तिवारी जी बोले। “बच्चे एक-दूसरे से मिल लें, फिर बातचीत आगे बढ़ाई जाये।”

शर्मा जी ने अपनी पत्नी को इशारा किया कि वह बेटी को लेकर आये। कुछ देर बाद नेहा अपनी माँ के साथ उस कमरे में आ गयी, जहाँ लड़के वाले बैठे थे। उसके चेहरे पर मास्क लगा हुआ था, यह देखकर तिवारी जी और उनका बेटा थोड़ा आश्चर्यचकित दिखे। जैसे ही नेहा सोफे पर बैठी, तिवारी जी ख़ुद को रोक नहीं सके, “बेटा, तुमने अपने चेहरे पर ये मास्क क्यों लगाकर रखा है? अब तो कोरोना वायरस ख़त्म हो चुका है।”

“नहीं अंकल, अभी वायरस पूरी तरह से ख़त्म नहीं हुआ है।” नेहा ने हँसते हुए जवाब दिया। “आप भी मास्क लगाकर रखिये।”

उसका यह जवाब सुनकर तिवारी जी ने अपनी गर्दन शर्मा जी की तरफ़ घुमाई, शर्मा जी को कुछ समझ नहीं आ रहा था। उन्होंने बग़ल में बैठी अपनी पत्नी की तरफ़ देखा, मिसेज शर्मा ने बात को सँभालने की कोशिश करते हुए कहा, “ये मास्क के चक्कर में बच्चों का आपस में परिचय तो हो ही नहीं पाया। बेटा सुमित, ये हमारी बेटी नेहा है।”

नेहा ने लड़के की ओर देखा और किसी सहनशील लड़की की तरह शर्माते हुए बोली, “नमस्ते सुमित जी!”

“नमस्ते!” सुमित ने मुस्कुराते हुए कहा और पूछा। “आप कैसी हैं?”

“मैं ठीक हूँ, और आप?” नेहा ने जवाब दिया।

“बेटा तुम चाहो तो नेहा से अकेले में बात कर सकते हो।” मिसेज शर्मा ने लड़के से कहा। “तुम दोनों छत पर चले जाओ।”

इसके बाद वह उठीं और दोनों को छत पर छोड़ आयीं। सुमित और नेहा कुछ समय तक ख़ामोश रहे, एक-दूसरे की तरफ़ देखते रहे। आख़िरकार सुमित को ही चुप्पी तोड़नी पड़ी, “अब तो मास्क उतार लीजिए, वर्ना मैं आपका चेहरा कैसे देखूँगा?”

“फ़ेसबुक पर मेरी बहुत सारी तस्वीरें हैं।” नेहा ने हँसते हुए उत्तर दिया। “रुकिये मैं आपको दिखाती हूँ।”

वह फ़ेसबुक पर मौजूद अपनी तस्वीरें सुमित को दिखाने लगी। सुमित ने हँसते हुए उससे सवाल किया, “लेकिन आप अपने चेहरे से मास्क क्यों नहीं हटा रही हैं? क्या आपने ऐसा कोई प्रण लिया है या फिर कोई और वजह है?”

"अगर मैंने चेहरे से मास्क हटाया और कोरोना वायरस साँसों से मेरे अंदर चला गया तो मैं क्या करूँगी।" नेहा ने गंभीर आवाज़ में जवाब दिया।

"लेकिन कोरोना वायरस तो कब का ख़त्म हो चुका है।" सुमित हँसा। "नहीं तो क्या मैं मास्क नहीं लगाता।"

"नहीं, अभी कोरोना वायरस ख़त्म नहीं हुआ है।" नेहा ने किसी बच्चे की तरह आँखें नचाते हुए कहा। "क्या पता वह आपके शरीर में मौजूद हो!"

उसकी ऐसी बातें सुनकर सुमित ठहाके लगाकर हँसने लगा। जब उसकी हँसी थमी तो उसने नेहा से फिर निवेदन किया कि वह अपने चेहरे से मास्क हटा ले, लेकिन वह नहीं मानी। इसकी वजह से सुमित गुस्सा होकर छत से नीचे आ गया।

"क्या हुआ बेटा? तुम नीचे क्यों आ गये?" तिवारी जी ने अपने बेटे से पूछा।

"मैं ऐसी लड़की से शादी कैसे कर सकता हूँ, जो हमेशा अपने चेहरे पर मास्क लगाये रहती हो।" सुमित ने गुस्से में जवाब दिया। उसकी बात सुनकर तिवारी जी भी खड़े हो गये। शर्मा जी ने उन्हें रोकने की कोशिश की, लेकिन वह अपने बेटे के साथ बाहर निकल गये। उनके जाने के बाद शर्मा जी काफ़ी देर तक दुखी मुद्रा में बैठे रहे। इस घटना ने उन्हें बच्चों को लेकर और चिंतित कर दिया। उन्होंने अपने एक दोस्त को फ़ोन लगाया और अपनी बेटी-बेटे की स्थिति के बारे में उससे चर्चा की। उसने उन्हें सलाह दी कि वह अपने बच्चों को किसी मनोचिकित्सक के पास लेकर जायें।

शर्मा जी ने उसकी बात मान ली। वह नेहा और पंकज को शहर के एक प्रसिद्ध मनोचिकित्सक डॉ. वर्मा के क्लीनिक पर ले गये। डॉ. वर्मा ने उन्हें बताया कि लॉकडाउन के बाद बहुत से लोग मनोवैज्ञानिक परेशानियों का सामना कर रहे हैं। उनके पास हर दिन कई अभिवावक अपने बच्चों को लेकर आ रहे हैं, इसलिए उन्हें चिंतित होने की ज़रूरत नहीं है। उनकी बात सुनकर शर्मा जी ने राहत की साँस ली। इसके बाद डॉ. वर्मा ने एक-एक कर नेहा और पंकज से बातचीत शुरू की, सबसे पहले उन्होंने नेहा को बुलाया- वह जैसे ही केबिन के अंदर पहुँची, डॉ. वर्मा ने उसे बैठने के लिए कहा और मुस्कुराते हुए पूछा, "आपका नाम क्या है?"

"सर, नेहा।" उसने थोड़ा सहमते हुए उत्तर दिया।

"तुमने ये माक क्यों पहना हुआ है? क्या तुम्हें अब भी कोरोना वायरस से डर लगता है?"

"हाँ।"

"अगर मास्क निकाल दोगी तो क्या होगा?"

"सर, कोरोना वायरस मेरे शरीर के अंदर घुस सकता है।"

"मगर अब तो वायरस ख़त्म हो चुका है।"

"नहीं, ऐसा आपको लगता है।"

"सचमुच अब वायरस पूरी तरह ख़त्म हो चुका है, ये सिर्फ़ तुम्हारे मन का भ्रम है। देखो मैं भी मास्क नहीं लगाये हूँ।"

"आप तो डॉक्टर हैं, आपको क्या हो सकता है?"

"लेकिन मैं भी तो तुम्हारी तरह एक इंसान ही हूँ, वायरस तो मुझे भी नुक़्सान पहुँचा सकता है।"

"हाँ तो आप भी मास्क लगाइये।"

डॉ. वर्मा ने काफ़ी देर तक नेहा की काउंसलिंग की। इस दौरान उन्होंने उसके अंदर से कोरोना वायरस का डर निकालने की कोशिश की, लेकिन उन्हें कोई सफलता नहीं मिली। थक-हारकर उन्हें नेहा को बाहर जाने के लिए कहना पड़ा। इसके बाद उनके केबिन में पंकज दाख़िल हुआ।

"आपका क्या नाम है, बेटा?" डॉ. वर्मा ने फिर वैसे ही बातचीत शुरू की।

"पंकज, अंकल।" उसने जवाब दिया।

"आपका नाम तो बहुत अच्छा है।" डॉ. वर्मा ने मुस्कुराते हुए कहा। "अच्छा पंकज आप मुझे सच-सच बताओ कि जब आपको कोई छूता है तो आप बेहोश क्यों हो जाते हो? आपको किस चीज़ से डर लगता है?"

पंकज कुछ मिनटों तक अपना सिर खुजलाते हुए कुछ सोचता रहा, फिर बोला- "अंकल, जैसे ही मुझे कोई टच करता है, मुझे बहुत डर लगने लगता है, इसके बाद मुझे चक्कर आ जाता है।"

"तुम्हें डर क्यों लगता है?" डॉ. वर्मा ने अगला सवाल किया।

"मुझे लगता है कि यदि मुझे कोई टच करेगा तो मुझे भी कोरोना हो जायेगा।" पंकज ने धीमी आवाज़ में जवाब दिया।

"बेटा, यह सब तुम्हारे मन का वहम है। देखो अब मैं तुम्हें छूने जा रहा हूँ, लेकिन तुम बेहोश नहीं होगे।" यह कहते हुए डॉ. वर्मा अपनी सीट से उठे और पंकज के पास पहुँच गये। उन्होंने जैसे ही अपना हाथ उसके सिर पर रखा, उसके मुँह से झाग निकलने लगा और इसके बाद वह चक्कर खाकर कुर्सी से नीचे गिर पड़ा। यह देखकर डॉ. वर्मा भी घबरा गये, उन्होंने उसके मुँह पर पानी के कुछ छींटे मारे और कपड़े से उसका मुँह पोंछा, थोड़ी देर बाद पंकज को होश आ गया। डॉ. वर्मा ने उसे अपने केबिन से बाहर भेज दिया और शर्मा जी को अंदर बुलाया। उनकी ओर देखते हुए डॉ. वर्मा ने गहरी साँस छोड़ी और बोले, "आपके दोनों बच्चों के अंदर कोरोना वायरस का बहुत गहरा डर बैठ गया है, उसे निकालना थोड़ा मुश्किल है।"

"पर डॉक्टर साहब मैं तो बड़ी उम्मीद के साथ आपके पास आया था।" शर्मा जी दुखी होते हुए बोले। "इस परेशानी का कोई तो इलाज होगा।"

डॉ. वर्मा कुछ देर ख़ामोश रहे और फिर बोले, "कुछ लोग लंबे समय तक किसी ख़ास परिस्थिति में रहने पर उसी के अभ्यस्त हो जाते हैं, जब अचानक उन्हें उस परिस्थिति से बाहर निकाला जाता है तो उनका दिल-दिमाग़ नयी परिस्थिति से सामंजस्य नहीं बैठा पाता है। वह असमान्य हरकतें भी करने लगते हैं, यह एक मनोवैज्ञानिक बीमारी है।"

"हाँ वो तो है, मगर इसका इलाज क्या है?" शर्मा जी ने अधीरता से पूछा।

"ऐसे व्यक्तियों को सामान्य बनाने के लिए हमें उन्हें फिर पुरानी परिस्थिति में ले जाना पड़ता है।" डॉ. वर्मा ने कहा। "आपको भी कुछ ऐसा ही करना होगा।"

"मतलब!" शर्मा जी ने चौंकते हुए पूछा।

"आप अपने बच्चों से कहिए कि कोरोना वायरस फिर से फैल गया है, सरकार ने फिर से लॉकडाउन लगा दिया है।" डॉ. वर्मा मुस्कुराते हुए बोले। "जब वह फिर से पहले की तरह रहने लगें तो उन्हें धीरे-धीरे बताइये कि कोरोना वायरस ख़त्म होने वाला है। इस तरह वो मानसिक रूप से फिर से तैयार हो जायेंगे और उनके मन का डर भी ख़त्म होने लगेगा।"

शर्मा जी ने चकित नज़रों से डॉ. वर्मा की ओर देखा, उन्होंने मन ही मन सोचा तो क्या उन्हें फिर से एक महीने तक दाल और आलू की सब्ज़ी खानी पड़ेगी।

10
अम्मा की कढ़ी

संजय अपने कमरे में पड़े-पड़े फ़ेसबुक पर टाइम पास कर रहा था, पिछले कुछ दिनों से वह बिल्कुल फ़ुर्सतिया था। वह मूलत: कानपुर का रहने वाला था, लेकिन इन दिनों दिल्ली में रह रहा था। वहाँ एक कंपनी में काम करता था, लेकिन लॉकडाउन की वजह से वह कंपनी भी बंद थी। इसके कारण न तो वह कुछ काम कर पा रहा था और न ही घर जा पा रहा था। संजय सबसे ज़्यादा परेशान खाने को लेकर था, उसे ढंग से खाना बनाना भी नहीं आता था, जिसकी वजह से हर रोज़ उसे अपने हाथ का कच्चा-पक्का खाना खाकर ही गुज़ारा करना पड़ रहा था। लेकिन अब उसकी स्वाद इंद्रियाँ ही उसके खाने का विद्रोह करने लगी थीं।

वह जब भी फ़ेसबुक देखता था, कोई न कोई खाने की तस्वीर उसके सामने आ जाती थी। लोग तरह-तरह के व्यंजन बनाकर उसकी तस्वीर और वीडियो फ़ेसबुक पर डाल रहे थे, उन्हें देखकर संजय का मन डोल रहा था लेकिन वह अपने हालातों की वजह से बेबस था। चावल-दाल, चाय और मैगी के अलावा उसे कुछ भी बनाना नहीं आता था, इसलिए वह मन ही मन उन लोगों को गाली दे रहा था, जो इस तरह की तस्वीरें या वीडियो डाल रहे थे। कुछ तस्वीरों को तो वह रिपोर्ट भी कर चुका था, लेकिन उसका कोई फ़ायदा नहीं हुआ था। अभी भी उसके किसी मित्र ने, जो शादीशुदा था, कढ़ी की तस्वीर शेयर की थी। संजय पिछले कुछ मिनटों से उसी तस्वीर को बड़ी ग़ौर से देख रहा था,उसे कढ़ी कभी भी पसंद नहीं थी लेकिन आज न जाने क्यों उसकी तस्वीर देखकर मुँह में पानी आ रहा था। कढ़ी से उसका गहरा संबंध भी था और कई यादें भी जुड़ी हुई थीं, इसलिए वह तस्वीर देखते-देखते धीरे-धीरे अपनी पुरानी यादों में खो गया-

दोपहर का वक़्त था, अम्मा (माँ) आँगन के चूल्हे में कढ़ी पका रही थीं, जिसकी ख़ुशबू हवा से हर जगह फैल रही थी। संजय के बड़े भैया अमन, पिता जी, छोटी बहन सब बेसब्री से इंतज़ार कर रहे थे कि वह चूल्हे से कढ़ी उतारें, जिससे उन्हें खाने को मिले। अम्मा के हाथ की बनी कढ़ी पूरे मोहल्ले में मशहूर

थी। कढ़ी बनने के बाद वह मिट्टी के दीपक से उसमें छौंक लगाती थीं, जिससे उसका स्वाद और बढ़ जाता था। आस-पड़ोस के लोग कढ़ी की ख़ुशबू का पीछा करते हुए उसके घर में दौड़े चले आते थे और अम्मा से कढ़ी माँगकर ले जाते थे। उनके जैसी कढ़ी पूरे मोहल्ले में कोई नहीं बना पाता था, घर के सभी लोगों को भी कढ़ी बेहद पसंद थी, इसलिए अम्मा हर दूसरे दिन कढ़ी बनाती थीं, लेकिन संजय को कढ़ी के नाम से ही नफ़रत थी। उसे देखते ही उसकी भूख मर जाती थी।

आज भी अम्मा को कढ़ी बनाते देखकर उसे बहुत तेज़ ग़ुस्सा आ रही थी। उसने सोच लिया था कि आज वह खाना नहीं खायेगा। जब अम्मा ने उसे खाने के लिए पुकारा तो उसने खाना खाने से मना कर दिया।

"क्या हुआ तुझे?" उन्होंने बड़े प्यार से उससे पूछा।

"मुझे भूख नहीं है।" संजय ने मुँह फुलाते हुए कहा।

"भूख क्यों नहीं है? बेटा, तूने तो सुबह से कुछ खाया भी नहीं है।" अम्मा ने चिंतित स्वर में प्रश्न किया। " और तूने अपना मुँह क्यों फुला रखा है?"

"हर दूसरे दिन तुम कढ़ी बना लेती हो, क्या और कोई सब्ज़ी नहीं है?" संजय ने ग़ुस्से में जवाब दिया।

"अच्छा ये बात है।" अम्मा मुस्कुरायीं। "चल मैं तेरे लिए कोई और सब्ज़ी बना देती हूँ।"

"नहीं, दूसरी सब्ज़ी बनाने की कोई ज़रूरत नहीं है।" अचानक पिता जी चिल्लाये। "कितनी स्वादिष्ट कढ़ी बनी है, हम लोग भी तो खा रहे हैं।"

"स्वादिष्ट है तो आप लोग ही खाइये।" संजय ने पिता जी की ओर देखते हुए कहा। "मैं तो रोज़-रोज़ कढ़ी नहीं खा सकता हूँ।"

"भैया, आज सचमुच काफ़ी स्वादिष्ट कढ़ी बनी है।" संजय की छोटी बहन सुमन बोली। "आप खाकर तो देखो बहुत अच्छी लगेगी।"

"हाँ, संजय सुमन सच बोल रही है।" संजय के बड़े भाई अमन ने हाँ में हाँ मिलाई, लेकिन संजय ने किसी की बात नहीं मानी। मजबूरी में अम्मा ने दोबारा चूल्हा जलाया और उसके लिए अलग से आलू-मटर की सब्ज़ी छौंक दी।

पुराने दिनों को याद करते हुए संजय के होठों पर एक मुस्कराहट आ गयी

थी, माँ का चेहरा उसकी आँखों के सामने था। उसे याद नहीं आ रहा था कि उसने अम्मा के हाथ की कढ़ी कभी चखी भी थी या नहीं, लेकिन उसकी ख़ुशबू अब भी उसके नथुनों में भरी हुई थी। जिस कढ़ी से वह कभी इतनी नफ़रत करता था, आज उसके लिए वह ललचा रहा था। लॉकडाउन में माँ के हाथ की बनी कढ़ी खाना तो मुमकिन नहीं था, इसलिए उसने ख़ुद ही कढ़ी बनाने की सोची। उसने 'यूट्यूब' पर कुछ वीडियो देखे और यह याद करने की कोशिश करने लगा कि अम्मा कैसे कढ़ी बनाया करती थीं। कुछ देर बाद वह अपने कमरे से बाहर निकला, यह तो उसकी ख़ुशक़िस्मती थी कि वह जिस कॉलोनी में रहता था, वहाँ एक डेयरी खुली हुई थी। वहाँ से उसने दस रुपये का दही और एक किराने की दुकान से थोड़ा-सा बेसन ख़रीद लिया। इसके बाद वह अपने कमरे में लौट आया।

उसकी इच्छा थी कि कढ़ी में माँ की तरह दीपक से छौंक लगाये, लेकिन दीपक कहाँ से आते, वो तो घर में थे ही नहीं। ख़ैर संजय ने गैस पर कढ़ी चढ़ा दी और बिस्तर पर जाकर लेट गया। एक बार फिर वह अतीत के पन्ने उलटने लगा-

एक बार पिता जी रात को जब दफ़्तर से लौटे थे तो वह काफ़ी दुखी थे, उनका चेहरा लटका हुआ था और वह घर पर किसी से बात भी नहीं कर रहे थे। अम्मा ने उनकी ओर पानी का गिलास बढ़ाते हुए पूछा, "क्या बात है तुम्हारा चेहरा उतरा हुआ क्यों है?"

"कुछ नहीं, बस यूँ ही।" पिता जी ने पानी पीते हुए निराशा भरी आवाज़ में जवाब दिया। "दफ़्तर का कुछ मामला है।"

"क्या किसी से कुछ अनबन हुई है?" अम्मा ने थोड़ा चिंतित होते हुए पूछा।

"तनख़्वाह बढ़ने का समय आ रहा है, लेकिन पता नहीं इस बार भी मेरी तनख़्वाह बढ़ेगी या नहीं।" संजय के पिता जी बोले।

उसके पिता जी एक सरकारी दफ़्तर में लिपिक थे। उनके बॉस रामानंद सिन्हा उन्हें पसंद नहीं करते थे, इस वजह से पिछले दो सालों से उनकी तनख़्वाह नहीं बढ़ने दे रहे थे। पिता जी ने कई बार उनकी नाराज़गी की वजह जानने की कोशिश की, लेकिन कभी जान नहीं पाये। इसलिए इस बार भी उन्हें आशंका थी कि सिन्हा जी ने ऊपर उनकी अच्छी रिपोर्ट नहीं भेजी होगी।

"आप एक बार उन्हें घर पर खाने के लिए बुला लो।" माँ ने उन्हें सुझाव दिया। "शायद उनके स्वागत-सत्कार से कुछ बात बन जाये।"

"मुझे नहीं लगता कि इससे कुछ फ़ायदा होगा।" पिता जी ने गहरी साँस लेते हुए कहा। "वह न जाने क्यों मुझसे चिढ़ते हैं!"

"आप इस रविवार ही उन्हें घर पर खाने के लिए बुला लीजिए।" माँ ने फिर वही बात कही। "मुझे यक़ीन है कुछ न कुछ अच्छा ही होगा।"

अगले दिन पिता जी जब दफ़्तर गये तो उन्होंने सिन्हा जी को रविवार को खाने पर आने के लिए आमंत्रित किया। पहली बार में तो उन्होंने इंकार कर दिया, लेकिन जब पिता जी ने उनसे कई बार निवेदन किया तो वह मान गये। रविवार के दिन जब सिन्हा जी घर पर आये तो अम्मा ने खाने में कढ़ी, चावल, रोटी और मैथी का साग बनाया। खाना सिन्हा जी को बहुत पसंद आया, खासकर कढ़ी, उन्होंने अम्मा की ओर देखते हुए कहा, "आज तक मैंने इतनी स्वादिष्ट कढ़ी नहीं खायी है। अगर मुझे पता होता कि आप इतनी स्वादिष्ट कढ़ी बनाती हैं तो मैं अब तक कई बार आपके घर आ चुका होता।"

"भाईसाहब, अब जब भी आपका मन कढ़ी खाने का हो बेझिझक घर आ जाइयेगा।" अम्मा ने मुस्कुराते हुए कहा।

"अगर आपको कोई परेशानी न हो तो मैं हर रविवार आपके यहाँ ही भोजन कर लिया करूँ?" सिन्हा जी ने पिता जी की ओर देखा।

"मुझे क्या परेशानी हो सकती है सर, यह भी तो आपका ही घर है। " पिता जी ने हँसते हुए जवाब दिया।

माँ ने मौक़े का फ़ायदा उठाते हुए बातों ही बातों में पिता जी की तनख़्वाह का ज़िक्र छेड़ दिया, "देखिए न भाईसाहब महँगाई कितनी बढ़ रही है, लेकिन पिछले दो सालों से इनकी तनख़्वाह ही नहीं बढ़ रही है। मुझे तो लगता है कि ये दफ़्तर में ठीक ढंग से काम नहीं करते हैं।"

माँ ने कनखियों से पिता जी की ओर देखा, वह नीची नज़रें किये बैठे थे। इस तरह की बातें कर पाना उनके वश की बात नहीं थीं इसलिए वह सिन्हा जी की तरफ़ देखते हुए झेंप रहे थे।

"आप चिंता मत करिए, इस बार आपके पति की तनख़्वाह ज़रूर बढ़ेगी।" सिन्हा जी ने अम्मा का इशारा समझ लिया था। "सिर्फ़ आप मुझे हर रविवार को

इसी तरह टेस्टी खाना खिलाते रहियेगा, भूलियेगा मत!"

"आप तो मुझे शर्मिंदा कर रहे हैं, यह तो मेरा सौभाग्य होगा।" अम्मा उनकी ओर देखते हुए बोलीं।

माँ की कढ़ी का ज़ायक़ा सिन्हा जी की ज़ुबान पर चढ़ गया था। वह हर रविवार तो नहीं, लेकिन महीने में एक या दो बार घर पर ज़रूर आ जाया करते थे। वह जब भी कढ़ी खाते, अम्मा की जमकर तारीफ़ करते। कढ़ी की वजह से पिता जी के प्रति उनका व्यवहार बदल गया था, अबकी बार उनकी तनख़्वाह भी बढ़ गयी और कुछ महीने बाद प्रमोशन भी हो गया।

लेटे-लेटे संजय यही सोच रहा था कि सब लोग माँ के हाथों की कढ़ी की तारीफ़ करते थे, लेकिन पता नहीं क्यों कभी उसे कढ़ी पसंद नहीं थी। कुछ देर बाद वह बिस्तर से उठा और गैस पर पक रही कढ़ी देखने पहुँच गया। कढ़ी अच्छी तरह से खौल चुकी थी, लेकिन उसका रंग वैसा नहीं था जैसा अम्मा की बनायी कढ़ी का हुआ करता था, न ही उससे कोई ख़ुशबू आ रही थी। संजय ने यह सोचकर मन को तसल्ली दी कि शायद खाने में कढ़ी स्वादिष्ट होगी, लेकिन उसे निराशा ही हाथ लगी, कढ़ी बेस्वाद थी। उसे अफ़सोस हुआ कि उसकी पूरी मेहनत बेकार हो गयी, लेकिन संजय को उस समय तेज़ भूख लगी थी इसलिए उसने गैस पर दाल-चावल चढ़ा दिये। वह फिर बिस्तर पर जाकर लेट गया।

कढ़ी ने उसकी पुरानी यादों का पिटारा खोल दिया था। उसकी पहली प्रेम कहानी भी कढ़ी से ही ताल्लुक़ रखती थी, पीले रंग वाली कढ़ी ने ही उसके जीवन में पहले गुलाबी रंग भरे थे। संजय ने आँखें बंद कर लीं और वह उस दिन को याद करने लगा, जब उसने पहली बार ख़ुशबू को देखा था। कहानी यूँ थी कि संजय के पड़ोस में एक मिश्रा परिवार किराये से रहने के लिए आया था। मोहल्ले में जो भी आता था, उसकी अम्मा से दोस्ती ज़रूर हो जाती थी। अम्मा किसी न किसी बहाने से अपने नये पड़ोसी के यहाँ-जाना शुरू कर देती थीं, सो उस परिवार में भी उनका आना-जाना शुरू हो गया था। वह एकाध बार उनके यहाँ भी कढ़ी बनाकर दे आयीं, जिससे नये पड़ोसी के साथ उनकी घनिष्ठता और बढ़ गयी। एक दिन अम्मा दोपहर के समय वहाँ बैठी हुई गप्पे मार रही थीं, इसी दौरान मिश्रा आँटी ने उन्हें बताया कि उनकी बेटी ख़ुशबू, जिसकी उम्र उस समय 17-18 साल की रही होगी, का रिश्ता एक बहुत अच्छे परिवार में हो गया है, कुछ महीनों में उसकी शादी हो जायेगी। वह चाहती हैं कि ख़ुशबू भी उनकी तरह

कढ़ी बनाना सीख ले, जिससे ससुराल में सब उसके बनाये खाने की तारीफ़ करें।

"कढ़ी बनाना कौन-सा मुश्किल काम है।" अम्मा ने हँसते हुए कहा। "वह तो आप भी सिखा सकती हैं अपनी बेटी को।"

"नहीं बहन जी! जैसी स्वादिष्ट कढ़ी आप बनाती हैं, वैसी पूरे मोहल्ले में कोई नहीं बना सकता है।" मिश्रा आँटी बोलीं।

"यदि आप चाहती हैं तो मैं ख़ुशबू को कढ़ी बनाना सिखा दूँगी।" अम्मा ने मुस्कुराते हुए जवाब दिया। "आप उसे मेरे घर पर भेज दिया करो।"

"बेटा, कल से ही तू बहन जी के घर जाना शुरू कर दे।" मिश्रा आँटी ने ख़ुशबू की ओर देखते हुए कहा। "अगर तू अच्छे से खाना बनाना सीख लेगी तो तेरे ससुराल वाले हमेशा ख़ुश रहेंगे।"

ख़ुशबू अगले ही दिन अम्मा के पास पहुँच गयी। अभी एक दिन पहले ही अम्मा ने कढ़ी बनायी थी लेकिन ख़ुशबू को ट्रेनिंग देने के लिए वह फिर कढ़ी बनाने की तैयारी करने लगीं। अम्मा आँगन में बैठी हुई थीं और ख़ुशबू उनके बग़ल में, वह उसे यह समझा रही थीं कि कढ़ी में बेसन की मात्रा कितनी होनी चाहिए। उसमें कौन-कौन से मसाले डाले जाते हैं और उसे कितनी देर तक उबाला जाता है। इसी दौरान संजय उनके पास पहुँच गया, जैसे ही उसकी नज़र ख़ुशबू पर पड़ी, एकाएक उसके दिल की धड़कनें तेज हो गयीं। ख़ुशबू देखने में बेहद ख़ूबसूरत थी, उसकी बड़ी-बड़ी आँखें, गोल चेहरा और बड़े-बड़े बाल इस ख़ूबसूरती में चार चाँद लगा रहे थे।

संजय उस वक़्त कॉलेज में पढ़ता था, उसकी उम्र उस समय यही कोई 20 साल के आसपास रही होगी लेकिन यह पहला अवसर था जब किसी लड़की को देखकर उसके मन में हलचल मची थी। वह कुछ सेकंड तक ख़ुशबू को एकटक देखता रहा, जब अम्मा ने उसे ख़ुशबू को घूरते देखा तो वह ज़ोर से चिल्लायीं- "यहाँ खड़े होकर इसे घूर क्यों रहा है? चल अंदर जा।"

उनकी डाँट सुनकर संजय की तंद्रा टूटी, वह ख़ुशबू से नज़र हटाते हुए रूखी आवाज़ में बोला, "मैं कॉलेज जा रहा था, इसलिए तुमसे पूछने आया था कि खाना बनने में कितनी देर है।"

"बस थोड़ी देर है, तू अंदर जाकर बैठ, मैं लेकर आती हूँ।" अम्मा ने जवाब दिया।

"क्या बना रही हो?" संजय ने अम्मा की ओर देखते हुए पूछा।

"कढ़ी।" उन्होंने जवाब दिया।

यह सुनते ही संजय को ग़ुस्सा आ गया- "कल भी कढ़ी, आज भी कढ़ी, तुम्हारा बस चले तो तुम सबको कढ़ी खिला-खिलाकर मार डालो।"

उसने जिस अंदाज़ में यह बात कही, उससे ख़ुशबू को हँसी आ गयी। संजय ने फिर उसकी ओर देखा, दोनों की निगाहें कुछ पलों के लिए मिलीं। ख़ुशबू शर्मा गयी और निगाहें नीचे झुका लीं, कुछ देर बाद संजय अपने कमरे के अंदर चला गया। अमूमन कढ़ी का नाम सुनते ही वह बिना खाना खाये ही कॉलेज चला जाया करता था लेकिन उस दिन नहीं गया, इसकी वजह ख़ुशबू थी। उसे देखकर संजय को न जाने क्या हो गया था, अम्मा की नज़रों से बचते हुए और पर्दे को सरकाते हुए जब उसने ख़ुशबू को देखने की कोशिश की तो उसकी बहन सुमन ने यह चोरी पकड़ ली, "भैया, किसे देख रहे हो?"

"किसी को तो नहीं..." संजय ने हकलाते हुए जवाब दिया। "वो अम्मा आँगन में खाना बना रही है न, मुझे कॉलेज जाना था इसलिए उनका इंतज़ार कर रहा था।"

"सच बोल रहे हो!" सुमन हँसी। "मुझे बेवक़ूफ़ तो नहीं बना रहे हो?"

"इसमें बेवक़ूफ़ बनाने वाली क्या बात है।" संजय ने नाराज़गी भरी आवाज़ में कहा। "जा। अम्मा से पूछकर आ कि कढ़ी पकने में और कितना समय लगेगा?"

"जिस लड़की को देख रहे थे, क्या तुम्हें उसका नाम मालूम है?" सुमन ने अपने भाई को छेड़ते हुए कहा। "तुम चाहो तो मैं बता सकती हूँ।"

"क्या नाम है उसका?" संजय ने मंद-मंद मुस्कुराते हुए पूछा।

"ख़ुशबू।" उसने जवाब दिया। "माँ से कढ़ी बनाना सीख रही है।"

"तेरी सहेली है क्या?" संजय ने उत्सुकतावश अगला सवाल किया, "जो इतना सब जानती है?"

"है तो नहीं।" सुमन फिर हँसी। "मगर मेरा भाई चाहता है तो बना सकती हूँ।"

कुछ देर बाद माँ खाना लेकर आ गयी, लेकिन अब उसकी भूख ख़त्म हो

चुकी थी। कढ़ी तो वैसे भी उसे पसंद नहीं थी, वह तो सिर्फ़ ख़ुशबू की वजह से रुक गया था। जब ख़ुशबू जाने लगी तो सुमन ने जान-बूझकर उसे बातचीत के बहाने रोक लिया और उसे उस कमरे में लेकर आ गयी जहाँ बैठकर संजय खाना खा रहा था। इसके बाद उसने अपने भाई की ओर मुस्कुराते हुए देखा। ख़ुशबू को देखकर फिर संजय के दिल के तार झंकृत होने लगे, वह खाना खाते-खाते चोरी-चोरी उसे देखने लगा।

"ये मेरे भैया हैं।" सुमन ने ख़ुशबू से अपने भाई का परिचय करवाया। "इनका नाम संजय हैं और ये कॉलेज में पढ़ते हैं।"

"जी, नमस्ते।" ख़ुशबू ने हाथ जोड़ते हुए धीमे से कहा।

"और भैया, ये ख़ुशबू है।" सुमन शरारती मुस्कराहट के साथ बोली। "ये मिश्रा आँटी की बेटी है और हमारे पड़ोस में ही रहती है।"

"नमस्ते।" संजय ने ख़ुशबू की ओर देखते हुए कहा। दोनों की निगाहें फिर कुछ पलों के लिए मिलीं और ख़ुशबू ने फिर शर्मा के निगाहें झुका लीं। उसे देखने के बाद संजय का बुरा हाल था, उस रात उसे ठीक से नींद नहीं आयी। ख़ुशबू का चेहरा उसकी आँखों के सामने घूम रहा था। उसके अंदर एक अजीब-सी बेचैनी थी, वह चाहता था कि जल्द से जल्द सुबह हो ताकि उसे देख सके। लेकिन अम्मा ने दो दिनों तक कढ़ी नहीं बनायी, इस वजह से ख़ुशबू भी घर पर नहीं आयी। संजय उसे देखने की चाह में घर के बाहर जाकर भी खड़ा हो जाता था, लेकिन ख़ुशबू उसे नज़र नहीं आती। जब उससे रहा नहीं गया तो उसने सुमन से इस बारे में बात की, "क्या हुआ दो-तीन दिनों से ख़ुशबू नहीं आयी?"

"तुम्हें रोज़-रोज़ कढ़ी पसंद नहीं है न, इसलिए अम्मा कढ़ी नहीं बना रही हैं।" सुमन ने छूटते ही जवाब दिया, "फिर वह हमारे यहाँ आकर क्या करेगी?"

"तेरा मन कढ़ी खाने का नहीं हो रहा है क्या?" संजय ने मुस्कुराते हुए पूछा। "तुझे तो कढ़ी पसंद है न।"

"अब मैंने भी कढ़ी खाना छोड़ दिया है।" सुमन हँसते हुए बोली। "लेकिन तुम चिंता मत करो, मैं अम्मा से कहकर तुम्हारे लिए कढ़ी बनवा दूँगी।"

सुमन ने न जाने क्या किया कि अगले दिन अम्मा कढ़ी बनाने की तैयारी में जुट गयीं। उन्होंने ख़ुशबू को बुलवा लिया, वह उनके पास बैठकर कढ़ी बनाना सीख रही थी और संजय पर्दे के पीछे से उसे निहार रहा था। वह किसी बहाने

से ख़ुशबू के पास जाना चाहता था, लेकिन उसे कोई बहाना नहीं सूझ रहा था। काफ़ी माथापच्ची करने के बाद एक घटिया-सा आइडिया उसके दिमाग़ में आया और वह अम्मा के पास पहुँच गया।

"क्या हुआ?" अम्मा ने उसे देखते हुए पूछा। "अभी तो तेरे कॉलेज जाने में समय है न?"

"मेरे सिर में दर्द हो रहा था, क्या तुम चाय बना दोगी?" संजय ने अम्मा की ओर देखते हुए जवाब दिया, लेकिन चोर नज़रों से वह ख़ुशबू को ही देख रहा था। इस बात का अंदाज़ा उसे भी था इसलिए जब तक वह खड़ा रहा, तब तक ख़ुशबू ने अपना सिर ऊपर नहीं उठाया। संजय उससे बातचीत करना चाहता था इसलिए जब वह घर से जाने लगी तो वह गेट के पास जाकर खड़ा हो गया। ख़ुशबू ने उसकी तरफ़ देखा और फिर निगाहें झुका लीं, संजय चाहकर भी उससे बात करने की हिम्मत नहीं जुटा सका।

अगले कुछ दिनों तक ख़ुशबू फिर उसके घर पर नहीं आयी। संजय ने अपनी बहन से इस बारे में पूछताछ की, "कई दिनों से ख़ुशबू नहीं आयी है, उसकी कढ़ी बनाने की ट्रेनिंग पूरी हो गयी है क्या?"

"हाँ।" सुमन ने जवाब दिया।

"अच्छा।" संजय ने मायूस होते हुए कहा। "वह तो अब घर से बाहर भी नहीं निकलती है।"

"हाँ, सो तो है।" सुमन ने धीमे से कहा। "मुझे भी कल ही पता चला कि...." वह बोलते-बोलते रुक गयी।

"क्या पता चला तुझे?" संजय ने व्यग्र आवाज़ में पूछा।

"जब ख़ुशबू आये तो तुम ख़ुद ही उससे पूछ लेना।" सुमन ने जवाब दिया।

संजय इस बात का अंदाज़ा नहीं लगा सका कि उसकी बहन क्या कहना चाहती थी। लंबे इंतज़ार के बाद आख़िरकार एक रोज़ ख़ुशबू उसके घर आयी, उसके हाथ में एक कटोरी थी, जिसमें कढ़ी थी। यह कढ़ी उसने ही बनायी थी और अम्मा को चखाने के लिए लायी थी। अम्मा ने उसकी बनायी कढ़ी चखी और दिल खोलकर उसकी तारीफ़ भी की। ख़ुशबू जब जाने लगी तो संजय ने हिम्मत करके उसे रोक लिया, "मुझे तुमसे कुछ बात करनी है।"

"आपके मन में क्या है यह मुझे पता है, लेकिन..." ख़ुशबू ने संजय की आँखों में देखते हुए कहा। आज वह उससे शर्मा नहीं रही थी।

"लेकिन क्या...?" संजय ने उससे सवाल किया।

"मेरी शादी पक्की हो चुकी है।" ख़ुशबू ने उत्तर दिया और इसके बाद वह चली गयी। इसके कुछ महीने बाद ख़ुशबू की शादी हो गयी।

फ़ेसबुक पर कढ़ी की एक तस्वीर संजय के मुँह में पानी ले आयी थी और आँखों में भी। लॉकडाउन ख़त्म होने के बाद जब वह अपने घर कानपुर पहुँचा तो वह हर दिन अम्मा से ज़िद करके कढ़ी बनवाता था, घर से दूर रहकर वह अम्मा की कढ़ी का मोल समझ गया था।

11
शेरू

कोरोना वायरस ने दुनियाभर में कोहराम मचा रखा था। इसका असर सिर्फ़ इंसानों पर ही नहीं पड़ा था, इस महामारी ने पशुओं के लिए भी मुश्किल खड़ी कर दी थी। लॉकडाउन की वजह से उन्हें खाने-पीने का सामान नहीं मिल पा रहा था। शेरू ने भी पिछले दो दिनों से कुछ नहीं खाया था, वह एक हट्टा-कट्टा कुत्ता था और एक मोहल्ले में रहता था। कुछ दिन पहले तक उसके पास खाने-पीने की कोई कमी नहीं थी। मोहल्ले के लोग उसे नियमित रूप से रोटी डालते थे, जिसके बदले में वह रात के समय उनके घरों की सुरक्षा किया करता था। एक बार जब मोहल्ले के एक घर में चोर अंदर घुसने की कोशिश कर रहा था तो उसने ज़ोर-ज़ोर से भौंककर मकान के मालिक को जगा दिया था। इस कारनामे के बाद उसकी प्रतिष्ठा में काफ़ी बढ़ोतरी हुई थी। उसे खाने में कई बार दूध-ब्रेड, रात की बची हुए चिकन करी या मछली की सब्ज़ी भी मिल जाती थी, लेकिन अब ये सब पुरानी बातें हो गयी थीं।

लॉकडाउन के बाद से ही मोहल्ले में सन्नाटा पसरा हुआ था, वायरस के डर से लोग बाहर ही नहीं निकल रहे थे। वह ख़ुद अपनी जान के लिए फ़िक्रमंद थे, ऐसे में शेरू या उस जैसे दूसरे कुत्तों की परवाह कौन करता। यहाँ तक कि जिस व्यक्ति के घर को उसने चोरों से बचाया था, उसने भी शेरू की एक बार ख़बर नहीं ली थी। अब तो उसके सब्र का बाँध टूट रहा था। भूख के मारे उसका बुरा हाल हो रहा था, अंतड़ियाँ पेट से चिपक रही थीं और उसे बहुत कमज़ोरी भी महसूस हो रही थी। खाना न मिलने के कारण उसका शरीर भी दुर्बल हो गया था, हड्डियाँ नज़र आने लगी थीं। आख़िरकार शेरू को खाने की तलाश के लिए उठना ही पड़ा, उसने सोचा कि शायद किसी ने घर के बाहर रोटी रख दी हो इसलिए एक बार और चक्कर मार आना ठीक होगा।

शेरू ने रोटी की तलाश शुरू कर दी। उसने अपनी नज़रें इधर-उधर दौड़ायीं और सूँघकर भी यह पता लगाने की कोशिश की कि कहीं कोई खाने-पीने का सामान रखा है या नहीं, लेकिन उसे कहीं कुछ नहीं मिला। एक घर के दरवाज़े

पर पॉलीथिन ज़रूर रखी थी, उसे देखकर शेरू की आँख में चमक आ गयी। उसे लगा कि पॉलीथिन में ज़रूर कुछ न कुछ खाने के लिए होगा, वह उस पर झपटा और मुँह से पॉलीथिन के अंदर का सामान बाहर निकालना शुरू कर दिया। यहाँ भी उसे निराशा ही हाथ लगी, पॉलीथिन के अंदर आलू-प्याज के छिलके, बिस्कुट के ख़ाली पैकेट, दूध की ख़ाली थैली और घर का दूसरा कूड़ा-करकट था। यह देखकर शेरू को बहुत गुस्सा आया, वह भौंकने लगा ताकि घर का मालिक बाहर आ जाये और उसे खाने के लिए कुछ डाल दे, पर कोई बाहर नहीं आया। इसके बाद शेरू ने मोहल्ले की सभी गलियों में दौड़-भाग शुरू कर दी। इसी दौरान उसे टॉमी मिल गया, वह दूसरे मोहल्ले का कुत्ता था। उसे देखकर शेरू गुर्राया, "तू अपना मोहल्ला छोड़कर यहाँ क्यों घूम रहा है?"

"क्या इस मोहल्ले पर तेरा नाम लिखा है?" टॉमी ने भी अकड़ते हुए जवाब दिया।

उसका जवाब सुनकर शेरू भड़क गया और उस पर हमला करने के लिए झपटा। इससे टॉमी घबरा गया, उसने रोनी-सी सूरत बनाते हुए कहा, "लॉकडाउन के कारण मुझे अपने मोहल्ले में कुछ भी खाने को नहीं मिल रहा था। भूख के कारण मेरे एक साथी की मौत हो चुकी है, इसलिए मजबूरी में आपके मोहल्ले में आना पड़ा।"

उसकी स्थिति के बारे में जानकर शेरू का सब गुस्सा छूमंतर हो गया, उसके मन में टॉमी के प्रति कुछ सहानभूति जाग गयी। वह दुखी आवाज़ में बोला, "ऐसा ही हाल मेरा है। पिछले दो दिनों से मैंने भी कुछ नहीं खाया है, मेरे मोहल्ले में भी खाने के लिए कुछ नहीं है।"

शेरू की बात सुनकर टॉमी का चेहरा लटक गया। वह धीमे से बोला, "मुझसे तो ज़्यादा भूख बर्दाश्त ही नहीं होती है। मुझे डर लग रहा है कि कहीं भूख के कारण मैं भी नहीं मर जाऊँ।"

कुछ देर बातचीत करने के बाद दोनों एक क़साई की दुकान पर पहुँच गये। आम दिनों में दुकान के बाहर कोई हड्डी या माँस का टुकड़ा पड़ा दिख जाता था, लेकिन आज कुछ भी नहीं था। एक छोटी-सी हड्डी तक नहीं थी, जिसे दोनों मिल-जुलकर चूस लेते।

"ये इंसान कितने निर्दयी हो गये हैं।" टॉमी ने बुझी आवाज़ में कहा। "हमारे लिए इनके मन में ज़रा भी दया नहीं है।"

"हाँ, सच कह रहा है मेरे भाई।" शेरू ने उसकी बात का समर्थन किया। "हम हमेशा उनके मोहल्ले और घर की रक्षा करते हैं, इसके बदले में वो हमें खाने के लिए एक रोटी तक नहीं दे सकते हैं।"

"इंसानों के पास तो खाने-पीने का इंतिज़ाम है इसलिए वह आराम से घर पर बैठे हैं, लेकिन हम क्या करें?" टॉमी ने प्रश्न किया।

"अब यहाँ खड़े रहने से कोई फ़ायदा नहीं होगा, हमें और कहीं खाने की तलाश करनी चाहिए।" शेरू उसकी ओर देखते हुए बोला।

"क्यों न हम अलग-अलग जगह खाने की तलाश करें, यदि मुझे खाना मिल गया तो मैं मुँह में दबाकर तेरे लिए आऊँगा और अगर तुम्हें खाना मिला तो तुम मेरे लिए ले आना।" टॉमी ने सुझाव दिया।

"हाँ, यह ठीक रहेगा।" शेरू ने अपना सिर हिलाया। इसके बाद दोनों ने अलग-अलग जगहों पर खाने की तलाश शुरू कर दी। टहलते-टहलते शेरू एक किराने की दुकान पर पहुँच गया, दुकान के बाहर लोगों की भीड़ लगी थी। वो अपने हाथों में बड़े-बड़े थैले लिये लाइन में लगे थे और अपनी बारी आने का इंतज़ार कर रहे थे। दुकानदार बार-बार चिल्ला रहा था, "सब लोग दूर-दूर खड़े हों, जो लोग मास्क लगाकर नहीं आये हैं उन्हें मैं सामान नहीं दूँगा।"

दुकानदार की कुछ लोगों से झड़प भी हो गयी। कुछ ग्राहकों का कहना था कि लॉकडाउन का फ़ायदा उठाते हुए दुकानदार ने कई चीज़ों के दाम बढ़ा दिये हैं, वो इसकी शिकायत पुलिस से करेंगे। बड़ी मुश्किल से एक बुज़ुर्ग व्यक्ति के बीच-बचाव करने के बाद यह झगड़ा समाप्त हुआ और दुकानदार ने फिर से सामान देना शुरू कर दिया। शेरू थोड़ी दूर खड़े होकर यह सब देख रहा था। दुकानदार की बात सुनकर उसके मन में ख़याल आ रहा था कि कहीं ऐसा तो नहीं कि उसने मास्क नहीं पहना है, इसलिए लोग उसे खाना नहीं दे रहे हैं। उसी पल एक और ख़याल उसके मन में आया कि वह तो जानवर है, भला जानवरों को मास्क पहनने की क्या ज़रूरत है? उनका शरीर इंसानों की तरह नाज़ुक थोड़े ही होता है। वह डरते-डरते दुकान के क़रीब पहुँच गया और देखना शुरू कर दिया कि आसपास कुछ खाने के लिए पड़ा है या नहीं, लेकिन उसे कुछ नज़र नहीं आया। इसलिए वह उस जगह पर पहुँच गया, जहाँ लोग लाइन में लगे थे। वह आशा भरी नज़रों से सबकी तरफ़ देख रहा था, ताकि किसी का ध्यान उसकी ओर चला जाये और तरस खाकर उसे कुछ खाने को डाल दे।

लोग दुकान से आटा, दाल, चावल के अलावा ब्रेड, बिस्कुट, अंडे, केक जैसी चीज़ें भी ख़रीद रहे थे, इन चीज़ों को देखकर शेरू के मुँह में पानी आ रहा था। धीरे-धीरे दुकान से भीड़ छँटना शुरू हो गयी, अब सिर्फ़ दो या तीन लोग दुकान पर रह गये थे। शेरू की ओर कोई ध्यान ही नहीं दे रहा था इसलिए उसने अपनी ओर ध्यान आकर्षित करने के लिए भौंकना शुरू कर दिया, लेकिन उसका भौंकना एक युवक को अच्छा नहीं लगा। वह दुकानदार की ओर देखते हुए बोला, ''कुछ देशों में जानवरों की वजह से भी कोरोना फैल रहा है, इस कुत्ते को फ़टाफ़ट यहाँ से भगाओ।''

उसकी बात सुनकर दुकानदार ने अपने दाँत भींचते हुए शेरू की तरफ़ ग़ुस्से से देखा, इसके बाद वह डंडा लेकर उसे मारने दौड़ा। डंडा देखते ही शेरू डर के मारे वहाँ से भाग खड़ा हुआ। थोड़ी दूर चलने के बाद उसे टॉमी भी मिल गया, उसका चेहरा देखकर शेरू समझ गया कि उसके हाथ भी कुछ नहीं लगा है। ''क्या हुआ, कुछ खाने को नहीं मिला?'' उसने टॉमी से पूछा।

''नहीं।'' उसने धीमी आवाज़ में उत्तर दिया। ''एक घर का दरवाज़ा खुला था, मैं उसके अंदर घुस गया सोचा कि अंदर कुछ खाने को मिल जायेगा, लेकिन उल्टा घर के लोगों ने मेरी पिटाई लगा दी।'' यह कहते-कहते उसकी आँखों में आँसू आ गये। ''कहीं मेरी टाँग नहीं टूट गयी हो।''

''"मैं भी एक दुकान पर गया था लेकिन मुझे भी वहाँ कुछ खाने को नहीं मिला। '' शेरू बोला।

''इस कोरोना वायरस ने तो हम कुत्तों की हालत भी ख़राब कर दी है, इसके कारण हमें भी कहीं कुछ खाने को नहीं मिल रहा है।'' टॉमी बोला।

''हाँ, तुम सच कह रहे हो।'' शेरू ने गहरी साँस लेते हुए कहा। ''कुछ दिनों पहले तक हमारी ज़िन्दगी कितनी अच्छे से बीत रही थी, भरपेट खाना मिल रहा था।''

''क्या पता अब वैसे दिन कभी आयेंगे या नहीं।'' टॉमी उदासी से बोला। ''अब तो लोगों को हमारी ज़रूरत भी नहीं रही।''

''अब तो डर के मारे चोर भी रात को बाहर नहीं निकल रहे हैं, फिर हमारे रहने और न रहने से उन्हें क्या फ़र्क़ पड़ने वाला है।'' शेरू ने कहा।

कुछ देर तक दोनों खड़े-खड़े यह सोचते रहे कि अब खाने का इंतिज़ाम

किस तरह से किया जाये। अचानक टॉमी के दिमाग़ की बत्ती जली और उत्साहित होते हुए बोला, "मेरे मोहल्ले में टाइगर दादा रहते हैं, उनका मालिक उन्हें खाने के लिए बहुत सारा मीट और ब्रेड देता है। शायद वह हमें कुछ खाने के लिए दे दें।"

"हाँ, मैं जानता हूँ उसे।" शेरू कुछ रूखेपन से बोला। "वही न जो डॉक्टर के यहाँ रहता है?"

"हाँ, वही।" टॉमी ने तुरंत जवाब दिया।

"लेकिन वह तो विदेशी नस्ल का है, उसकी जात हमसे अलग है।" शेरू ने गुर्राते हुए कहा। "क्या अब हमें उससे मदद माँगनी पड़ेगी?"

टॉमी ने उसे समझाते हुए कहा कि इस समय उन्हें जात-पात और नस्ल को छोड़कर सिर्फ़ खाने के बारे में सोचना चाहिए। उसने इंसानों की एक कहावत दोहराई, "ज़रूरत में तो गधे को भी बाप बनाना पड़ता है।"

"चलो ठीक है, अगर तुम कह रहे हो तो उसके पास भी चलकर देख लेते हैं।" शेरू आख़िरकार राज़ी हो गया। "लेकिन मुझे लगता नहीं है कि वह विदेशी हमारी कोई मदद करेगा। इन विदेशी कुत्तों की वजह से ही हमारी क़द्र घट गयी है, नहीं तो लोग हमें भी घरों में रखते और अच्छा खाना खिलाते।"

ख़ैर शेरू और टॉमी उस डॉक्टर के घर पर पहुँच गये, जहाँ टाइगर दादा रहते थे। संयोग से टाइगर दादा उन्हें घर के बाहर ही मिल गये। वह भी हैरान-परेशान लग रहे थे, टॉमी ने उनसे नम्रतापूर्वक पूछा, "आप घर के बाहर क्यों खड़े हैं? बाहर की हवा खाने आये हैं क्या?"

"नहीं।" टाइगर दादा ने मायूसी से जवाब दिया। "मेरे मालिक ने मुझे घर से बाहर निकाल दिया है।"

उनकी बात सुनकर टॉमी और शेरू दोनों हक्के-बक्के रह गये, उनकी सारी उम्मीद एक झटके में चकनाचूर हो गयी। शेरू के अंदर जहाँ अभी तक टाइगर दादा के लिए नफ़रत थी, यह सुनकर अचानक ग़ायब हो गयी। उसे महसूस हुआ कि बुरी परिस्थिति का शिकार केवल देशी कुत्ते ही नहीं हुए थे, बल्कि विदेशी नस्लों के कुत्ते भी इस संकट का सामना कर रहे थे।

"आपका मालिक तो आपको बहुत चाहता था, फिर अचानक उसने आपको निकाल क्यों दिया?" टॉमी ने हैरानी से पूछा।

"कल वह टी.वी. चैनल पर एक समाचार देख रहा था, उसमें दिखाया जा रहा था कि किसी शेर को कोरोना वायरस हो गया है। अचानक उसे ध्यान आया कि मेरा नाम भी 'टाइगर' है इसलिए वह डर गया और मुझे तुरंत बाहर निकाल दिया।" टाइगर दादा ने उत्तर दिया।

"आपके पास कुछ खाने-पीने का इंतिज़ाम है क्या?" टॉमी ने पूछा।

"मैंने भी कल रात से कुछ नहीं खाया है।" टाइगर दादा ने टॉमी की ओर देखते हुए कहा। "कटोरी में जो मीट रखा था, मैं वह भी नहीं खा पाया था।"

टाइगर दादा की हालत देखकर शेरू और टॉमी को अंदाज़ा हो गया था कि स्थिति वाक़ई काफ़ी गंभीर थी। तीनों लोग कुछ देर तक आपस में यह चर्चा करते रहे कि खाने का इंतिज़ाम किस तरह करें। अंत में सबने निर्णय लिया कि वह फिर अलग-अलग स्थानों पर जाकर भोजन की तलाश करेंगे, रात के समय तीनों इसी जगह पर इकट्ठा होंगे। जिसे भी भोजन मिल जायेगा वह बाक़ी दो कुत्तों से उसे साझा करेगा; उनके पास और कोई रास्ता भी नहीं था।

शेरू इस बार एक सब्ज़ी मंडी पहुँच गया। उसकी क़िस्मत अच्छी थी, मंडी खुली हुई थी। वैसे वह कच्ची सब्ज़ी नहीं खाता था, लेकिन अब वह पसंद-नापसंद के बारे में नहीं सोच रहा था उसे सिर्फ़ किसी तरह अपना पेट भरना था। वह मंडी में इधर-उधर घूमने लगा और देखने लगा कि क्या किसी कोने में कोई सब्ज़ी अलग से रखी है या नहीं। उसे याद आया कि इससे पहले वह जब भी मंडी में आया था, तो उसे अलग-अलग जगहों पर सब्ज़ी के ढेर दिखे थे, लेकिन इस समय उसे कुछ नज़र नहीं आ रहा था। शेरू ने इधर-उधर नज़र दौड़ाई ताकि शायद कोई ऐसी दुकान दिख जाये जिस पर कोई बैठा नहीं हो। आख़िरकार उसे एक ऐसी दुकान दिख गयी-

दुकान पर लाल टमाटर, ककड़ी, खीरे भी रखे थे। बाक़ी सब्ज़ियों को छोड़कर शेरू की नज़र टमाटर पर ही गड़ी हुई थी, उसकी लार टपकने लगी थी। वह अपनी जगह पर खड़े-खड़े यह सोचने लगा कि क्या खाना सही रहेगा? यह कल्पना करके उसकी भूख और बढ़ गयी। उसने अपने क़दम दुकान की तरफ़ बढ़ा दिये, वह मुँह से टमाटर उठाने ही वाला था कि एक दाढ़ी वाला आदमी डंडा लेकर उसकी ओर दौड़ा, वह ग़ुस्से में बड़बड़ाया, "बताओ अब तो कुत्ते भी टमाटर खाने लगे हैं, कैसा समय आ गया है?"

शेरू ने मन ही मन सोचा कि यदि वह इंसानी भाषा में बात कर सकता तो

उसे बताता कि क्यों कुत्तों को टमाटर खाने के लिए मजबूर होना पड़ रहा है। दुकान से भगाये जाने के बाद वह कुछ और देर मंडी में चहलक़दमी करता रहा, लेकिन कहीं बात नहीं बनी। सुबह से इधर से उधर भागते-भागते वह काफ़ी थक चुका था, वह भूखा तो था ही अब उसे प्यास भी लगने लगी थी। मंडी में एक जगह उसे सीमेंट की टंकी में पानी भरा दिखा, शेरू ने उस टंकी से पानी पिया और फिर एक पेड़ के नीचे बैठकर सुस्ताने लगा। बैठे-बैठे वह अपने पिता जी के बारे में सोचने लगा, इस मुश्किल वक़्त में उसे पिता जी की बहुत याद आ रही थी। एक बार उन्होंने शेरू को बताया था कि लगभग सौ साल पहले इंसानों में एक महामारी फैली थी, उस समय भी कुत्तों को बहुत परेशानी से गुज़रना पड़ा था। भूख की वजह से कई कुत्तों को अपनी जान गँवानी पड़ी थी। वह हमेशा कहते थे कि पशुओं का जीवन मनुष्य पर निर्भर है, जब-जब उन पर संकट आयेगा तब-तब पशु भी प्रभावित होंगे। अपने पिता को याद करके वह भावुक हो गया, कुछ पलों के लिए वह अपनी भूख भूल गया लेकिन थोड़ी देर बाद फिर उसके पेट में हलचल होने लगी। उसके मन में ख़याल आ रहा था कि वह किसी गाड़ी के नीचे आकर अपनी जान दे दे, लेकिन उसमें इंतनी हिम्मत नहीं थी।

पेड़ के नीचे बैठे-बैठे शेरू को नींद आ गयी। लगभग एक घंटे के बाद जब उसकी नींद खुली तो वह फिर खड़ा हो गया। इस तरह सोने से काम नहीं चलने वाला था, खाने की तलाश तो उसे करनी ही थी इसलिए वह फिर दौड़-भाग करने लगा। घूमते-घूमते शेरू एक ऐसी जगह पहुँच गया, जहाँ कुछ लोग। सड़क के किनारे स्टॉल लगाकर वहाँ से गुज़र रहे डॉक्टर, नर्स, पुलिस वालों और सिक्योरिटी गार्ड को खाना बाँट रहे थे। शेरू को लगा कि वो दयालू लोग हैं और शायद उसे भी कुछ खाने को मिल जाये। वह खाना बाँट रहे लोगों के पास जाकर खड़ा हो गया, पूड़ी-सब्ज़ी देखकर उसकी जीभ लपलपा रही थी। उसका मन कर रहा था कि झपटकर बाँटने वाले के हाथ से पूड़ी-सब्ज़ी का पैकेट छीन ले, लेकिन उसने आपा नहीं खोया। वह कोई आवारा कुत्ता तो था नहीं जो ऐसी छोटी हरकत करता, इसलिए वह शांति से खड़ा रहा। उसने सोचा कि खाना बाँटने वालों में से कोई ख़ुद ही उसके सामने पैकेट खोलकर रख देगा। पैकेट में से थोड़ा खाना वह खा लेगा और बाक़ी बचा अपने साथियों के लिए ले जायेगा। थोड़ी देर बाद एक आदमी की नज़र उस पर पड़ ही गयी, वह अपने साथी से बोला, "देख यह कुत्ता कितनी देर से यहाँ खड़ा है शायद भूखा है, हमें इसे भी कुछ डाल देना चाहिए।"

उसकी बात सुनकर शेरू थोड़ा ख़ुश हो गया, उसे लगा कि सारे इंसान बुरे नहीं हैं। वह खड़े होकर इंतज़ार करने लगा, कुछ समय बाद उन लोगों ने खाना बाँटना बंद कर दिया लेकिन शेरू की ओर किसी ने ध्यान नहीं दिया। खाने के जो पैकेट बचे थे, उसे गाड़ी में रखकर सब लोग चले गये। ग़ुस्से में शेरू ने गाड़ी के पीछे दौड़ लगाई और ज़ोर-ज़ोर से भौंका भी, लेकिन उसकी आवाज़ कौन सुनने वाला था। अब तो शेरू की आँखों से आँसू निकल आये, उसने आसमान की ओर देखा और बोला, "भगवान, क्या हम कुत्ते आपके बच्चे नहीं हैं? क्या आप सिर्फ़ इंसानों के भूख-प्यास का ख़याल रखते हैं?" लेकिन न तो उसे आसमान में भगवान दिखे और न ही उन्होंने उसकी बात का कोई जवाब दिया।

शाम हो चुकी थी, अंधेरा भी होने लगा था। अब तो शेरू के लिए भूख की वजह से चलना भी मुश्किल हो रहा था। कमज़ोरी की वजह से उसके क़दम लड़खड़ाने लगे थे, उसे लग रहा था कि अब तो भूख से मरना लगभग तय है। उधर, उसके दो साथियों टॉमी और टाइगर दादा का भी कुछ पता नहीं था। किसी तरह धीमे-धीमे चलते हुए शेरू एक ऐसी जगह पहुँच गया, जहाँ बहुत सारी झोपड़पट्टियाँ बनी हुई थीं। उसे पता था कि झोपड़ियों में ग़रीब लोग रहते हैं, जिनके लिए ख़ुद का खाना जुटाना मुश्किल होता है फिर वो किसी जानवर को क्या खिलायेंगे। इसके बावजूद वह एक झोपड़ी के पास जाकर बैठ गया, झोपड़ी के बाहर एक चूल्हा जल रहा था जिस पर एक हाँडी चढ़ी हुई थी। वहाँ बैठी एक औरत बार-बार हाँडी का ढक्कन उठाकर देख रही थी कि खाना पक गया है या नहीं। दो छोटे-छोटे बच्चे भी वहीं खेल रहे थे, शेरू की निगाहें उन बच्चों पर ही थीं। उसे बच्चे बहुत प्यारे लग रहे थे, लेकिन जान-बूझकर वह उनके पास नहीं जा रहा था, क्योंकि उसे देखकर वो डर जाते।

कुछ देर बाद औरत ने चूल्हे से हाँडी उतारी और अपने पति को आवाज़ लगायी, वह थाली में अपने पति और बच्चों को चावल परोसने लगी। इसी बीच उसका ध्यान शेरू पर चला गया, उसने अपने पति की ओर देखते हुए कुछ कहा इसके बाद वह अंदर गया और एक प्लास्टिक का डिब्बा निकालकर ले आया। औरत ने हाँडी में से थोड़े चावल डिब्बे में रख दिये, उसका पति वह डिब्बा शेरू के सामने रख आया, शेरू ने डिब्बे को मुँह में दबाकर तेज़ी से दौड़ लगा दी और अपने साथियों के पास पहुँचकर ही रुका। खाना देखकर टॉमी और टाइगर दादा काफ़ी ख़ुश हो गये।

12
लव बर्ड्स

सोनिया और आदित्य की मोहब्बत शुरू हुए अभी कुछ ही दिन हुए थे। अभी उनकी दोस्ती प्यार में बदली ही थी कि एकाएक 'लॉकडाउन' आ टपका, इस वजह से उनके कॉलेज बंद हो गये और दोनों एक-दूसरे से मिल नहीं पा रहे थे। विरह का यह दर्द दिन-प्रतिदिन उनके लिए असहनीय हो रहा था। वो बेसब्री से उस दिन का इंतज़ार कर रहे थे, जब लॉकडाउन समाप्त होगा। अब उनके लिए मोबाइल ही एक मात्र ज़रिया था, जिसके ज़रिये वो एक-दूसरे को देख और सुन सकते थे।

इस समय भी दोनों 'लव बर्ड्स' फ़ोन पर एक-दूसरे से बातें कर रहे थे-

"ये लॉकडाउन ख़त्म होगा! अब तुमसे दूर रहना बहुत ही मुश्किल हो रहा है।" आदित्य ने आहें भरते हुए कहा।

"मेरे लिए भी तुमसे दूर रहना बहुत मुश्किल है, हर पल बस तुम्हारी याद आती रहती है।" सोनिया ने दुखी स्वर में कहा। "अगर मैं पक्षी होती तो उड़कर तुम्हारे पास पहुँच जाती।"

"ये 21 दिन मैं किस तरह काटूँगा, अभी तो सिर्फ़ पाँच दिन ही बीते हैं।" आदित्य बोला।

"हम कर ही क्या सकते हैं?" सोनिया ने आदित्य को समझाने की कोशिश की। "शायद भगवान हमारी परीक्षा ले रहा है।"

"तुम सच कह रही हो, यह हमारे परीक्षा की घड़ी है।" आदित्य बोला। "हर सच्चे प्रेम को किसी न किसी परीक्षा से गुज़रना पड़ता है।"

सोनिया छत पर टहलते हुए आदित्य से बात कर रही थी, इसी बीच उसकी माँ उसे ढूँढ़ते-ढूँढ़ते वहाँ आ गयीं। "इतनी देर से किससे बात कर रही है?" उन्होंने सोनिया को घूरते हुए पूछा।

"अरे वो मेरी कॉलेज की सहेली है न सीमा, बस उसी से बात कर रही थी।" सोनिया ने बड़ी सफ़ाई से झूठ बोल दिया, लेकिन माँ को कुछ शक हुआ। इसलिए उन्होंने कड़क आवाज़ में पूछा, "तू सच बोल रही हैं न? मुझे बेवक़ूफ़

तो नहीं बना रही है?"

"नहीं माँ, तुम चाहो तो मेरा मोबाइल देख लो।" सोनिया ने बड़ी मासूमियत के साथ जवाब दिया। उसने जान-बूझकर कॉल बीच में ही काट दी और माँ को मोबाइल दिखाने लगी। 'रीसेंट कॉल' में सीमा का नाम देखकर उसकी माँ सतुष्ट हो गयी। दरअस्ल, सोनिया ने आदित्य का नंबर सीमा के नाम से सेव कर रखा था ताकि पकड़े जाने पर किसी को कुछ पता नहीं चले, माँ के नीचे जाते ही सोनिया ने फिर आदित्य से बात शुरू कर दी। मगर घर पर रहते हुए आदित्य से बात कर पाना उसके लिए इतना आसान काम नहीं था, माँ की निगाहें उस पर ही रहती थीं। जैसे ही उसका मोबाइल बजता था, माँ के कान खड़े हो जाते थे। वह तुरंत पूछती थीं, "किसका फ़ोन है?"

जब सोनिया छत से नीचे पहुँची तो माँ ने उसे झिड़की लगाते हुए कहा, "अब जब तू घर पर है तो कुछ खाना-वाना बनाना भी सीख ले। इतनी बड़ी हो गयी है, लेकिन तुझे खाना बनाना तक नहीं आता है।"

सोनिया के पिता ने भी पत्नी की बात का समर्थन किया, "हाँ, तुम्हारी माँ ठीक ही कहती है। इस लॉकडाउन का कुछ तो फ़ायदा उठाओ।"

"ठीक है, मैं खाना बनाना सीख लूँगी।" सोनिया ने तुनकते हुए जवाब दिया। "बस अब मेरी ज़िन्दगी में यही काम तो बचा है।"

सोनिया अपने पिता से बात कर रही थी, इसी बीच उसका मोबाइल बजा, शायद कोई मैसेज आया था। सोनिया ने चुपके से अपने व्हाट्सएप्प पर नज़र डाली तो देखा आदित्य ने एक 'हार्ट' भेजा था और साथ में 'आई लव यू' लिखा था। ये पढ़कर सोनिया के होठों पर मुस्कराहट आ गयी, उसने मन ही मन सोचा कि आदित्य मुझसे कितना प्यार करता है।

"क्या हुआ, उधर खड़ी-खड़ी क्यों मुस्कुरा रही है?" माँ ने सोनिया की ओर देखा। "इधर अपने पिता जी के पास आकर बैठ।"

माँ की बात सुनकर सोनिया ने बुरा-सा मुँह बनाया और अपने पिता के पास जाकर बैठ गयी।

"मैं तो इस कोरोना वायरस का शुक्रगुज़ार हूँ, जिसकी वजह से मुझे अपनी बेटी और पत्नी के साथ समय गुज़ारने का समय मिल रहा है।" सोनिया की ओर देखते हुए पिता बोले। "और तुम्हें भी कुछ दिनों के लिए कॉलेज और पढ़ाई से छुटकारा मिल गया।"

सोनिया ने मजबूरी में अपना सिर हिलाया और मुस्कुराते हुए बोली, "हाँ पापा, ये बात तो है।"

कुछ दिनों बाद सोनिया का जन्मदिन था, उसने सोचा था कि वह अपना जन्मदिन आदित्य के साथ सेलिब्रेट करेगी, लेकिन उसके मन की बात मन में ही रह गयी। लॉकडाउन भी इसी वक़्त लगना था, उसने अपनी क़िस्मत को कोसते हुए सोचा। उसे कोरोना वायरस पर बहुत तेज गुस्सा आ रही थी, यदि वह उसके सामने आ जाता तो उसका गला घोंटकर उसे मार देती। आम दिनों में तो उसके मम्मी-पापा जल्दी सो जाते थे लेकिन इन दिनों वो देर रात तक टी.वी. के सामने बैठे रहते थे। न मम्मी को सुबह जल्दी उठने की चिंता थी और न पापा को दफ़्तर जाने की, सो दोनों मौक़े का भरपूर फ़ायदा उठा रहे थे।

ऐसे में सोनिया को आदित्य से बात करने के लिए दोनों के सोने का इंतज़ार करना पड़ता था। आज भी उसने मम्मी-पापा के सोने के बाद रात को 2:30 बजे के आसपास आदित्य को फ़ोन लगाया-

"ऐसा कब तक चलेगा?" उसने चिढ़ते हुए कहा। "अब मैं तुमसे ज़्यादा बात भी नहीं कर सकती हूँ।"

"क्यों, ऐसा क्या हो गया?" आदित्य ने चौंकते हुए पूछा।

"दिन में माँ की निगाहें मुझ पर रहती हैं और रात को मम्मी-पापा दोनों देर रात तक जागते हैं, इसलिए मेरे लिए तुमसे बात करना काफ़ी मुश्किल हो गया है।" सोनिया ने उत्तर दिया।

"हाँ, यह तो गंभीर समस्या है।" आदित्य बोला। "लगता है कि जब तक लॉकडाउन ख़त्म नहीं हो जाता है, तब तक हमें ऐसे ही बात करनी पड़ेगी।"

"तुम मेरे दिल का हाल नहीं समझ सकते हो। तुमसे दूर रहकर मुझे न भूख लग रही है और न प्यास।" सोनिया ने किसी फ़िल्म अभिनेत्री की तरह अपने सीने पर हाथ रखते हुए कहा।

"यही हाल मेरा है।" आदित्य भी तपाक से बोला। "पिछले कुछ दिनों से मैं सिर्फ़ एक समय ही खाना खा रहा हूँ।"

"प्लीज़, ऐसा मत करो।" सोनिया ने दुखी होते हुए कहा। "अगर तुम ठीक से खाना नहीं खाओगे तो बीमार पड़ जाओगे, अगर तुम्हें कुछ हो गया तो मैं अपनी जान दे दूँगी।"

"खबरदार, जो तुमने कभी दोबारा अपनी जान देने की बात कही।" आदित्य गुस्से में बोला। "तुम्हें मैं अपनी जान से भी ज़्यादा प्यार करता हूँ।"

आदित्य से बात करने के बाद सोनिया सोने की कोशिश करने लगी, लेकिन नींद उसकी आँखों से कोसों दूर थी। वह तो बस आदित्य के ख़यालों में खोयी हुई थी। वह फ़ेसबुक पर उसकी तस्वीर देखने लगी, उन्हें देखकर वह मंद-मंद मुस्कुरा रही थी। वह उस दिन की कल्पना लगी, जब दोनों की शादी होगी, वह दुल्हन बनेगी और आदित्य दूल्हा। आँखें बंदकर वह उस दृश्य का आनंद लेने लगी, कुछ देर बाद उसे नींद आ गयी। अगली सुबह जब वह उठी, तो माँ ने उसकी ओर देखते हुए कहा, "आज किचन की ज़िम्मेदारी तेरी है, आज खाना तू ही बनायेगी।"

सुबह-सुबह माँ की यह बात सुनकर सोनिया का मूड ख़राब हो गया, वह मुँह फुलाते हुए बोली, "किचन की ज़िम्मेदारी आप ही सँभालो। आपको पता है न मुझे खाना बनाना नहीं आता है।"

"मुझे पता है, तभी तो तुझे सिखा रही हूँ।" माँ ने हँसते हुए कहा।

लॉकडाउन की वजह से सोनिया को कई जुल्म बर्दाश्त करने पड़ रहे थे। एक तो वह अपने बॉयफ्रेंड से मिल नहीं पा रही थी, दूसरी तरफ़ उसे घर के काम भी करने पड़ रहे थे।

"ठीक है! लेकिन कल से, आज मेरे सिर में बहुत तेज दर्द हो रहा है।" सोनिया ने माँ को मनाने की कोशिश की।

"मुझे सब पता है तेरे बहाने।" माँ ने मुस्कुराकर सोनिया की ओर देखा। "खाना बनाने की बात सुनकर तेरे सिर में दर्द होने लगा, लेकिन आज मैं तुझे नहीं छोड़ने वाली हूँ।"

माँ-बेटी की नोकझोंक सुनकर सोनिया के पिता भी हँसने लगे। उन्होंने बेटी की तरफ़ देखा और बोले, "आज तो मैंने भी संकल्प लिया है कि सिर्फ़ अपनी बेटी के हाथ का खाना ही खाऊँगा। तुम्हारी माँ के हाथ का खाना खा-खाकर मैं बोर हो चुका हूँ।"

पिता की बात सुनकर सोनिया को ऐसा लगा कि वो भी माँ के साथ मिल गये हैं, इसलिए अब बचने का कोई उपाय नहीं है, वह बे-मन से माँ की बात मानने को तैयार हो गयी। यह पहला मौक़ा था, जब सोनिया कुछ पकाने जा रही

थी। माँ ने सबसे पहले सोनिया से पोहे बनवाये। वह उसके बग़ल में खड़ी होकर किसी कोच की तरह उसे निर्देश देती रहीं और वह उसका पालन करती रही। माँ ने सोनिया को पूरे दिन किचन से हिलने तक नहीं दिया, पहले उससे सुबह का नाश्ता बनवाया फिर दोपहर में खाना और आख़िर में रात का डिनर। इसकी वजह से उसे आदित्य से बात करने का वक़्त ही नहीं मिला। उसे अपनी माँ और पिता जी पर तेज़ ग़ुस्सा आ रहा था, जिन्होंने उसकी स्वतंत्रता पर भी लॉकडाउन लगा दिया था।

रात को जब मम्मी-पापा सो गये, तब सोनिया ने आदित्य को फ़ोन लगाया, कई बार लगातार कॉल करने के बाद उसका फ़ोन उठा। फ़ोन उठाते ही आदित्य ग़ुस्से में बोला, "तुम्हें मुझसे बात करने के लिए अब फ़ुर्सत मिली है? तुम सुबह से मेरा फ़ोन क्यों काट रही हो?"

"सॉरी!" सोनिया ने कान पकड़ते हुए प्यारभरी आवाज़ में उत्तर दिया। "मैं आज सुबह से किचन में बिजी थी, मेरी माँ पूरे दिन मुझसे खाना बनवाती रही।"

"झूठ मत बोलो।" आदित्य ने नाराज़गी जताते हुए कहा। "क्या तुम्हें इतनी फ़ुर्सत भी नहीं मिली कि मुझे एक बार कॉल कर लेतीं?"

"मैं सच बोल रही हूँ, मुझे बिल्कुल भी समय नहीं मिला।" सोनिया ने जवाब दिया। "मैं ख़ुद दिनभर तुम्हें याद करती रही पर मम्मी ने पीछा ही नहीं छोड़ा।"

"इस लॉकडाउन ने हमारी बातचीत तक बंद करवा दी है।" आदित्य बोला। "मैं पूरे दिन बस तुम्हारे फ़ोन का इंतज़ार ही करता रहता हूँ।"

"अब ग़ुस्सा थूक भी दो।" सोनिया ने आदित्य को मनाने की कोशिश की। "मैं भी तुमसे बात करने के लिए तरसती रहती हूँ। आई लव यू।"

"आई लव यू टू।" उसने भी दोहराया। "अब मेरे लिए तुमसे दूर रहना बहुत मुश्किल हो रहा है।"

"मैं भी तुमसे कहाँ दूर रहना चाहती हूँ, लेकिन मजबूर हूँ।"

"तुमसे मिलने के लिए अब मुझे न कुछ करना ही होगा।"

"प्लीज़, ऐसा-वैसा कुछ मत करना। अगर तुम्हें कुछ हो गया तो मैं...."

"नहीं, मैंने सोच लिया है कि मैं किसी भी हाल में तुमसे मिलकर रहूँगा।"

"बस कुछ ही दिनों की बात है, बेबी। प्लीज़, थोड़ा और इंतज़ार कर लो न।"

सोनिया ने आदित्य को मनाने की कोशिश की कि वह लॉकडाउन ख़त्म होने तक सब्र रखे, लेकिन वह मानने को तैयार नहीं हुआ। उसने ज़िद पकड़ ली थी कि वह कल हर हाल में उससे मिलेगा। उसका कहना था कि चाहे उसकी जान ही क्यों न चली जाये, मगर वह अपना वादा पूरा करेगा। सोनिया को उसकी बात सुनकर डर भी लग रहा था, लेकिन मन ही मन वह भी चाहती थी कि आदित्य उससे मिलने आये।

आदित्य रातभर यह सोचता रहा कि लॉकडाउन के बीच वह अपनी प्रेमिका तक कैसे पहुँचेगा। उसने कुछ ऐसी फ़िल्में याद करने की कोशिश की, जिनमें हीरो उससे मिलती-जुलती स्थिति में फँसा हो। उसके ज़ेहन में कुछ एक्शन फिल्मों के दृश्य कौंधे, जिनमें हीरो पुलिस से नज़र बचाते हुए या दीवार फाँदकर हिरोइन से मिलने जाते हैं, लेकिन लॉकडाउन में ऐसी तरकीबें काम नहीं करनी वाली थीं। फ़िल्म में हीरो को सिर्फ़ दो-चार पुलिस वालों से ही बचना था, लेकिन हक़ीक़त में इस समय लॉकडाउन की वजह से हर जगह पुलिस ही पुलिस थी। थोड़ी और दिमाग़ी मशक़्क़त के बाद उसे कॉलेज का एक नाटक याद आया, उस नाटक में आदित्य ने एक डॉक्टर का किरदार निभाया था। अचानक उसकी आँखों में सौ वाट के बल्ब की चमक आ गयी।

"हाँ, ये ठीक रहेगा।" वह बुदबुदाया। लॉकडाउन में डॉक्टरों के आने-जाने पर कोई रोक-टोक नहीं थी। इसलिए उसने डॉक्टर बनकर सोनिया के घर जाने की योजना बनायी। नाटक की डॉक्टर वाली ड्रेस अब भी उसके घर में थी इसलिए उसके लिए ऐसा करना आसान काम था। अगली सुबह आदित्य ने अपने घर वालों को बताया कि उसके कॉलेज के सभी दोस्त एक हॉस्पिटल में मरीज़ों की मदद के लिए जा रहे हैं, उनके साथ वह भी जा रहा है। इसके बाद वह डॉक्टर की ड्रेस पहनकर घर से बाहर आ गया, उसने कँधे पर एक काला बैग भी लटका लिया, जिसमें आम दवाएँ थीं। वह मोटरसाइकिल पर सवार होकर जब सोनिया के घर की तरफ़ जा रहा था, इस दौरान उसे एक चौराहे पर पुलिस वालों ने रोक लिया-

"कहाँ जा रहे हो?" एक पुलिस वाले ने पूछा।

"हॉस्पिटल।" आदित्य ने पूरे आत्मविश्वास के साथ जवाब दिया।

"डॉक्टर हो?" पुलिस वाले ने अगला सवाल किया।

"हाँ।" आदित्य ने कुछ अकड़ते हुए उत्तर दिया। "क्या आपको यह सफ़ेद ड्रेस नहीं दिखाई दे रही है?"

"कौन-से हॉस्पिटल में काम करते हो?" पुलिस वाले ने सवालों का सिलसिला जारी रखा।

आदित्य ने भी इन सभी सवालों के जवाब सोच रखे थे, इसलिए उसने बिना सोचे-समझे सोनिया के घर के पास के एक हॉस्पिटल का नाम बता दिया, लेकिन पुलिस वाला न जाने क्यों उसके जवाब से संतुष्ट नहीं हुआ। उसने इस बार थोड़ा गुस्से से पूछा, "हॉस्पिटल का पहचान-पत्र कहाँ है?"

ये प्रश्न सुनकर आदित्य थोड़ा घबरा गया, उसे लगा कि उसकी अस्लियत सामने आ जायेगी। लेकिन उसकी क़िस्मत अच्छी थी, एकाएक पुलिस वाले का वायरलैस सेट घर्राने लगा, शायद कोई ज़रूरी संदेश था। इसके बाद वह अपने साथियों से कुछ बात करने लगा। इस मौक़े का फ़ायदा उठाकर आदित्य ने अपनी मोटरसाइकिल चालू की और भाग गया। पुलिस वाला उसे पकड़ने के लिए दौड़ा, लेकिन पकड़ नहीं पाया। घर पहुँचते ही आदित्य ने फ़टाफ़ट डॉक्टर की ड्रेस उतारकर दीवार पर टाँग दी।

"क्या हुआ बेटा, तू बड़ी जल्दी लौट आया?" उसकी माँ ने हैरान होते हुए पूछा।

"हाँ, आज का प्लान कैंसल हो गया, अब मैं कल जाऊँगा।" आदित्य ने जवाब दिया।

वह पुलिस से तो बच गया था, लेकिन उसे यह समझ नहीं आ रहा था कि सोनिया को क्या जवाब देगा। उसके वादे का क्या होगा? यही सोचकर उसने दिनभर सोनिया को फ़ोन नहीं लगाया, लेकिन शाम को सोनिया ने ही उसे फ़ोन लगा दिया-

"मैं दिनभर तुम्हारा इंतज़ार करती रही, तुम तो आज मेरे घर पर आने वाले थे। क्या मूड बदल गया या फिर डर गये?" उसने हँसते हुए पूछा।

"तुम जानती हो कि मैं कभी झूठा वादा नहीं करता हूँ।" आदित्य ने जवाब दिया। "मैं तुम्हारे घर ही आ रहा था, लेकिन रास्ते में मुझे पुलिस वालों ने पकड़ लिया, मैं बड़ी मुश्किल से उससे जान बचाकर भागा। नहीं तो वो मुझे जेल में

डाल देते।''

आदित्य ने सोनिया को पूरा क़िस्सा बता दिया, जिसे सुनकर वह ज़ोर-ज़ोर से हँसने लगी।

''डार्लिंग मैं तुमसे वादा करता हूँ कि चाहे जो कुछ भी हो जाये, कल मैं तुमसे मिलने ज़रूर आऊँगा।'' आदित्य बोला। ''इस बार मैं कोई ऐसा आइडिया सोचूँगा कि पुलिस भी मुझे रोक नहीं पाये।''

''अच्छा, ऐसा कौन-सा आइडिया है?'' सोनिया ने पूछा।

''अभी आइडिया सोचा नहीं है लेकिन सुबह से पहले सोच लूँगा।'' आदित्य ने आत्मविश्वास के साथ कहा। ''तुमसे मिलने के लिए मैं कुछ भी करूँगा।''

''तुमसे मिलना तो मैं चाहती हूँ, लेकिन प्लीज़ तुम ऐसा कोई काम मत करना जिससे तुम्हें कोई परेशानी हो।'' सोनिया बोली। ''अगर तुम्हें कुछ हो गया तो मैं जी नहीं पाऊँगी।''

अगले दिन आदित्य फिर सोनिया से मिलने के लिए निकल पड़ा। इस बार उसने कुछ अलग सोचा था, उसने पानी की बोतल देने आने वाले एक लड़के को पटा लिया था। उसने सोचा तो यही था कि उसकी गाड़ी में बैठकर सोनिया के घर तक पहुँच जायेगा, लेकिन उसकी क़िस्मत कुछ ज़्यादा ही ख़राब थी। पुलिस वालों ने पानी की गाड़ी को भी रोक लिया और ड्राइवर से दूसरे क्षेत्र में जाने का पास दिखाने के लिए कहा, लेकिन ड्राइवर के पास कोई पास नहीं था। वह तो मोहल्ले में ही रहता था और वहीं पानी बाँटता था। उसने ऐसा कोई पास नहीं लिया था, इसलिए आदित्य की यह तरकीब भी काम नहीं आयी। लेकिन उसने हार नहीं मानी, उसके मोहल्ले में जो किराने की दुकानें थीं, वहाँ सामान देने के लिए कुछ सप्लायर्स आते थे, आदित्य ने उन लोगों से बात की। एक गाड़ी वाले को उसने लालच दिया कि यदि वह उसे उसकी मनचाही जगह छोड़ देगा तो उसे पाँच हज़ार रुपये देगा। कुछ क़िलोमीटर की दूरी के लिए पाँच हज़ार रुपये का सौदा बुरा नहीं था, इसलिए वह आसानी से मान गया। उसने आदित्य को लोडिंग गाड़ी में पीछे बैठा दिया और बाहर से गेट पर ताला लगा दिया। वह जब सामान देने आया था तो पुलिस ने उससे ज़्यादा पूछताछ नहीं की थी, इसलिए उसे उम्मीद थी कि लौटते समय भी चेकिंग से बिना किसी परेशानी के निकल जायेगा, लेकिन ऐसा नहीं हुआ- लौटते समय पुलिस वालों ने न जाने क्यों उसकी गाड़ी को रोक लिया और गेट खुलवाकर चेकिंग की। ये वही पुलिस वाले थे, जिनको

चकमा देकर आदित्य भागा था। उन्होंने उसे पहली बार में ही पहचान लिया। पुलिस वालों से बचने के लिए आदित्य ने रोने का नाटक शुरू कर दिया, उसने एक पुलिस वाले के पैर पकड़ लिये और बोला, "सर, मेरी गर्लफ्रेंड बहुत बीमार थी, मैं उसे ही देखने जा रहा था। प्लीज़! मुझे छोड़ दीजिये, आइंदा मैं कभी इस तरह नहीं आऊँगा।"

एक पुलिस वाले ने उसके कान उमेंठते हुए कहा, "तो तू क्या डॉक्टर है जो उसे दवा देने जा रहा था?"

"सॉरी, सर।" आदित्य गिड़गिड़ाया। "बस, इस बार मुझे छोड़ दीजिये।"

एक-दो चाँटे रसीद करने के बाद पुलिस वालों ने उसे छोड़ दिया, लेकिन चेतावनी भी दी कि यदि दोबारा इस तरह की कोई हरकत की तो सीधे जेल में डाल देंगे।

इतनी कोशिशें असफल हो जाने के बाद भी आदित्य ने अपनी ज़िद नहीं छोड़ी। नया आइडिया खोजने के लिए उसने कई 'यूट्यूब' वीडियो देख डाले और आख़िरकार एक धाँसू लेकिन ख़तरनाक आइडिया मिल ही गया। आदित्य ने तय किया कि वह फिर अपनी मोटरसाइकिल लेकर सोनिया से मिलने जायेगा, जब पुलिस उसे रोकने की कोशिश करेगी तो वह मोटरसाइकिल को हवा में उछालकर बैरीकेड्स को पार करते हुए भाग जायेगा; उसने यूट्यूब पर कई मोटरसाइकिल स्टंट वाले वीडियो भी देखे।

अगले दिन वह हेलमेट पहनकर और मोटरसाइकिल पर बैठकर सोनिया के घर की तरफ़ चल दिया, जैसे ही चेकिंग पॉइंट आया, पुलिस वालों ने उसे हाथ देकर रोकने की कोशिश की लेकिन आदित्य नहीं रुका। उसने मोटरसाइकिल की स्पीड फ़ुल कर दी और हवा में छलाँग लगाने की कोशिश की मगर वह अपनी कोशिश में कामयाब नहीं हो सका। मोटरसाइकिल बैरीकेड्स से टकरा गयी और आदित्य छिटककर दूर जा गिरा। हेलमेट की वजह से उसके सिर में तो किसी तरह की चोट नहीं लगी, लेकिन हाथ-पैर और एक पसली ज़रूर टूट गयी, पुलिस वालों ने ही उसे एक सरकारी अस्पताल में भर्ती करवाया। उसकी हड्डियाँ जुड़ने से पहले ही लॉकडाउन खुल गया।, सोनिया उससे मिलने के लिए अस्पताल आयी। बिस्तर पर लेटे आदित्य को देखकर उसने गहरी साँस ली और बोली, "अच्छा हुआ तुम्हें कुछ नहीं हुआ, यदि तुम्हें कुछ हो जाता तो मैं अपनी जान दे देती।"

13
टोपी

चित्रा एक शेयरिंग टैक्सी में बैठकर लखनऊ जा रही थी। उसके बग़ल में एक हैंडसम लड़का भी बैठा था, जो संभवत: उसी की उम्र का था। चित्रा को इस तरह किसी अजनबी के साथ सफ़र करना क़तई अच्छा नहीं लगता था लेकिन इस समय स्थितियाँ कुछ ऐसी थीं कि उसके पास और कोई चारा भी नहीं था। सरकार ने एकाएक लॉकडाउन लगा दिया था। ट्रेन, बस से लेकर ऑटो तक के पहिये थम गये थे। चित्रा को अपने घर जाना था, लेकिन जाती कैसे? इसलिए उसने अपनी कंपनी के कैब ड्राइवर को फ़ोन लगाकर उससे पूछा कि क्या वह उसे लखनऊ तक छोड़ देगा? लेकिन पुलिस की सख़्ती को देखते हुए वह कोई ख़तरा मोल नहीं लेना चाहता था। उसने एक भला काम यह ज़रूर किया कि अपने एक पहचान वाले ड्राइवर से बात करके उसके लिए शेयरिंग टैक्सी की व्यवस्था करवा दी।

चित्रा ने यही सोचा था कि कुछ नहीं से कुछ होना अच्छा है। टैक्सी का ड्राइवर पुलिस से बचते-बचते किसी तरह हाईवे तक तो पहुँच गया लेकिन उससे आगे नहीं जा सका, पुलिस वालों ने उसे रोक लिया। ड्राइवर ने उनसे बातचीत की कोशिश की, लेकिन वो कुछ भी सुनने को तैयार नहीं थे। उल्टा, पुलिस वालों ने उसे फटकार लगाई कि वह लॉकडाउन के बावजूद टैक्सी लेकर कैसे निकला। वो तो चालान काटने को तैयार थे, लेकिन रो-गाकर ड्राइवर ने उनसे छुटकारा पा लिया। इसके बाद उसने चित्रा और युवक से साफ़-साफ़ कह दिया कि वह आगे नहीं जा पायेगा

ड्राइवर की बात सुनकर चित्रा का पारा चढ़ गया, वह ग़ुस्से से बोली, "अब मैं यहाँ से घर कैसे जाऊँगी? मुझे कुछ भी नहीं पता, तुम मुझे मेरे घर पर छोड़कर आओ। नहीं तो मैं तुम्हारी शिकायत करूँगी।"

"मुझे अपना चालान नहीं कटवाना है। आपको जिससे शिकायत करनी है, कर दो।" ड्राइवर ने सपाट-सा जवाब दिया। "वैसे भी नोएडा यहाँ से बहुत दूर है, अगर फिर कोई पुलिस वाला मिल गया तो मैं क्या करूँगा?"

"कोई तो रास्ता होगा?" युवक ने नम्रतापूर्वक पूछा।

"मैं आप लोगों के लिए एक काम कर सकता हूँ। दिल्ली में मेरा एक कमरा है, आप और मैडम चाहो तो लॉकडाउन खुलने तक वहाँ रुक सकते हैं। बस, तीन दिनों की ही तो बात है।" ड्राइवर बोला।

"तीन दिन!" चित्रा चीख़ी। "मुझे कुछ नहीं पता, मुझे तो तुम नोएडा छोड़कर आओ, मैं तुम्हारे कमरे में क्यों रुकूँगी?"

"जैसी आपकी मर्ज़ी।" ड्राइवर ने तल्ख़ लहजे में जवाब दिया। "आपको जो करना है करो, मैं तो जा रहा हूँ।"

"आपको चलना है तो गाड़ी में बैठ जाओ।" ड्राइवर ने युवक की ओर देखते हुए कहा।

युवक ने चित्रा की ओर देखा, लेकिन उसने कोई प्रतिक्रिया नहीं दी इसलिए वह टैक्सी में जाकर बैठ गया। ड्राइवर ने जैसे ही गाड़ी चालू की और चलने को हुआ, तो चित्रा ने रुकने का इशारा किया। इसके बाद वह भी दौड़कर टैक्सी में बैठ गयी।

"मैडम जी आप चिंता मत करो, आप मेरी छोटी बहन जैसी हो। जैसे ही लॉकडाउन खुलेगा, मैं आपको और इन भाईसाहब को लखनऊ छोड़ आऊँगा।" ड्राइवर ने चित्रा की ओर देखते हुए कहा। "मेरे कमरे में खाने-पीने का सब बंदोबस्त है, आप लोगों को कोई भी परेशानी नहीं होगी।"

"अगर आप अपना कमरा हमें रहने के लिए दे देंगे तो फिर ख़ुद कहाँ रहेंगे?" युवक ने सहजता से पूछा।

"अपने दोस्त के घर पर, वह मेरे घर के पास ही रहता है।" ड्राइवर ने उत्तर दिया। "आप मेरी चिंता मत करो।"

"आपका नाम क्या है?" युवक ने मुस्कुराते हुए पूछा।

"मोहन।" ड्राइवर ने मुस्कुराते हुए जवाब दिया।

"आप बहुत अच्छे इंसान हैं।" युवक ने उसकी तरफ़ देखते हुए कहा।

"शुक्रिया।" ड्राइवर धीमे से बोला। "अगर हालात ऐसे नहीं होते तो मैं आप लोगों को ज़रूर आपकी मंज़िल तक छोड़ आता।"

"कोई बात नहीं! आप जो कर रहे हैं, वह भी बड़ी बात है।" युवक

सचमुच ड्राइवर के व्यवहार से प्रभावित हो गया था।

मोहन दोनों लोगों को दिल्ली के किसी मोहल्ले में ले आया था। जिस मकान में वह रहता था वह दो मंज़िला था, मोहन ऊपर की मंज़िल पर रहता था।

"यह है मेरा कमरा।" मोहन ने अपने कमरे का ताला खोलते हुए कहा। "अंदर एक छोटी-सी किचन है और लैट्रिन-बाथरूम है। लॉकडाउन ख़त्म होने तक आप लोग आराम से यहाँ रह सकते हैं।"

"इस मकान में रहने वाले और लोग कहाँ गये?" युवक ने मोहन की ओर प्रश्नवाचक नज़रों से देखा। "क्या सारे कमरे ख़ाली हैं?"

"लॉकडाउन लगने की ख़बर लगते ही सब लोग अपने-अपने घरों की ओर निकल लिये।" मोहन ने थोड़ी उदासी के साथ जवाब दिया। "यहाँ ज़्यादातर मेरे जैसे ग़रीब लोग ही रहते हैं। सबका काम-धंधा बंद हो गया था, फिर वो दिल्ली में रहकर क्या करते?"

कुछ देर बाद मोहन वहाँ से चला गया, अब कमरे में सिर्फ़ चित्रा और युवक रह गये थे। चित्रा मन ही मन यह सोच रही थी कि वह कहाँ फँस गयी थी, इससे तो बेहतर होता कि वह नोएडा से निकली ही नहीं होती। कमरे में एक लड़के के साथ रहना भी उसे थोड़ा डरा रहा था, उसके मन में यह ख़याल भी आ रहा था कि यदि युवक ने उसके साथ कुछ ग़लत करने की कोशिश की तो वह क्या करेगी। चित्रा ने निर्णय लिया कि वह युवक को ज़्यादा लिफ़्ट नहीं देगी, अगर उसने बातचीत करने की कोशिश की तो वह उसे डपट देगी। इससे उसे पता चल जायेगा कि वह ऐसी-वैसी लड़की नहीं है।

कमरे के अंदर एक छोटा-सा लकड़ी का पलंग था, अलमारी में कुछ बर्तन, खाने-पीने का सामान था और फ़र्श पर छोटा वाला सिलेंडर तथा गैस का चूल्हा रखा था। चित्रा ने अपना बैग फ़र्श से उठाकर पलंग पर रख लिया, इसके बाद वह बाथरूम में हाथ-मुँह धोने चली गयी। बाथरूम की कुंडी लगाने से पहले उसने युवक की ओर तीखी नज़रों से देखा और बोली- "तुम बाहर चले जाओ, जब मैं बाथरूम से निकल आऊँगी तो तुम्हें आवाज़ दे दूँगी।"

जब चित्रा लखनऊ से दिल्ली नौकरी के लिए आ रही थी तो उसके माता-पिता ने उसे यह अच्छे से समझा दिया था कि किसी भी लड़के या लड़की, ख़ासकर दिल्ली-मुंबई जैसे बड़े शहरों के, पर विश्वास करने की ज़रूरत नहीं

है। चाहे कोई आदमी बाहर से कितना भी शरीफ़ क्यों न दिखे, उससे वह दूरी बनाकर रखे। चित्रा ने उनकी सभी बातें गाँठ बाँध ली थीं। इसके अलावा दिल्ली में रहते हुए उसने अपने अनुभवों से भी बहुत कुछ सीखा था।

बाथरूम से बाहर आकर उसने युवक को आवाज़ लगाकर अंदर बुला लिया। चित्रा को अब तक उसका नाम भी नहीं पता चला था, हालाँकि उसे उसका नाम जानने में कोई दिलचस्पी नहीं थी, लेकिन मौक़ा आने पर उसे उससे बात करना पड़ सकती थी इसलिए नाम जानना ज़रूरी भी था।

"तुम्हारा नाम क्या है?" चित्रा को मजबूरी में यह पूछना ही पड़ा।

"समीर।" युवक ने धीमी आवाज़ में उत्तर दिया। "और आपका?"

"मेरा नाम जानकर क्या करोगे?" चित्रा ने ग़ुस्से से उसे घूरा।

"आपने मेरा नाम पूछा, इसलिए मैंने भी औपचारिकतावश आपका नाम पूछ लिया।" समीर बोला। "अगर आपको अपना नाम नहीं बताना है तो मुझे कोई आपत्ति नहीं है।"

"चित्रा।" चित्रा ने कुछ देर सोच-विचार के बाद जवाब दिया, लेकिन उसने अपनी आवाज़ में तीखापन बनाये रखा।

"अच्छा।" समीर ने चित्रा की ओर देखा और मुस्कुराया। उसकी मुस्कराहट ने चित्रा के मन में कुछ संदेह को जन्म दिया। उसने मन ही मन सोचा कि समीर के मन में कहीं उसके लिए कोई ग़लत ख़याल तो नहीं आ रहा है, इसलिए वह तेज़ आवाज़ में बोली, "लखनऊ में मेरे पिता जी पुलिस में हैं, सारे अपराधी उनके नाम से ही काँपते हैं।"

समीर ने उसकी बात का कोई जवाब नहीं दिया, वह फिर मुस्कुरा दिया। चित्रा को लगा कि समीर पर उसकी बात का कोई असर नहीं हुआ है इसलिए उसने अपनी आवाज़ को और कड़क बनाते हुए कहा, "एक बार जब मैं कॉलेज में पढ़ती थी तो एक लड़का मुझे बहुत परेशान करता था। जब यह बात मेरे पिता जी को पता चली तो उन्होंने उस लड़के को डंडे से बहुत पीटा था और फिर उसे थाने में बंद कर दिया था।"

"आपको यह सब बताने की ज़रूरत नहीं है।" समीर ने धीमे से कहा। "मेरी वजह से आपको कोई परेशानी नहीं होगी।"

उसकी बात सुनकर चित्रा कुछ निश्चिंत हो गयी। वह पलंग पर आराम से

बैठ गयी और मोबाइल में ईयरफ़ोन लगाकर गाने सुनने लगी, जबकि समीर ने अपने बैग से चटाई निकालकर फ़र्श पर बिछा ली। लेटे-लेटे वह किताब पढ़ने लगा, चित्रा ने उसकी किताब पर चोर नज़र डाली। उसे लगा कि कोई ऐसी-वैसी किताब तो नहीं है, उसने किताब के कवर पर लिखा नाम भी पढ़ने की कोशिश की, लेकिन पढ़ नहीं पायी।

"ये कौन-सी किताब पढ़ रहे हो?" आख़िरकार उसने पूछ ही लिया।

"अल्केमिस्ट।" समीर ने जवाब दिया। "आपने पढ़ी है क्या?"

"ठीक है, पढ़ लो।" चित्रा ने रूखी आवाज़ में उत्तर दिया। "मैं सिर्फ़ अच्छी किताबें पढ़ती हूँ।"

सच बात यह थी कि उसे किताबें पढ़ने का शौक़ नहीं था इसलिए इतनी प्रसिद्ध किताब का नाम भी उसने नहीं सुना था। फिर भी उसने यह दिखाने की कोशिश की कि उसे किताबों के बारे में अच्छी जानकारी है।

"ये कोई फालतू किताब नहीं है।" समीर ने चित्रा की ओर मुस्कुराकर देखा। "लाखों-करोड़ों लोग इस किताब की तारीफ़ कर चुके हैं।"

"हाँ ठीक है, लेकिन मुझे बिल्कुल अच्छी नहीं लगी।" चित्रा अपनी बात पर अड़ी रही।

इसके बाद समीर कुछ नहीं बोला और दोबारा किताब पढ़ने लगा।

जब रात हुई तो चित्रा को भूख लगी। उसके बैग में एक चिप्स का पैकेट और बिस्कुट था, उसने सारे चिप्स और बिस्कुट खा लिये, लेकिन फिर भी उसका पेट नहीं भरा। कमरे में खाने-पीने का सामान तो था, लेकिन उसे खाना बनाना नहीं आता था। जब उससे भूख बर्दाश्त नहीं हुई तो उसने समीर की ओर देखा और बोली, "तुम्हें क्या भूख नहीं लगती है? जब से हम यहाँ आये हैं, तब से मैंने तुम्हें कुछ खाते नहीं देखा है।"

"मैं घर से खाना खाकर निकला था।" समीर ने हँसते हुए जवाब दिया। "रात को मैं देरी से खाता हूँ।"

"तुम्हारे पास खाने को कुछ है क्या?" चित्रा ने थोड़ा झिझकते हुए पूछा।

"हाँ, एक चॉकलेट है।" समीर ने शरारती मुस्कराहट के साथ कहा।

"फिर क्या करोगे?" चित्रा ने अगला प्रश्न किया।

"कुछ बना लूँगा।" समीर ने लापरवाही से उत्तर दिया। "यहाँ सब चीज़ों की व्यवस्था है।"

"तुम्हें खाना बनाना आता है?" चित्रा थोड़ा हैरान थी।

"हाँ।" समीर ने सिर हिलाया। "मैं अकेला रहता हूँ और अपना खाना ख़ुद ही बनाता हूँ।"

उसकी बात सुनकर चित्रा को कुछ राहत मिली। वह थोड़े समय तक इस उधेड़बुन में रही कि उसे समीर से ज़्यादा बातचीत करनी चाहिए या नहीं। उसने इस बारे में बहुत सोचा, लेकिन उसे और कोई रास्ता नहीं दिखा। वह सकुचाते हुए बोली, "जब खाना बनाओ तो मेरे लिए भी बना लेना।"

चित्रा ने सोचा था कि समीर उससे उलटकर पूछेगा कि लड़की होते हुए भी उसे खाना नहीं आता है, लेकिन उसने ऐसा कोई सवाल नहीं किया। उसकी सोच के उलट उसने बड़ी सहजता से पूछा, "तुम खाने में क्या खाओगी, चावल या रोटी?"

"चावल।" चित्रा ने बिना एक सेकंड देरी के जवाब दिया। "और दाल।"

कुछ समय बाद समीर उठा और खाना बनाने लगा। चित्रा पलंग पर लेटी-लेटी चुपचाप उसे देखती रही, समीर के व्यवहार के कारण न चाहते हुए भी उसका रवैया अब उसके प्रति थोड़ा नर्म हो रहा था। खाना पकने के बाद समीर दो थालियों में परोस लाया। उसने दाल इतनी स्वादिष्ट बनायी थी कि चित्रा तारीफ़ किये बिना नहीं रह सकी, "दाल बहुत टेस्टी बनी है।"

अचानक न जाने चित्रा के दिमाग़ में क्या आया कि उनके बीच खाते-खाते लंबी चर्चा शुरू हो गयी।

"शुक्रिया।" समीर ने प्रतिक्रया दी।

"तुम शाकाहारी हो या माँसाहारी?"

"दोनों।"

"अगर हमारे देश में मुग़ल नहीं आते तो कोई माँस खाना नहीं सीखता, उनकी वजह से ही हमारे देश के लोग माँस खाने लगे हैं।"

"अच्छा!"

"मेरे मम्मी-पापा तो प्याज-लहसुन तक नहीं खाते हैं, उन्होंने गुरु मंत्र ले

रखा है।"

"बहुत बढ़िया!"

"क्या तुम्हारे मुस्लिम दोस्त भी हैं?"

"हाँ, क्यों?"

"मेरे पिता कहते हैं कि उन्होंने भारतीय संस्कृति को काफ़ी नुकसान पहुँचाया है।"

"अच्छा, वो और क्या बताते हैं?"

"वो कहते हैं कि कई मुस्लिम लड़के हिन्दू लड़कियों को अपने जाल में फँसाकर उनका धर्मांतरण करवा देते हैं। इसलिए हिन्दू लड़कियों को उनसे सावधान रहना चाहिए।"

"तुम उनकी कही बातों पर पूरा विश्वास करती हो?"

"हाँ, बिल्कुल! क्या वो मुझसे झूठ बोलेंगे।"

"मगर प्रेम तो स्वाभाविक ढंग से होता है, उसमें जात-पात कहाँ मायने रखती है । वो तो किसी को किसी से भी हो सकता है।"

"ऐसे कैसे? प्रेम करने का अर्थ यह तो नहीं होता कि हम अपने धर्म और संस्कृति को भूल जायें।"

"अगर कभी तुम्हें किसी मुस्लिम लड़के से प्रेम हो गया तो क्या करोगी?"

"अगर ऐसा हुआ, तब भी मैं अपने माता-पिता की बात मानूँगी।"

"यह तो बहुत अच्छी बात है।"

दोनों को बातचीत करते-करते रात के लगभग 12 बज गये। देर ज़्यादा होते देख समीर को ही इस चर्चा को विराम देना पड़ा।

"अब हमें सो जाना चाहिए।" वह बोला।

"हाँ, नींद तो मुझे भी आ रही है।" चित्रा ने जम्हाई लेते हुए कहा।

"तुम्हें अगर परेशानी है तो मैं बाहर जाकर सो जाता हूँ।" समीर ने चित्रा की ओर देखते हुए कहा। "तुम अंदर आराम से सो जाना।"

किसी अजनबी लड़के के साथ एक कमरे में सोना चित्रा को कुछ अजीब-सा लग रहा था, लेकिन अब उसे यह भी विश्वास हो गया था कि समीर ऐसा-

वैसा लड़का नहीं है। इसलिए उसने मुस्कुराते हुए कहा, "नहीं, इसकी कोई ज़रूरत नहीं है। बस इतना ध्यान रखना कि मेरे पिताजी पुलिस में हैं और बहुत ख़तरनाक भी हैं।"

"हाँ, मुझे पता है।" समीर बोला।

वह चटाई पर सो गया और चित्रा पलंग पर।

चित्रा ने आँखें ज़रूर बंद कर ली थीं, लेकिन उसे न जाने क्यों नींद नहीं आ रही थी। उसने चुपके से आँखें खोलकर समीर पर नज़र डाली, वह सो चुका था। उसे देखते हुए चित्रा ने सोचा कि हर अजनबी आदमी बुरा नहीं होता है। उसे समीर के चेहरे पर किसी बच्चे जैसी मासूमियत नज़र आयी।

अगली सुबह समीर जल्दी उठ गया। हाथ-मुँह धोने के बाद वह बालकनी में जाकर खड़ा हो गया, वहाँ से उसे सड़क दिखाई दे रही थी, लेकिन वह ख़ाली थी। उसकी निगाहें सड़क पर किसी इंसान को खोजने की कोशिश करती रहीं, लेकिन कोई नज़र नहीं आया। कुछ देर बाद चित्रा भी जाग गयी और उसके पास आकर खड़ी हो गयी।

"क्या कर रहे हो?" उसने समीर से पूछा।

"जिस दिल्ली में हर जगह सिर्फ़ लोगों की भीड़ नज़र आती थी, आज वह कितनी सुनसान है।" वह गहरी साँस लेते हुए बोला। "क्या किसी ने कभी ऐसी कल्पना की थी कि कभी ऐसा भी दिन आयेगा?"

"हाँ, एक वायरस ने सबकी ज़िन्दगी कितनी बदल दी है।" चित्रा बोली। "मौत के ख़ौफ़ ने सबको घर के अंदर छिपने के लिए मजबूर कर दिया है।"

"मैं चाय बनाकर लाता हूँ।" समीर ने चित्रा की तरफ़ देखते हुए कहा। "मैं तुम्हारे जगने का ही इंतज़ार कर रहा था।"

"नहीं, चाय मैं बनाकर लाती हूँ।" चित्रा उसे रोकते हुए बोली।

"तुम्हें चाय बनाना आती है?" समीर ने थोड़ा चौंकते हुए पूछा। अचानक उसे कुछ ध्यान आया और उसने खेद जताते हुए कहा, "सॉरी, मैंने 'आप' की जगह 'तुम' बोल दिया।"

"कोई बात नहीं।" चित्रा सहज आवाज़ में बोली और फिर चाय बनाने चली गयी।

जब वह लौटी तो उसके हाथ में दो कप थे, एक कप उसने समीर को पकड़ा दिया। चाय की कुछ चुस्कियाँ लेने के बाद वह मुस्कुराते हुए बोला, "चाय अच्छी है।"

"हाँ, लेकिन तुम्हारी दाल से ज़्यादा स्वादिष्ट नहीं होगी।" पहली बार चित्रा खिलखिलाकर हँसी। उसकी बात सुनकर समीर भी हँस पड़ा। कुछ समय तक दोनों बालकनी में खड़े होकर बात करते रहे, फिर कमरे के अंदर आ गये। चित्रा मोबाइल पर गाने सुनने लगी और समीर किताब के पन्ने उलटने लगा। दोपहर तक उसने पूरी किताब पढ़ ली और अब उसके लिए भी समय काटना मुश्किल हो गया। उधर, चित्रा भी कान में ईयरफ़ोन लगाकर गाने सुनते-सुनते बोर हो गयी थी इसलिए उसने बोरियत दूर करने का तरीक़ा निकाला। उसने समीर से पूछा कि क्या उसे गाना गाना आता है?

"हाँ, थोड़ा-बहुत।" समीर ने शरमाते हुए जवाब दिया। "लेकिन मेरी आवाज़ अच्छी नहीं है, इसलिए कभी किसी के सामने नहीं गाता हूँ।"

"मैं मोबाइल पर गाना सुनते-सुनते काफ़ी बोर हो गयी हूँ, क्यों न हम अंताक्षरी खेलें।" चित्रा बोली।

"लेकिन..." समीर कुछ कहना चाहता था पर चित्रा ने उसकी बात पूरी नहीं होने दी। "यहाँ कोई तुम्हारा मज़ाक़ उड़ाने वाला नहीं है, इसलिए शरमाने की कोई ज़रूरत नहीं है।"

आख़िरकार समीर ने हामी भर दी और दोनों अंताक्षरी खेलने लगे। समीर को बहुत सारे पुराने गाने याद थे, इनमें से कई तो ऐसे थे जिन्हें कभी चित्रा ने सुना तक नहीं था। उसे सिर्फ़ नये गाने ही याद थे, इसलिए उसके गाने का ख़ज़ाना जल्दी ख़ाली हो गया।

"तुम्हें इतने पुराने गाने कैसे याद हैं?" अंताक्षरी ख़त्म होने के बाद चित्रा ने समीर से पूछा।

"मेरे पिता जी जब भी घर पर रहते थे, वह पुराने गीत सुना करते थे। वह मोहम्मद रफ़ी और लता मंगेशकर के बहुत बड़े फ़ैन थे। इस वजह से मुझे भी ये गाने याद हो गये।" वह बोलते-बोलते कुछ उदास हो गया।

"तो क्या अब वह इस दुनिया में...?"

"हाँ, कुछ साल पहले ही उनकी मौत हुई है।"

कुछ देर तक कमरे में ख़ामोशी बनी रही। समीर ने ही यह चुप्पी तोड़ी, उसने माहौल को बदलने के लिए चित्रा से हँसते हुए पूछा, "लखनऊ में तो बहुत मुस्लिम रहते हैं, क्या कभी तुम्हारी दोस्ती किसी मुस्लिम से नहीं हुई?"

"मैं भला उनसे दोस्ती क्यों करने लगी।" चित्रा ने छूटते ही जवाब दिया। "मैं नाम जानने के बाद ही किसी को अपना दोस्त बनाती हूँ।"

इसी तरह बातचीत, हँसी-मज़ाक़ के बीच दोनों के तीन दिन गुज़र गये। चौथे दिन दोपहर के समय मोहन उन्हें लेने के लिए आ गया। उसने समीर और चित्रा की ओर देखते हुए कहा, "लॉकडाउन बढ़ गया है, चलिए मैं आप लोगों को नोएडा छोड़ आता हूँ। मैंने पुलिस से अनुमति ले ली है।"

लॉकडाउन बढ़ने की बात सुनकर चित्रा दुखी हो गयी। उसे अफ़सोस हो रहा था कि वह अब लखनऊ नहीं जा पायेगी, लेकिन इस बात की राहत भी थी कि कम से कम वह नोएडा पहुँच जायेगी। कुछ देर बाद वो और समीर नीचे उतरकर टैक्सी में बैठ गये। पिछले तीन दिनों में दोनों एक-दूसरे के दोस्त बन गये थे, चित्रा को समीर से दूर जाते हुए न जाने क्यों थोड़ा दुख हो रहा था। वह कनखियों से समीर की ओर देखते हुए यह पता लगाने की कोशिश कर रही थी कि क्या वह भी उदास या दुखी है, लेकिन उसके चेहरे के भावों से कुछ अंदाज़ा नहीं लगा सकी। कुछ देर बाद चित्रा का पीजी आ गया, टैक्सी से उतरने से पहले वह समीर से बोली, "ये तीन दिन मेरे लिए यादगार रहेंगे। हमें एक-दूसरे को कुछ ऐसा देना चाहिए, जिससे इस मुलाक़ात की याद बनी रहे।"

इसके बाद चित्रा ने अपने पर्स में हाथ डाला और एक तुलसी के मनकों वाली माला निकालकर समीर को दे दी। समीर ने माला लेकर शुक्रिया कहा और अपने बैग में से एक सफ़ेद जालीदार टोपी चित्रा की ओर बढ़ा दी। चित्रा ने हैरानी से उसकी ओर देखा, वह कुछ कहना चाहती थी लेकिन इससे पहले ही टैक्सी चल दी।

14
कोरोना की दवा

श्रीनिवासन सोफे पर बैठे-बैठे अख़बार पढ़ रहे थे। वह हर ख़बर को बड़ी बारीकी से देख रहे थे और उसकी समीक्षा भी कर रहे थे। अख़बार का बस आख़िरी पन्ना पढ़ने के लिए रह गया था, तभी उनकी पत्नी रमा ने आकर उन्हें डिस्टर्ब कर दिया।

"क्या दिनभर घर पर फालतू बैठे रहते हो। अब तो लॉकडाउन की वजह से बुटीक से भी आमदनी कम हो गयी है।" वह पति को घूरते हुए बोलीं।

"तो इसमें मैं क्या कर सकता हूँ?" श्रीनिवासन ने रमा की की ओर देखते हुए कहा। "मैं तो एक वैज्ञानिक हूँ। इन छोटी-बातों की चिंता के लिए मेरे पास समय नहीं है।"

श्रीनिवासन सही कह रहे थे, वह हक़ीक़त में एक वैज्ञानिक थे। यह बात अलग थी कि आज तक उन्होंने ऐसा कोई आविष्कार, खोज या प्रयोग नहीं किया था, जो किसी भी तरह से उपयोगी साबित हुआ हो। अपने शोध कार्य और प्रयोगों के लिए उन्होंने घर में एक बड़ा-सा कमरा सुरक्षित कर रखा था। उसके अंदर जाने पर ऐसा लगता था जैसे किसी प्रयोगशाला में आ गये हों। श्रीनिवासन उस कमरे में घंटों-घंटों तक न जाने क्या करते रहते थे।

रमा के पिता एक पैसे वाले व्यक्ति थे। उनकी एक ही लड़की थी, इसलिए वह चाहते थे कि कोई ऐसा दामाद मिल जाये, जो घर-जमाई बनकर साथ रहे। श्रीनिवासन बेशक दुनिया की नज़रों में अब तक वैज्ञानिक नहीं बन पाये हों, लेकिन उन्हें यक़ीन था कि एक दिन वह कोई बड़ी खोज करेंगे। यही वजह थी कि उन्होंने नौकरी जैसी छोटी चीज़ पर कभी ध्यान नहीं दिया। वह बिना किसी ना-नुकुर के घर-जमाई बनने के लिए राज़ी हो गये थे।

उनकी पत्नी रमा ने घर पर ही एक बुटीक खोल ली थी। उससे अच्छी-ख़ासी आमदनी हो जाती थी, लेकिन लॉकडाउन के कारण बुटीक पर आने वाली महिलाओं की संख्या काफ़ी घट गयी थी, इससे वह परेशान थीं। ऊपर से उनका लड़का भी विदेश में पढ़ता था, जिसे हर महीने पैसे भेजने पड़ते थे।

“सिर्फ़ श्रीनिवासन नाम रख लेने से कोई वैज्ञानिक नहीं बन जाता है।” रमा ने तंज़ कसा। “तुम भूल जाते हो कि तुम्हारा नाम शंभूदयाल है।”

पत्नी की बात सुनकर श्रीनिवासन को ग़ुस्सा आ गया, वह लगभग चीख़ते हुए बोले, “शंभूदयाल नाम मेरे माता-पिता ने रखा था, जो मेरे लिए सही नहीं था। इसीलिए मैंने अपना नाम बदल लिया, इसमें बार-बार ताना देने वाली क्या बात है।”

“मैं ताना नहीं दे रही हूँ, मैं बस यह चाहती हूँ कि तुम अपने नये नाम के अनुरूप कुछ काम भी करो।” रमा ने मुस्कुराते हुए कहा। “पूरे दिन अपने उस मकड़ियों के जाले वाले कमरे में घुसे रहते हो, लेकिन इतने सालों में एक भी ढंग का प्रयोग नहीं कर पाये।”

“क्या तुम मेरे सारे प्रयोगों को भूल गयीं?” श्रीनिवासन अपने नथुनों के फुलाते हुए बोले।

“कौन-से प्रयोग?” रमा ने हैरानी से पति की ओर देखा। अचानक उन्हें कुछ ध्यान आया और वह हँसते हुए बोलीं, “कहीं तुम उस दवाई की बात तो नहीं कर रहे हो? जिसे खाकर मैं बीमार पड़ गयी थी।”

“किसी भी प्रयोग में एक बार में सफलता नहीं मिलती है।” श्रीनिवासन बोले। “क्या तुमने बड़े-बड़े वैज्ञानिकों के बारे में नहीं पढ़ा है। उनका पूरा जीवन एक ही प्रयोग करने में निकल जाता है, अगर मेरा प्रयोग असफल हो गया तो इसमें ताज्जुब वाली बात क्या है?”

दरअस्ल श्रीनिवासन ने कुछ साल पहले कई महीनों की मेहनत के बाद एक दवा बनायी थी। उनका दावा था कि उसे पीने से आदमी अमर हो जायेगा, उन्होंने यह दवा सबसे पहले अपनी पत्नी को ही पिलाई थी। इसके कारण वह बीमार पड़ गयी थीं, हालत सीरियस होने पर श्रीनिवासन ने ख़ुद रमा को अस्पताल में भर्ती करवाया था। जाँच के बाद डॉक्टर ने बताया था कि कुछ उल्टा-सीधा खाने से ऐसा हुआ था। इस प्रयोग के असफल होने पर वह काफ़ी दुखी हुए थे, कुछ दिनों तक अवसाद में भी डूबे रहे थे। इसके बावजूद उन्होंने हिम्मत नहीं छोड़ी, वह फिर अपने काम में जुट गये थे।

इन दिनों श्रीनिवासन अपनी प्रयोगशाला में बैठे-बैठे यही सोचा करते थे कि उन्हें ऐसा क्या बनाना चाहिए, जो रातों-रात उन्हें दुनियाभर में प्रसिद्ध

कर दे। कोरोना वायरस उनके लिए एक नयी उम्मीद की तरह था, श्रीनिवासन दुनियाभर के वैज्ञानिकों से इस बात को लेकर नाराज़ थे कि वो अभी तक एक छोटे से कोरोना वायरस को ख़त्म करने की दवा नहीं खोज पाये थे। उन्होंने टेबल पर अख़बार पटकते हुए कहा, "ये वैज्ञानिक किसी काम के नहीं हैं।"

"तो क्या अब तुम कोरोना वायरस की दवाई बनाने के बारे में सोच रहे हो?" रमा हँसी। "जो काम बड़े-बड़े वैज्ञानिक नहीं कर पाये, वो अब तुम करना चाहते हो क्या?"

"तुम क्या सोचती हो कि मैं उसकी दवा नहीं बना सकता हूँ?" श्रीनिवासन ने गुस्से से अपनी पत्नी की ओर देखते हुए कहा। उन्हें पत्नी की बातों में स्वयं के प्रति अपमान का अनुभव हुआ, यह भी लगा कि रमा उन्हें चुनौती दे रही है।

"तो तुम क्या सचमुच ऐसा करने की सोच रहे हो?" रमा ज़ोर-ज़ोर से हँसने लगी। "मैंने तो ये बात सिर्फ़ मज़ाक़ में कही थी।"

"इसमें मज़ाक़ वाली क्या बात है? मैं भी एक वैज्ञानिक हूँ। मानव जाति पर संकट आने पर उसे विनाश से बचाना मेरा कर्तव्य है।" श्रीनिवासन गर्वीली आवाज़ में बोले। "मैं ज़रूर ऐसी दवा बनाऊँगा, जो इस कोरोना वायरस को पूरी तरह ख़त्म कर देगी।"

रमा को अपने पति की बातें सुनकर फिर हँसी आ गयी, लेकिन उसने इस बार हँसी रोक ली। वह उन्हें ज़्यादा अपमानित नहीं करना चाहती थी, उसने इस बात को आगे नहीं बढ़ाया और अपनी बुटीक में चली गयी।

अब कोरोना वायरस की दवा की खोज करना श्रीनिवासन की ज़िन्दगी का लक्ष्य बन गया था। सोफे पर बैठे-बैठे वह कल्पना करने लगे कि यदि उन्होंने दवा खोज ली तो वह रातों-रात पूरी दुनिया में प्रसिद्ध हो जायेंगे। अख़बारों के पहले पन्ने पर उनकी बड़ी-बड़ी तस्वीर आयेगी, न्यूज़ चैनलों पर उनके इंटरव्यू आयेंगे, सरकार उनका सम्मान करेगी। उनके नाम पर किसी इमारत और सड़क का नामकरण होगा, उनका विश्व प्रसिद्ध होने का सपना सिर्फ़ एक खोज से ही पूरा हो जायेगा। यह सब सोचकर उनके चेहरे पर एक अनूठी चमक आ गयी और आँखें एलईडी बल्ब की तरह जगमगाने लगीं, लेकिन यह काम इतना आसान नहीं था।

श्रीनिवासन ने इंटरनेट से कोरोना पर किये गये शोध के बार में जानकारी

जुटाना शुरू कर दी। दो-तीन दिनों तक वह अपने कमरे से बिना बाहर निकले सिर्फ़ कोरोना के बारे में पढ़ते रहे। सब ज़रूरी जानकारी जुटाने के बाद ही वह अपने कमरे से बाहर निकले।

"क्या दवा बनाने का फ़ॉर्मूला मिल गया?" रमा ने अपने पति से मुस्कुराते हुए पूछा। "या अभी वक़्त लगेगा?"

"हाँ।" श्रीनिवासन ने बच्चे की तरह ख़ुश होते हुए जवाब दिया। "मुझे सब जानकारी मिल गयी है। मैं जल्दी दवा बनाने का काम शुरू करने जा रहा हूँ।"

"क्या तुम्हें सचमुच विश्वास है कि तुम दवा बना लोगे?" रमा ने थोड़ा गंभीर होते हुए पूछा, "क्योंकि अभी तक तुम्हारा एक भी प्रयोग सफल नहीं हुआ है।"

"हाँ, मुझे पूरा विश्वास है कि इस बार मैं कामयाब हो जाऊँगा।" श्रीनिवासन ने पूरे आत्मविश्वास के साथ जवाब दिया। "देखना कुछ दिनों बाद पूरी दुनिया मेरी प्रतिभा का लोहा मानेगी।"

हालाँकि श्रीनिवासन ख़ुद को वैज्ञानिक मानते थे, लेकिन ज्योतिष पर भी उनका अटूट विश्वास था। वह जब भी अपना नया प्रयोग या खोज शुरू करते थे, उससे पहले अपने ज्योतिषी शास्त्री जी की सलाह ज़रूर लेते थे। जिस तरह श्रीनिवासन का कोई प्रयोग अभी तक सफल नहीं हुआ था, उसी तरह शास्त्री जी की भी कोई भविष्यवाणी अब तक सही साबित नहीं हुई थी। फिर भी शास्त्री जी के ज्योतिष ज्ञान पर श्रीनिवासन को पूरा विश्वास था, उन्होंने अपना यह काम शुरू करने से पहले भी उन्हें फ़ोन लगाया।

"प्रणाम शास्त्री जी!"

"कैसे हो श्रीनिवासन? क्या कोई नयी खोज करने जा रहे हो?"

"जी, इस बार खोज बहुत बड़ी है। मैं कोरोना वायरस की दवा बनाने जा रहा हूँ, ताकि लोगों को इस महामारी से छुटकारा मिल सके।"

"यह तो अच्छी बात है। अभी तुम्हारा समय अच्छा चल रहा है, मुझे पूरा विश्वास है कि तुम कोरोना वायरस की दवा बनाने में ज़रूर सफल होगे।"

"धन्यवाद! मैं आपसे यह जाना चाहता था कि खोज शुरू करने के लिए कौन-सा दिन बेहतर रहेगा?"

शास्त्री जी कुछ देर के लिए शांत हो गये। दस मिनट बाद फिर उनकी आवाज़ आयी, "मैंने गणना कर ली है। अभी नया कार्य शुरू करने के लिए बिल्कुल उपयुक्त समय है, तुम अपना कार्य कल से ही शुरू कर दो।"

उनसे बात करने के बाद श्रीनिवासन का आत्मविश्वास और बढ़ गया। उन्हें अपना काम कल से ही शुरू करना था, इसलिए वह अपने दिमाग़ में इसकी रूपरेखा बनाने लगे। रात को सोते समय उन्होंने पत्नी से साफ़-साफ़ कह दिया कि अगले कुछ दिनों तक, मतलब जब तक दवा नहीं बन जाये, वह अपनी प्रयोगशाला से बाहर नहीं निकलेंगे। चाय, खाना सबकुछ अंदर ही लेंगे।

अगली सुबह से श्रीनिवासन अपनी प्रयोगशाला में क़ैद हो गये, पूरे बीस दिन गुज़र जाने के बाद वह बाहर निकले। पता नहीं इतने दिनों तक उन्होंने क्या किया था, लेकिन उनके उत्साह से लग रहा था कि उन्होंने कुछ न कुछ तो किया था।

श्रीनिवासन ने पत्नी के सामने उछलते हुए घोषणा कर दी कि उन्होंने कोरोना वायरस की दवा बना ली है। पत्नी ने उन्हें चकित नज़रों से देखा, दरअस्ल वह यह सोचकर हैरान थीं कि दुनियाभर के वैज्ञानिक महीनों तक मेहनत करने के बाद भी अभी तक कोरोना की दवा बनाने में कामयाब नहीं हो सके हैं और उनके पति ने सिर्फ़ 20 दिनों में उसकी दवाई तैयार कर ली।

"क्या सचमुच तुमने दवा बना ली है?" वह यह पूछे बिना नहीं रह सकीं।

"हाँ, मैं बिल्कुल सच बोल रहा हूँ।" श्रीनिवासन ने किसी विजेता के अंदाज़ में जवाब दिया।

उनके हाथों में एक बोतल थी, जिसमें पीले रंग का द्रव्य भरा था। बोतल की ओर इशारा करते हुए श्रीनिवासन बोले, "देखो, यही दवा है।"

"मगर तुम्हें यह कैसे पता चला कि यह दवा कोरोना वायरस ठीक कर देगी?" पत्नी ने थोड़ी शंका के साथ पूछा।

"बस, एक आख़िरी परीक्षण रह गया है। यदि वह भी सफल हो गया तो फिर मैं अपनी दवा की सार्वजानिक घोषणा कर दूँगा।" श्रीनिवासन ने जवाब दिया।

"परीक्षण?" रमा ने सहमी हुई नज़रों से पति की ओर देखा। "वह किस पर करोगे?"

"मैं सोच रहा था कि इसका परीक्षण पहले तुम पर ही करूँ।" श्रीनिवासन धीमी आवाज़ में बोले। "तुम्हें मेरा सहयोग करना होगा।"

"लेकिन मैं तो बीमार नहीं हूँ, फिर मुझ पर परीक्षण करके क्या करोगे?" रमा बोली। "तुम्हें किसी ऐसे व्यक्ति को ढूँढ़ना चाहिए जो कोरोना का शिकार हो।"

श्रीनिवासन को अपनी पत्नी की बात सही लगी, लेकिन समस्या यह थी कि ऐसे व्यक्ति को कहाँ और कैसे खोजा जाये। लॉकडाउन के कारण वह बाहर भी नहीं जा सकते थे, इसलिए यह काम ज़्यादा मुश्किल था। वह बहुत देर तक इस समस्या का समाधान खोजते रहे। आख़िरकार उनके दिमाग़ में एक आइडिया आया, उन्होंने सोचा कि क्यों न अपनी कॉलोनी में ही कोरोना के मरीज़ की तलाश की जाये। इसके बाद वह मुँह पर मास्क लगाकर घर से बाहर निकल गये, सबसे पहले वह एक किराने की दुकान पर पहुँचे। दुकानदार से उनकी जान-पहचान थी, श्रीनिवासन ने उससे पूछा कि क्या कॉलोनी में कोई ऐसा व्यक्ति है, जो कोरोना वायरस से पीड़ित हो? लेकिन उसे ऐसे किसी आदमी के बारे में जानकारी नहीं थी। उसका जवाब सुनकर वह निराश हो गये, लेकिन उन्होंने अपनी कोशिश जारी रखी।

वह कॉलोनी में इधर-उधर घूमने लगे ताकि शायद ऐसा कोई व्यक्ति उनसे टकरा जाये। ज़्यादातर घरों के दरवाज़े बंद थे, कोरोना वायरस के डर की वजह से लोग बाहर नहीं निकल रहे थे, लेकिन उन्हें एक घर के बाहर एक बुज़ुर्ग खड़े नज़र आ गये, वह ज़ोर-ज़ोर से खाँस रहे थे। उन्हें देखते ही श्रीनिवासन चलते-चलते रुक गये-

"वर्मा जी लगता है आपकी तबीयत ठीक नहीं है?" उन्होंने बुज़ुर्ग की ओर देखते हुए कहा।

वह एक सेवानिवृत्त प्रिंसिपल थे और अकेले ही रहते थे।

"हाँ, श्रीनिवासन तुम ठीक कह रहे हो।" वर्मा जी ने जवाब दिया। "पिछले कुछ दिनों से मैं बहुत परेशान हूँ।"

"क्या आपको खाँसी के अलावा ज़ुकाम और बुख़ार भी है?" श्रीनिवासन ने एक डॉक्टर की तरह उनसे अगला प्रश्न पूछा।

"हाँ।" वर्मा जी ने सिर हिलाते हुए कहा।

"वर्मा जी, कहीं आपको कोरोना वायरस तो नहीं हो गया है?" श्रीनिवासन ने उत्साहपूर्वक पूछा। "मुझे लक्षण तो ऐसे ही लग रहे हैं।"

"लग तो मुझे भी रहा है कि मैं कोरोना वायरस से संक्रमित हो गया हूँ, लेकिन यहाँ कोई आसपास अस्पताल भी नहीं है।" वर्मा जी थोड़ा दुखी होते हुए बोले। "वैसे भी अब मेरी उम्र हो गयी है। अगर मुझे कुछ हो भी गया तो किसी को क्या फ़र्क़ पड़ेगा?"

"मेरे रहते हुए आपको कैसे कुछ हो सकता है।" श्रीनिवासन ने मंद-मंद मुस्कुराते हुए कहा। "मेरे पास कोरोना की दवाई है, अगर आप चाहें तो वह मैं आपको दे सकता हूँ, वह भी बिल्कुल मुफ़्त।"

"लेकिन कोरोना की दवाई तो अभी बनी ही नहीं है!" वर्मा जी ने नाक सिकोड़ते हुए कहा। "टी.वी. पर भी बताया जा रहा है कि वैज्ञानिक अभी कोरोना वायरस को ख़त्म करने के लिए दवा बनाने का प्रयास कर रहे हैं, फिर तुम्हारे पास इसकी दवा कहाँ से आ गयी?"

"वर्मा जी टी.वी. वाले तो ग़लत-सलत समाचार दिखाते रहते हैं।" श्रीनिवासन ने उनकी शंका का समाधान करने की कोशिश की। "यह दवाई एक बहुत बड़े वैज्ञानिक ने बनायी है, जो मेरा मित्र है। इसे खाते ही आप पूरी तरह ठीक हो जायेंगे।"

"अच्छा, ऐसी बात है तो लाओ दे दो।" वर्मा जी बोले। "अगर मैं ठीक हो गया तो तुम्हें इसके पैसे भी दे दूँगा।"

"आपको पैसे देने की कोई ज़रूरत नहीं है।" श्रीनिवासन ने मुस्कुराते हुए कहा। "आप जैसे ही ठीक हो जायें, सिर्फ़ मुझे फ़ोन कर दीजियेगा।"

इसके बाद श्रीनिवासन ने एक शीशी निकालकर वर्मा जी को थमा दी, इसके साथ ही एक पर्ची पर अपना मोबाइल नंबर भी लिखकर दे दिया। घर पहुँचकर उन्होंने यह बात ख़ुशी-ख़ुशी अपनी पत्नी को बतायी, वह भी यह सुनकर ख़ुश हो गयीं कि उनके पति को दवा के परीक्षण के लिए व्यक्ति मिल गया है, लेकिन यह सोचकर थोड़ा चिंतित भी हो गयीं कि यदि दवा की वजह से वर्मा जी की तबीअत बिगड़ गयी तो क्या होगा? वहीं श्रीनिवासन अपनी दवा को लेकर पूरी तरह से आश्वस्त थे। उन्हें यक़ीन था कि उनकी दवा खाकर वर्मा जी का कोरोना वायरस पूरी तरह नष्ट हो जायेगा, वह बेसब्री से उनके फ़ोन का इंतज़ार कर रहे

थे, लेकिन उनसे ज़्यादा अधीर उनकी पत्नी थीं।

कुछ दिनों तक जब वर्मा जी ने श्रीनिवासन को फ़ोन नहीं किया तो उनकी पत्नी बोली, "मुझे तो डर लग रहा है कि कहीं तुम्हारी दवा खाकर उन्हें कुछ हो नहीं गया हो। वैसे भी वह अकेले रहते हैं, एक बार तुम जाकर उन्हें देख आओ।"

"तुम बार-बार मेरे प्रयोगों पर शक क्यों करती हो।" श्रीनिवासन पत्नी की बात सुनकर नाराज़ हो गये। "मैं दावे के साथ कह सकता हूँ कि वह मेरी दवा खाकर वह बिल्कुल ठीक हो गये होंगे।"

संयोग से कुछ ही मिनटों बाद उनके पास वर्मा जी का फ़ोन भी आ गया। उन्होंने पत्नी की ओर देखते हुए कहा, "उन्हीं का फ़ोन है।"

"मैं आपके ही फ़ोन का इंतज़ार कर रहा था, अब कैसी तबीअत है आपकी?" श्रीनिवासन ने पूछा।

"तुम सच कह रहे थे श्रीनिवासन, दवा वाक़ई काम की है। मेरी सर्दी-खाँसी और बुख़ार बिल्कुल ठीक हो गया है।" वर्मा जी बोले।

"यह तो आपने बहुत अच्छी ख़बर सुनायी। चलिए मैं आपसे बाद में बात करता हूँ," यह कहकर श्रीनिवासन ने फ़ोन काट दिया। वह ख़ुशी से चीख़ पड़े, "मेरा प्रयोग सफल हो गया, मैंने कोरोना वायरस की दवा बना ली है।"

उनकी बात सुनकर पत्नी भी काफ़ी ख़ुश हो गयीं, लेकिन अब भी उनकी आँखों में कुछ शंका थी।

"अब मैं अपने इस प्रयोग को दुनियाभर में पहुँचाऊँगा।" इस समय श्रीनिवासन की ख़ुशी का कोई ठिकाना नहीं था

"अब क्या करेंगे आप?" रमा ने प्रश्न किया।

"मैं अपनी इस दवा के बारे में मीडिया को बताऊँगा।" श्रीनिवासन ने हँसते हुए जवाब दिया।

वह सोफे से उठे और अलमारी से एक डायरेक्ट्री निकाल लाये। इसमें अलग-अलग अख़बारों और टी.वी. चैनलों के पत्रकारों के फ़ोन नंबर थे, उन्होंने एक-एक करके सबको फ़ोन लगाना शुरू कर दिया। कोरोना की दवाई बनाये जाने की बात सुनकर मीडिया वाले भी हैरान थे। उनके लिए यह एक बड़ी ब्रेकिंग

न्यूज़ थी, कुछ ही घंटों के भीतर श्रीनिवासन के घर पर मीडिया वालों की भीड़ लगना शुरू हो गयी। अख़बार वालों के साथ-साथ टी.वी. चैनलों के रिपोर्टर भी हाथों में माइक और कैमरा लेकर पहुँच चुके थे। सभी श्रीनिवासन का इंटरव्यू लेने के लिए बेताब थे।

श्रीनिवासन ने सभी मीडिया वालों को अपने ड्राइंगरूम में बैठाया और अंदर जाकर तैयार होने लगे। कुछ देर बाद कोट-पेंट और टाई पहनकर वह कमरे में वापस लौट आये। पत्रकारों ने फ़टाफ़ट उनसे सवाल-जवाब शुरू कर दिया-

"आपने इस दवा की खोज कब की?" एक न्यूज़ चैनल के रिपोर्टर ने माइक श्रीनिवासन के मुँह के क़रीब ले जाते हुए पूछा। उसका सवाल सुनकर श्रीनिवासन कुछ सेकंड तक चिंतन की मुद्रा में रहे, फिर कैमरे की ओर देखते हुए जवाब दिया, "मैं पिछले एक महीने से अपनी प्रयोगशाला में इस दवा को बनाने के लिए मेहनत कर रहा था, अभी पाँच दिन पहले ही यह दवा बनकर तैयार हुई है।"

"आपके मन में इस दवा को बनाने का ख़याल कैसे आया?" एक अख़बार के पत्रकार ने उन्हें घूरते हुए पूछा।

श्रीनिवासन फिर कुछ सेकंड मौन रहे और बड़े गंभीर आवाज़ में बोलना शुरू किया, "मेरे मन में हमेशा से ही विश्व कल्याण की भावना रही है। जब चीन में इस वायरस ने अपनी दस्तक दी थी, तभी से मेरे मन में यह ख़याल आ रहा था कि मैं इस वायरस को ख़त्म करने की दवा बनाऊँ, लेकिन मैंने कुछ समय इंतज़ार किया। मुझे लगा कि शायद कोई वैज्ञानिक दवा बना ले, लेकिन जब बड़े-बड़े वैज्ञानिक इस दवा को बनाने में असफल रहे तो मजबूरी में मुझे यह दवा बनाना पड़ी। मैं नहीं चाहता कि मेरा कोई देशवासी इस वायरस की वजह से अपनी जान गँवाये।"

"जो काम दुनिया के बड़े-बड़े वैज्ञानिक नहीं कर पाये, वह आपने कर दिखाया। अब आपको कैसा लग रहा है?" एक महिला पत्रकार ने अगला सवाल किया।

"मुझे बहुत गर्व की अनुभूति हो रही है।" श्रीनिवासन ने महिला पत्रकार की आँखों में झाँकते हुए जवाब दिया। "ऐसा लग रहा है कि मैंने अपने देश का

क़र्ज़ उतार दिया है। यह मेरे जीवन की सबसे बड़ी उपलब्धि है।''

''अच्छा ये बताइये कि जब आप प्रयोगशाला में दवा बनाने का काम कर रहे थे तो उस समय क्या खाते-पीते थे?'' पत्रकार एक के बाद एक सवाल पूछते जा रहे थे।

इस सवाल का जवाब श्रीनिवासन की बजाय उनकी पत्नी ने दिया, ''मेरे पति एक वैज्ञानिक हैं, इसलिए मैं हमेशा ही उनके खाने-पीने का विशेष ध्यान रखती हूँ। जब वो दवा तैयार कर रहे थे तो मैं हर सुबह उन्हें सब्ज़ी और फलों का जूस देती थी। दोपहर के खाने में उन्हें ढेर सारी हरी सब्ज़ियाँ खिलाती थी और रात के खाने में अंडा बनाती थी।''

श्रीनिवासन की इस सफलता से उनकी पत्नी भी गदगद थीं और उसका थोड़ा सा श्रेय ख़ुद भी लेना चाहती थीं। इंटरव्यू ख़त्म होने के बाद कई पत्रकारों ने श्रीनिवासन के साथ सेल्फ़ी ली, वह एक ही दिन में देश-विदेश में मशहूर हो गये। विदेशी चैनलों में भी उनका इंटरव्यू लेने की होड़ मच गयी। दूसरे देशों के प्रतिनिधि भारत सरकार को इस उपलब्धि के लिए बधाई दे रहे थे, कोई श्रीनिवासन को अपना हीरो बता रहा था तो कोई महान वैज्ञानिक। श्रीनिवासन के पड़ोसी भी हैरान थे, उन्हें यह अंदाज़ा ही नहीं था कि वह इतने बड़े वैज्ञानिक हैं।

भारत सरकार भी चाहती थी कि कोरोना की दवा जल्द से जल्द बाज़ार में आये, इसलिए स्वास्थ्य विभाग की टीम को निर्देशित किया गया कि वह श्रीनिवासन से मिले और उनसे दवा बनाने का फ़ॉर्मूला ले। सरकार से मिले निर्देश का पालन करते हुए टीम उनके घर पर पहुँची, उसमें कई डॉक्टर भी शामिल थे। उन्होंने श्रीनिवासन से बातचीत शुरू की, ''क्या आपने इस दवा का परीक्षण किसी व्यक्ति पर किया है?''

''जी हाँ! इस परीक्षण के बाद ही मैंने दवा की जानकारी सार्वजनिक की है।'' श्रीनिवासन ने डॉक्टरों को उपहास भरी नज़रों से देखा।

''क्या आप उस व्यक्ति से हमें मिलवा सकते हैं?'' एक डॉक्टर ने प्रश्न किया।

''जी, बिल्कुल।'' इतना कहकर श्रीनिवासन खड़े हो गये। ''आप लोग मेरे साथ आइये।''

वह टीम को वर्मा जी के घर पर ले गये। डॉक्टरों ने उनसे पूछताछ शुरू

की।

"क्या आप कोरोना से संक्रमित थे?"

"जी!"

"आपको यह कैसे पता चला कि आप कोरोना से ही संक्रमित हैं, क्या आपने कोई टेस्ट कराया था?"

"नहीं, मुझे सर्दी, खाँसी और बुख़ार था, इसकी वजह से मुझे लगा कि मुझे कोरोना ही है।"

वर्मा जी की बात से टीम कुछ संतुष्ट नहीं हुई। इसलिए उनका ब्लड सैम्पल कोरोना टेस्ट के लिए भेजा गया, जिसकी रिपोर्ट दो दिन बाद आयी। उससे पता चला कि वर्मा जी को मौसमी सर्दी, खाँसी और ज़ुकाम था। इससे टीम को श्रीनिवासन पर भी शक हुआ। डॉक्टरों ने श्रीनिवासन से कड़ाई से पूछताछ की और यह पता किया कि दवा किस तरह बनाई गयी है।

श्रीनिवासन ने टीम को बताया कि उन्होंने अलग-अलग कफ़-सिरप को एक साथ मिलाकर उसमें कुछ एंटीबायोटिक टैबलेट का पाउडर डाला था, इसके बाद इस मिश्रण को एक लोहे की कढ़ाई में गर्म किया था। दवा बनाने की इस विधि के बारे में जानकर स्वास्थ्य विभाग की टीम के होश उड़ गये। जब टीम ने यह जानकारी स्वास्थ्य मंत्री को दी तो उनके भी हाथ-पाँव फूल गये, उन्हें समझ नहीं आ रहा था कि अब पूरी दुनिया को क्या जवाब देंगे। ख़ैर श्रीनिवासन इस प्रयोग के असफल होने के बाद फिर एक नये प्रयोग के बारे में सोचने लगे।

15
काली पॉलीथिन

शाम का वक़्त था, सुनीता अपने घर के आँगन में मास्क लगाकर कुर्सी पर बैठी थीं जबकि उनके पति और दो बच्चे घर के अंदर टी.वी. देख रहे थे। इस कोरोना वायरस ने सुनीता की परेशानी काफ़ी बढ़ा दी थी, पति दफ़्तर नहीं जा रहे थे और बच्चे स्कूल। वह सुबह से शाम तक बच्चों और पति की डिमांड पूरी करने के लिए किचन में ही घुसी रहती थीं। जब से लॉकडाउन शुरू हुआ था, तब से नौकरानी भी नहीं आ रही थी। इसकी वजह से बर्तन भी उन्हें ही धोना पड़ रहा था और साफ़-सफ़ाई भी ख़ुद करनी पड़ रही थी।

सुनीता हर दिन कोरोना वायरस को कोसती थीं, इसके बावजूद उसका कुछ नहीं बिगड़ रहा था। जब लगातार काम करते-करते वह थक जाती थीं तो पति और बच्चों पर झल्लाने लगती थीं, "ये कोरोना वायरस हम औरतों से काम करवा-करवाकर ही मार डालेगा। एक तो नौकरानी नहीं आ रही है, ऊपर से दिनभर फ़रमाइशों का दौर ख़त्म नहीं होता है।"

"कैसी हो बहन जी?" पड़ोस में रहने वाली मंजू ने उन्हें आवाज़ लगायी। दोनों का मकान सटा हुआ था, बीच में सिर्फ़ एक छोटा-सी बाउंड्री वाल थी, इसलिए दोनों आसानी से एक-दूसरे के घर में ताक-झाँक कर सकती थीं। लॉकडाउन के बावजूद उनकी बातचीत जारी थी। हाँ, इतना ज़रूर था कि अब वो एक-दूसरे से थोड़ी दूर खड़ी होती थीं।

"मैं ठीक हूँ, बहन जी। आप कैसी हैं?" सुनीता ने जवाब दिया। वह अपनी कुर्सी से उठीं और मंजू के पास पहुँच गयीं।

"तुमने फ़ेसबुक पर वो वीडियो देखा क्या?" मंजू ने सुनीता की ओर देखते हुए कहा। "आजकल बहुत वायरल हो रहा है। मुझे तो उसमें सच्चाई ही लगती है।"

"कौन-सा वीडियो?" सुनीता ने हैरानी से पूछा।

"अरे वही जिसमें एक आदमी सब्ज़ियों पर थूक रहा है और फिर वही सब्ज़ियाँ लोगों को बेच रहा है।" मंजू बोली। "मुझे वीडियो देखने के बाद बहुत

डर लग रहा है, मैंने तो आज सब्ज़ी ही नहीं ख़रीदी।"

"क्या तुम सच कह रही हो!"

"हाँ, तुम्हारी क़सम बहन जी।"

"लेकिन सब्ज़ी पर कोई क्यों थूकेगा?"

"तुम भी बहन जी बहुत सीधी हो। इतना भी नहीं समझती कि आजकल कोरोना वायरस वाले सब्ज़ियाँ बेच रहे हैं। वही सब्ज़ियों पर थूक रहे हैं, जिससे दूसरे लोग भी बीमार हो जायें।"

यह सुनते ही सुनीता का चेहरा डर से सफ़ेद पड़ गया,उन्होंने मंजू को घूरते हुए कहा, "कहीं हमारा सब्ज़ी वाला भी तो ऐसा नहीं कर रहा है। मैंने तो आज ही सब्ज़ी ख़रीदी है और बनाकर सबको खिला भी चुकी हूँ। अब मैं क्या करूँ?"

"अरे बहन जी डरने की ज़रूरत नहीं है। अब जो हो गया, सो हो गया।" मंजू ने सांत्वना देते हुए कहा। "अब तुम भी सब्ज़ी लेना बंद कर दो।"

"अगर सब्ज़ी नहीं खरीदूँगी तो फिर बनाऊँगी क्या?" सुनीता ने पूछा।

"दाल बनाओ, छोले बनाओ और कभी-कभी बेसन के गट्टे बना लेना।" मजू हँसते हुए बोली। "अच्छा है हमारा सब्ज़ी का ख़र्च भी बचेगा।"

"ये सब्ज़ी वाली बात सुनकर मेरा तो दिल बैठ गया है।" सुनीता ने गहरी साँस लेते हुए कहा। "पता नहीं इन लोगों को वायरस फैलाकर क्या मिलेगा?"

"अब क्या कर सकते हैं, बहन जी।" मंजू ने दुखी स्वर में कहा। "ज़माना बहुत ख़राब है।"

बातचीत ख़त्म होते ही मंजू तेज़ क़दमों से घर के अंदर गयीं। पति ध्यान सिंह ने उनकी ओर देखते हुए पूछा, "तुम कहाँ थीं, रामायण शुरू हो गया है। आओ तुम भी बैठकर देख लो।"

सुनीता कुछ बोल पातीं, इससे पहले ही उनका बेटा सोनू बोल पड़ा, "मम्मी आलू के पकौड़े बना लो, बहुत मन कर रहा है खाने का।"

"मम्मी आलू की नहीं मिर्ची की पकौड़ी बनाना।" छोटी बेटी रिंकी ने भी डिमांड रख दी।

"आज से इस घर में कोई सब्ज़ी नहीं बनेगी।" सुनीता बच्चों और पति की ओर देखते हुए तेज आवाज़ में बोलीं। "आज से सबका सब्ज़ी खाना बंद।"

"क्यों ऐसा क्या हो गया, जो घर में सब्ज़ी नहीं बनेगी?" उनके पति ने हँसते हुए पूछा। "तुम क्या हमारे खाने-पीने पर भी लॉकडाउन लगा रही हो?"

पति को हँसते देख सुनीता बिदक गयीं और बोलीं, "तुम पता नहीं किस दुनिया में रहते हो। दिनभर टी.वी. के सामने बैठे रहते हो, फिर भी तुम्हें किसी बात की ख़बर नहीं है।"

सुनीता के ग़ुस्से को देखकर ध्यान सिंह समझ गये थे कि मामला गंभीर है। इसलिए उन्होंने पत्नी से प्यार से पूछा, "अचानक तुम्हें क्या हो गया, तुम इतना ग़ुस्सा क्यों हो?"

सुनीता ने गहरी साँस ली और बोलीं, "तुम्हें पता है ये सब्ज़ी वाले आजकल सब्ज़ियों में थूककर उन्हें बेच रहे हैं, ताकि सब्ज़ी खाने वाले लोगों को भी कोरोना हो जाये।"

"अच्छा ऐसी बात है क्या!" ध्यान सिंह ने अपना सिर खुजलाते हुए कहा। "मैंने तो ऐसा कुछ नहीं सुना है, तुम्हें ये जानकारी कहाँ से मिली?"

"मंजू बता रही थी कि फ़ेसबुक पर कोई वीडियो वायरल हुआ है, जिसमें सब्ज़ी बेचने वाला थूकता हुआ दिख रहा है," सुनीता ने जवाब दिया।

पत्नी की बात सुनकर ध्यान सिंह ने फ़ेसबुक देखना शुरू कर दिया, बच्चे भी मोबाइल पर उस वीडियो की तलाश में जुट गये। थोड़ी मशक़्क़त एक बाद आख़िरकार वह वीडियो मिल ही गया।

"हाँ, मम्मी आँटी सही कह रही थीं।" सोनू ने अपनी माँ को मोबाइल पर एक वीडियो दिखाते हुए कहा। "देखो ये है वो वीडियो।"

सभी लोग कुछ देर तक आँखें फाड़कर उस वीडियो को देखते रहे, फिर सुनीता पति को घूरते हुए बोलीं, "कभी तो मेरी बातों पर विश्वास कर लिया करो। देख लिया न वीडियो, अब हो गया यक़ीन।"

"कई बार आँखों देखी बात भी झूठी हो जाती है।" ध्यान सिंह बोले। "हो सकता है कि किसी ने लोगों को डराने के लिए ये वीडियो जान-बूझकर बनाया हो। तुम ऐसी अफ़वाहों पर ज़्यादा ध्यान मत दिया करो।"

वह यह नहीं चाहते थे कि एक वीडियो के चक्कर में सुनीता सब्ज़ी बनाना ही बंद कर दे, इसलिए उन्होंने इसे लेकर कई दलीलें दीं, लेकिन उनकी पत्नी ने किसी जज की तरह हर दलील को ख़ारिज कर दिया।

"तुम्हारी तो अक्ल पर पत्थर पड़ गया है।" सुनीता गुस्से में चिलायीं। "आँखों से सब दिख रहा है, फिर भी इसे अफ़वाह बता रहे हो।"

"ठीक है चलो मान ली तुम्हारी बात।" ध्यान सिंह ने आख़िरकार हार मान ली।

"मम्मी कल से सब्ज़ी मत बनाना, लेकिन आज तो आलू की पकौड़ी बना लो।" सोनू ने ज़िद की। "मम्मी, प्लीज़....प्लीज़...."

"हाँ, मम्मी।" रिंकी ने भी अपने भाई की बात का समर्थन किया।

"अगर बच्चे इतनी ज़िद कर रहे हैं तो कम से कम आज तो उनकी बात माँ लो।" ध्यान सिंह ने मुस्कुराते हुए सुनीता की ओर देखा।

"नहीं, आज से सब्ज़ी पूरी तरह बंद।" वह अपनी बात पर अड़ी रहीं। "अगर पकौड़े खाना है तो बिना आलू वाले खाने होंगे।"

कुछ नहीं से कुछ बेहतर, यही सोचकर सबने अपना सिर हाँ में हिला दिया।

अगले दिन सुनीता को मंजू ने एक और नया समाचार सुनाया, "जानती हो बहन जी मेरे व्हाट्सएप्प पर एक वीडियो आया है।"

"अच्छा क्या है उस वीडियो में?" सुनीता ने कौतूहलवश पूछा।

"अब क्या बताऊँ तुम्हें, तुम सुनोगी तो हैरान रह जाओगी।" मंजू ने जवाब दिया।

"अरे ये तो बताओ कि वीडियो में है क्या?" सुनीता की जिज्ञासा और बढ़ गयी थी।

उसके चेहरे पर ठीक वैसे ही भाव थे, जैसे किसी डरावनी फ़िल्म को देखते समय अगले दृश्य का इंतज़ार करते दर्शकों के चेहरे पर होते हैं।

"वीडियो में एक औरत दिख रही है, जो पॉलीथिन में थूककर उसे किसी घर में फेंक रही है।" मंजू बोली।

"अच्छा।" सुनीता चौंकीं। "लेकिन वो पॉलीथिन में क्यों थूक रही है?"

"अरे बहन जी तुम बहुत सीधी हो।" मंजू ने हँसते हुए कहा। "उस औरत को भी कोरोना होगा, जब थूक वाला पॉलीथिन कोई हाथ लगायेगा तो उसे भी कोरोना हो जायेगा और क्या?"

"हे भगवान! ये दुनिया में क्या हो रहा है।" सुनीता ने दुखी स्वर में प्रतिक्रिया दी। "पता नहीं लोगों को ऐसा करने से क्या मिल रहा है।"

"मिलना-जुलना क्या है। जिन लोगों को ये रोग हो गया है, अब वो इसे दूसरों में फैला रहे हैं।" मंजू ने लापरवाही से जवाब दिया।

"मैंने तो तुम्हारे कहने पर सब्ज़ी लेना पहले से ही बंद कर दिया है।" सुनीता बोलीं। "अब क्या करना चाहिए बहन जी?"

"तुम्हारे घर पर सीसीटी.वी. तो लगा है न?"

"हाँ, वो तो बहुत दिनों से लगा है, लेकिन हमने बंद कर दिया है।"

"हे भगवान! तुरंत चालू कराओ उसे, नहीं तो बहुत गड़बड़ हो जायेगी।"

"क्यों बहन जी?"

"अगर सीसीटी.वी. चालू रहेगा, तभी तो तुम देख पाओगी कि तुम्हारे घर के बाहर कौन आ-जा रहा है।"

"हाँ, ये बात तो तुम सही कह रही हो।"

सुनीता को मंजू की सलाह अच्छी लगी। घर के अंदर पहुँचते ही वह अपने पति से बोलीं, "घर के बाहर लगे सीसीटी.वी. आज ही चालू कर दो।"

"क्यों क्या हो गया?" उनके पति ध्यान सिंह ने सवाल किया।

"तुम भी न जाने किस दुनिया में रहते हो, आसपास क्या हो रहा है, तुम्हें कुछ ख़बर ही नहीं है।" सुनीता तीखी आवाज़ में बोलीं।

"अरे क्या हुआ ये तो बताओ?" ध्यान सिंह ने फिर पूछा।

"तुमने वो वीडियो देखा?"

"कौन-सा?"

"वही, जिसमें एक औरत पॉलीथिन में थूककर उसे घर में फेंक रही है।"

"अच्छा, मैंने तो ऐसा कोई वीडियो नहीं देखा है।"

सुनीता से यह नयी जानकारी मिलने के बाद उनके पति और दोनों बच्चे उस वीडियो की तलाश में जुट गये। कुछ देर बाद सोनू चीख़ा, "हाँ मम्मी, आँटी सही कह रही थीं, ये देखो वीडियो।"

वीडियो देखकर सुनीता के साथ-साथ ध्यान सिंह भी घबरा गये। इस बार

उन्होंने अपनी पत्नी का विरोध नहीं किया, उन्हें भी समझ आ गया कि मामला वाक़ई सीरियस है।

"देख लिया वीडियो! अब समझ में आ गया कि सीसीटी.वी. चालू करना क्यों ज़रूरी है," सुनीता ने मुँह बनाते हुए कहा।

"हाँ, ठीक है मैं अभी बाहर के सभी कैमरे चालू कर देता हूँ," ध्यान सिंह बोले। इसके बाद उन्होंने सभी कैमरे चालू कर दिये।

"अब तुम सबको सीसीटी.वी. पर नज़र रखनी है।" सुनीता ने पति और बच्चों को घूरते हुए कहा। "जैसे ही कोई बाहर नज़र आये, मुझे बताना। तुम सबको बहुत चौकन्ना रहना होगा।"

"ठीक है मम्मी," सोनू और रिंकी एक साथ बोले। उनकी आवाज़ में उत्साह था।

"और तुम भी टी.वी. छोड़कर सीसीटीवी देखना शुरू कर दो।" सुनीता ने ध्यान सिंह की ओर देखा। "तुम्हें तो कोरोना वायरस का बिल्कुल भी डर नहीं है।"

सीसीटीवी चालू होने के बाद घर का पूरा माहौल एकाएक बदल गया था। अब टी.वी. कम चलती थी, क्योंकि बच्चे ज़्यादातर सीसीटीवी पर ही नज़र गड़ाये रहते थे। उनके लिए यह एक नये खेल की तरह हो गया था, वह बेसब्री से इस बात का इंतज़ार कर रहे थे कि जैसा उन्होंने वीडियो में देखा था, वैसा ही कुछ उनके यहाँ भी हो। एक दिन सोनू अपनी बहन से बोला, "हमारे घर पर वो औरत कब आयेगी? हमें सीसीटीवी देखते-देखते कितने दिन हो गये हैं, अभी तक वो आयी क्यों नहीं?"

"हाँ, भैया तुम सही कह रहे हो।" रिंकी ने मायूस होते हुए कहा। "मुझे भी उसे देखना है।"

"जैसे ही वो दिखेगी, हम उसे दौड़कर पकड़ लेंगे।" सोनू ने उत्साहित होते हुए कहा।

"हाँ, हम दोनों मिलकर उसे पकड़ लेंगे।" रिंकी बोली।

बच्चों की प्रार्थना दो दिन बाद रंग लायी। एक औरत उनके घर के अंदर एक काले रंग की पॉलीथिन फेंक गयी, लेकिन उसने ये काम सुबह उस समय किया, जब परिवार के सभी लोग सोये हुए थे। जागने के बाद जब सोनू ने

सीसीटी.वी. कैमरे की रिकॉर्डिंग देखी, वह ख़ुशी से उछल पड़ा। उसने चीख़ते-चिल्लाते हुए यह ख़बर मम्मी, पापा को सुनायी। रिकॉर्डिंग देखकर उनके दिल की धड़कनें बढ़ गयीं, घर के आँगन में एक काली पॉलीथिन पड़ी थी, लेकिन उनकी हिम्मत नहीं पड़ रही थी कि आँगन से पॉलीथिन उठाकर बाहर फेंक दें। ऐसा लग रहा था जैसे घर के अंदर किसी ने बम फेंक दिया था, जिसके फटने के डर से कोई उसके पास नहीं जा रहा था।

सुनीता ने फ़टाफ़ट सोनू और रिंकी को एक कमरे में बंद कर दिया ताकि वह कहीं बाहर जाकर पॉलीथिन न छू लें। वह ख़ुद भी बेहद डरी हुई थीं, उन्हें समझ नहीं आ रहा था कि क्या करना चाहिए। उन्होंने पति से रुआँसी आवाज़ में पूछा, "अब हम क्या करेंगे? कहीं अब हम लोग भी कोरोना का शिकार नहीं हो जायें।"

"हाँ, तुम सही कह रही हो।" ध्यान सिंह धीमी आवाज़ में बोले। "हमें अपने आँगन से उस पॉलीथिन को हटाना होगा, नहीं तो हमें भी कोरोना हो सकता है।"

"लेकिन उस पॉलीथिन को हटायेगा कौन?" सुनीता ने प्रश्नवाचक नज़रों से पति को देखा।

"तुम चिंता मत करो, मैं कुछ सोचता हूँ।" ध्यान सिंह ने जवाब दिया और इसके बाद माथे पर हाथ हाथ रखकर कुछ सोचने लगे।

"क्यों न हम लोग ही उसे डंडे से उठाकर बाहर फेंक दें।" कुछ देर बाद उनके दिमाग़ में एक आइडिया आया। "इस तरह हमें पॉलीथिन को छूना भी नहीं पड़ेगा।"

"तुम भी बिल्कुल बुद्धू हो।" सुनीता को अपने पति का यह आइडिया पसंद नहीं आया। "क्या तुम्हें पता नहीं है कि ये कोरोना वायरस कितना ख़तरनाक है। कहीं डंडे से ये तुम तक पहुँच गया तो क्या करोगे।"

ध्यान सिंह फिर कुछ मिनट के लिए मौन हो गये और गहरी सोच में डूब गये। उनके दिमाग़ की बत्ती फिर जली, "तुम मंजू को फ़ोन करके उसे हमारे घर के आँगन से पॉलीथिन बाहर फेंकने के लिए क्यों नहीं कहती?"

"क्या तुम पागल हो गये।" सुनीता फिर भड़क गयीं। "भला वह क्यों अपनी जान हमारे लिए ख़तरे में डालने लगी। क्या तुम कोई ढंग का आइडिया

नहीं सोच सकते हो?"

अपनी पत्नी से डाँट सुनने के बाद ध्यान सिंह ने फिर अपना दिमाग़ चलाना शुरू कर दिया। इस बार आइडिया ज़रा दमदार था।

"क्यों न हम इसकी सूचना पुलिस को दे दें?" वह बोले।

"हाँ, यह आइडिया ठीक है।" सुनीता ने इस बार अपनी सहमति दे दी। इसके बाद ध्यान सिंह ने पुलिस का नंबर डायल किया।

"जी, मेरा नाम ध्यान सिंह है। मुझे तत्काल पुलिस की मदद चाहिए।"

"किस तरह की सहायता?"

"मेरे घर पर एक संदिग्ध महिला काले रंग की पॉलीथिन फेंक गयी है, इसकी वजह मैं और मेरा परिवार काफ़ी डरा हुआ है। आप तुरंत हमारे घर आ जाइये।"

ध्यान सिंह ने पुलिस वाले को अपने घर का पता लिखवा दिया, दो घंटे बाद उनके घर के बाहर एक जीप आकर रुकी, जिसमें से दो पुलिस वाले बाहर निकले। वो गेट खोलकर घर के अंदर दाख़िल हुए, एक पुलिस वाले ने दरवाज़ा खटखटाया। ध्यान सिंह ने दरवाज़ा खोला, पुलिस वाले ने उनसे सवाल किया, "आपका ही नाम ध्यान सिंह है?"

"जी।" ध्यान सिंह ने सहमते हुए जवाब दिया, उनकी पत्नी भी बग़ल ही खड़ी थीं।

"क्या आपने ही पुलिस कंट्रोल रूम में फ़ोन करके यह बताया था कि कोई औरत आपके यहाँ काली पॉलीथिन फेंक गयी है?" पुलिस वाले ने आगे पूछा।

"जी हाँ, मैंने ही फ़ोन किया था। वह जो पॉलीथिन आपके पीछे पड़ी है, वह कल एक महिला हमारे घर के आँगन में फेंक गयी है।" ध्यान सिंह ने जवाब दिया।

"क्या है उस पॉलीथिन में? क्या आप लोगों ने उसे खोलकर देखा?" पुलिस वाले ने मुस्कुराते हुए पूछा, "या बस देखकर ही डर गये?"

"नहीं, हम लोगों ने उस पॉलीथिन खोलकर नहीं देखा है। इसे फेंकने वाली शायद वही औरत है, जिसका वीडियो इन दिनों वायरल हो रहा है, वो कोरोना फैला रही है।" काफ़ी देर से ख़ामोश खड़ीं सुनीता अचानक बोल पड़ीं।

उनकी बात उनकर पुलिस वाले भी कुछ घबरा गये, वह बिना एक पल देरी के पॉलीथिन से दूर हो गये। एक पुलिस वाला बोला, “ये बात आपने पहले क्यों नहीं बतायी कि आपके घर पर किसी ने कोरोना बम फेंका है?”

“कोरोना बम!” ध्यान सिंह ने आँखें फैलाते हुए पुलिस वाले को देखा। “ये क्या चीज़ है? क्या कोई नया बम है?”

“अरे तुम्हें इतना भी नहीं पता है, ये पॉलीथिन ही तो कोरोना बम है,” पुलिस वाले ने जवाब दिया। “जिस तरह बम के फटने से लोगों की जान चली जाती है, उसी तरह इसके खुलने से कई लोगों की जान ख़तरे में पड़ सकती है।”

“तो फिर इसे तुरंत यहाँ से हटाइये।” सुनीता बोलीं।

“हम ये पॉलीथिन कैसे हटा सकते हैं।” पुलिस वाले ने कँधे उचकाते हुए कहा। “इसे तो कोई नगर निगम का कर्मचारी हटायेगा, साफ़-सफ़ाई की ज़िम्मेदारी तो उसी की होती है।”

“इसका मतलब ये पॉलीथिन हमारे आँगन में ऐसे ही पड़ी रहेगी? अगर हम लोग कोरोना की चपेट में आ गये तो इसका ज़िम्मेदार कौन होगा?” सुनीता ने तीखी आवाज़ में पूछा। उन्हें नाराज़ होता देख, पुलिस वाले ने उन्हें एक नंबर डायल करने के लिए कहा।

“ये किसका नंबर है?”

“ये नगर निगम के कर्मचारी है, इन्हे आप अपनी समस्या बता दीजियेगा।”

पुलिस वाले अपना पल्ला झाड़कर वहाँ से निकल गये। उनके जाने के बाद सुनीता ने झल्लाते हुए कहा, “न जाने हमारे घर को किसकी नज़र लग गयी और ये मुसीबत हमारे गले पड़ गयी।”

“कहीं तुम्हारी सहेली मंजू की नज़र तो नहीं लगी?” ध्यान सिंह ने चुटकी ली। “वही तुम्हें इस तरह के वीडियो दिखा रही थी।”

पति की बात सुनकर सुनीता सोच में पड़ गयीं। वह रोते हुए बोलीं, “क्या पता, किसके मन में क्या है? हो सकता है तुम्हारी बात सही हो। उसके घर में तो अब तक किसी ने पॉलीथिन नहीं फेंकी है, वह पिछले दो दिनों से घर से बाहर भी नहीं आयी है।”

ध्यान सिंह मज़ाक़ कर रहे थे, लेकिन सुनीता सीरियस हो गयी थीं। वह

कुछ देर तक अपनी सहेली को ही कोसती रहीं। जब वह थोड़ा शांत हुईं तो ध्यान सिंह ने नगर निगम के कर्मचारी को फ़ोन लगाया, दो-तीन बार कोशिश करने के बाद आख़िरकार फ़ोन उठ गया, उसका रवैया भी पुलिस वालों की तरह ही था।

"जी मेरा नाम ध्यान सिंह है, मेरे घर पर कोरोना बम पड़ा हुआ है। आप आकर उसे हटा दीजिए।"

"अगर बम है तो आपको किसी पुलिस वाले को फ़ोन लगाना चाहिए, आप मुझे क्यों परेशान कर रहे हैं?"

ये कहते हुए नगर निगम के कर्मचारी ने कॉल काट दिया।

"क्या बोला वो?" सुनीता ने सवाल किया।

"उसका कहना है कि हम पुलिस वाले को ही बुलायें।" ध्यान सिंह ने गहरी साँस लेते हुए जवाब दिया। वह भी काफ़ी परेशान दिख रहे थे। "ये पॉलीथिन तो वाक़ई हमारे लिए मुसीबत बन गयी है, समझ नहीं आ रहा है कि क्या करूँ।"

"इस बार पुलिस वाले को मैं फ़ोन लगाती हूँ।" पति को परेशान देखकर सुनीता ने उन्हें शांत रहने के लिए कहा। उन्होंने ही पुलिस कंट्रोल रूम का नंबर डायल किया, उन्होंने फ़ोन पर अपनी समस्या के बारे में जानकारी दी और उन दो पुलिस वालों की शिकायत भी की, जो उनके घर पर आये थे। फ़ोन पर मौजूद पुलिस वाले ने उन्हें पूरा विश्वास दिलाया कि इस बार उनकी समस्या का समाधान हो जायेगा। इसके साथ ही उसने उन पुलिस वालों की तरफ़ से सुनीता से माफ़ी भी माँगी।

एक घंटे बाद चार पुलिस वाले उनके घर पहुँचे। उन्होंने ध्यान सिंह और सुनीता से थोड़ी देर बातचीत की, फिर वह जगह दिखाने के लिए कहा, जहाँ पॉलीथिन पड़ी थी। इसके बाद उन्होंने सीसीटी.वी. की फ़ुटेज भी देखी, लेकिन उसमें महिला की शक्ल ठीक से नज़र नहीं आयी।

"मामला तो संदिग्ध लग रहा है।" एक पुलिस वाले ने अपने साथी की ओर देखते हुए कहा। घर से बाहर आकर दो पुलिस वाले चेहरे पर मास्क लगाकर और हाथों में दस्ताने पहनकर धीरे-धीरे पॉलीथिन की तरफ़ बढ़े। ध्यान सिंह और सुनीता की निगाहें पुलिस वालों पर ही टिकी हुई थीं, उनके दिल की धड़कनें भी बढ़ गयी थीं।

पुलिस वालों ने बड़ी सतर्कता से पॉलीथिन उठाई और सँभलते-सँभलते

उसकी गठान खोली। उसके अंदर एक सौ रुपये का नोट और एक काग़ज़ का टुकड़ा था, जिस पर कुछ लिखा हुआ था। पुलिस वाले ने काग़ज़ पर लिखी लाइनों को पढ़ने के बाद कड़क आवाज़ में पूछा, "ये शांति बाई कौन है?"

"हमारी नौकरानी है, लेकिन लॉकडाउन शुरू होने के बाद वह हमारे घर पर नहीं आ रही है।" सुनीता ने उत्तर दिया। उनकी आवाज़ में थोड़ी घबराहट थी। "क्यों क्या हुआ?"

"क्या उसने कभी आपसे रुपये लिये थे,?" पुलिस वाले ने अगला सवाल किया।

"हाँ, एक बार उसे कुछ काम पड़ा था तो उसने कुछ रुपये उधार लिये थे।" सुनीता आश्चर्यचकित थी कि यह बात पुलिस वाले को कैसे पता थी।

"ये पॉलीथिन आपकी नौकरानी ही फेंक गयी है, इसमें सौ रुपये का नोट है और आपके लिए एक लेटर भी है। ये पॉलीथिन कोरोना बम नहीं है, आप लोगों को डरने की ज़रूरत नहीं है।" यह कहते हुए पुलिस वाले ने सौ रुपये का नोट और काग़ज़ का टुकड़ा सुनीता को पकड़ा दिया। काग़ज़ में लिखा था- "मालकिन मैं अपने गाँव जा रही हूँ। लॉकडाउन के कारण आपसे मिल नहीं पायी, लेकिन आपसे मैंने जो सौ रुपये लिये थे उसे वापस करके जा रही हूँ।"

16
भगवान की चिट्ठी

डॉ. संजय गुप्ता कार चलाते हुए अपने हॉस्पिटल जा रहे थे, । वह दिल्ली के एक बड़े सरकारी अस्पताल में काम करते थे। लॉकडाउन की वजह से ज़्यादातर लोगों का कामकाज बंद हो गया था, लेकिन वह अब भी हर रोज़ अस्पताल जाते थे। कोरोना वायरस ने उनका काम और बढ़ा दिया था, वह रोज़ सुबह अपने घर से निकलते थे और देर रात तक अपने घर लौटते थे। अभी वह अस्पताल से दो-तीन क़िलोमीटर दूर ही थे कि उनकी कार पंचर हो गयी। डॉ. गुप्ता अपनी कार से बाहर निकले और आसपास नज़र दौड़ाई, उन्हें पंचर जोड़ने की कोई दुकान नज़र नहीं आयी, इसलिए उन्होंने अस्पताल फ़ोन करके गाड़ी भेजने के लिए कहा।

जहाँ उनकी गाड़ी पंचर हुई थी, वहाँ सड़क के किनारे फ़ुटपाथ पर कुछ झोपड़ियाँ बनी हुई थीं। इसके साथ ही एक पेड़ के नीचे छोटा-सा शंकर जी का मंदिर बना हुआ था, डॉ. गुप्ता धूप से बचने के लिए पेड़ के नीचे खड़े हो गये। एकाएक उनकी नज़र शिवलिंग के सामने रखे एक काग़ज़ पर पड़ी, वो देखने में किसी कॉपी के पन्ने जैसा लग रहा था। उन्होंने जिज्ञासावश उस काग़ज़ को उठा लिया,उस पर कुछ लिखा हुआ था, लिखावट से यह साफ़ समझ आ रहा था कि किसी बच्चे की ही राइटिंग है।

डॉ. गुप्ता टाइम पास करने के लिए पन्ने पर जो लिखा था, उसे पढ़ने लगे-

"भगवान जी मेरा नाम गुड़िया है, मैं यहीं आपके पास एक झोपड़ी में रहती हूँ। मेरे माता-पिता नहीं हैं,वो एक साल पहले मर गये थे। दोनों लोग मजदूरी करते थे, एक दिन जब वो एक बिल्डिंग पर काम कर रहे थे तो दीवार उन पर गिर गयी थी। ये सब तो आपको पता ही होगा, आपने ही तो उन्हें अपने पास बुलाया है। अब झोपड़ी में मैं और मेरा भाई रहते हैं। मैं रोज़ मजदूरी करने जाती थी, लेकिन अब वो भी बंद हो गयी है। काम बंद होने के बाद से हमें एक अंकल रोज़ खाने का एक पैकेट दे जाते थे, जिसे मैं और मेरा भाई आपस में बाँटकर खा लेते थे। मेरा भाई लड्डू अभी छोटा है, इसलिए उसे भूख ज़्यादा

लगती है। मैं पैकेट में से उसे ज़्यादा खाना खिलाती थी, जिसकी वजह से कई बार मेरा पेट पूरा नहीं भर पाता था, लेकिन अब वो अंकल भी नहीं आ रहे हैं। मेरी झोपड़ी के पास और भी लोग रहते हैं, वो लोग मेरे माता-पिता के साथ काम करते थे। मैंने उनसे भी खाना माँगा, लेकिन किसी ने कुछ नहीं दिया। वो कह रहे हैं कि उनके पास खाने के लिए कुछ नहीं है। मैं और लड्डू दो दिनों से भूखे हैं, आप हमारी मदद करो और हमें कुछ खाने के लिए दे दो। मेरी माँ मुझसे हमेशा कहती थी कि जब हम मुश्किल में हों तो हमें भगवान से मदद माँगनी चाहिए। आप हमारे लिए खाना यहीं मंदिर में रख देना, मैं जब कल मंदिर आऊँगी तो उसे ले जाऊँगी।"

पत्र पढ़कर डॉ. गुप्ता कुछ भावुक हो गये। उनका पंद्रह साल का बेटा पिछले वर्ष ही बीमारी की वजह से काल कवलित हो गया था। एक डॉक्टर होने के बाद भी वह उसे बचा नहीं पाये थे, इसलिए बच्चों के प्रति उनके मन में प्रेम और बढ़ गया था। उन्होंने फ़ुटपाथ पर बनी झोपड़ियों की तरफ़ देखा, वहाँ कोई बच्चा नहीं दिखाई दिया। उनके मन में ख़याल आया कि क्यों न वह गुड्डी की तलाश करें, लेकिन तभी उनके हॉस्पिटल की गाड़ी आ गयी। ड्राइवर ने उनका ध्यान आकर्षित करने के लिए हॉर्न बजाया और वह कार के अंदर जाकर बैठ गये।

हॉस्पिटल पहुँचकर डॉ. गुप्ता ने एक चपरासी को अपने केबिन में बुलाया। उसे अपने कार की चाबी देते हुए आदेश दिया कि वह उनकी कार की पंचर जुड़वाकर उसे हॉस्पिटल ले आये और लौटते समय किसी दुकान से चॉकलेट, बिस्कुट और नमकीन भी ख़रीद ले। उन्होंने जेब से 500 रुपये का नोट निकालकर चपरासी की ओर बढ़ा दिया। डॉ. गुप्ता अभी भी गुड़िया के बारे में ही सोच रहे थे। उन्हें यह बात काफ़ी दु:ख पहुँचा रही थी कि दो छोटे-छोटे बच्चों ने दो दिनों से कुछ खाया नहीं है। कुछ देर बाद वह अपने काम में व्यस्त हो गये, मरीज़ों के बीच पहुँचकर वह गुड़िया के बारे में पूरी तरह भूल गये। रात को 11 बजे के आसपास जब वह काम से फ़्री हुए तो उन्हें फिर उस बच्ची की याद आ गयी।

पत्र पढ़ने के बाद उनके मन में गुड़िया का एक चित्र बन गया था। डॉ. गुप्ता ने सोचा था कि वह हॉस्पिटल से लौटते समय उस बच्ची का पता लगायेंगे, लेकिन रात ज़्यादा हो गयी थी उसे तलाशना मुश्किल होता। उन्हें ध्यान आया

कि गुड़िया ने पत्र में लिखा था कि वह कल मंदिर में फिर आयेगी, इसलिए उन्होंने सोचा कि क्यों न वह खाने-पीने का सामान उसी मंदिर पर रख दें। यह ख़याल आते ही डॉ. गुप्ता अपनी कार से सड़क के किनारे बने उस मंदिर पर पहुँच गये। चारों तरफ़ सन्नाटा पसरा हुआ था, डॉ. गुप्ता ने फ़टाफ़ट एक पॉली बैग में सब खाने-पीने का सामान भर दिया और उसे शिवलिंग के सामने रख दिया।

घर पहुँचकर उन्होंने अपनी पत्नी गीता को गुड़िया के बारे में बताया और उसके द्वारा लिखे गये पत्र को भी दिखाया। पत्र पढ़कर उनकी पत्नी के मन में भी बच्ची के प्रति संवेदनाएँ जाग गयीं। उन्होंने बच्ची की मदद करने के लिए पति की तारीफ़ भी की। अगले दिन डॉ. गुप्ता हॉस्पिटल जाते समय फिर उसी रास्ते से गुज़रे, उन्होंने उत्सुकतावश अपनी कार मंदिर के सामने रोक दी। वह देखना चाहते थे कि उनका रखा खाने-पीने का सामान शिवलिंग के पास रखा है या किसी ने उसे उठा लिया है। वह यह देखकर ख़ुश हो गये कि पॉली बैग वहाँ नहीं था, शायद गुड़िया ने उसे उठा लिया था। शिवलिंग के पास एक नया पत्र भी रखा था।

''भगवान जी आप बहुत अच्छे हो, आपने मेरी प्रार्थना सुन ली और हमारे लिए बिस्कुट, चॉकलेट और नमकीन रख दिया। खाने का सामान देखकर मेरा भाई लड्डू बहुत ख़ुश हो गया था। उसने पेटभर बिस्कुट खाया और नमकीन भी। अब हम दोनों का पेट भर गया है, मैंने कुछ चॉकलेट अपने भाई से छिपाकर रख दी हैं। जब उसे दोबारा भूख लगेगी तो मैं उसे खाने के लिए वही चॉकलेट दे दूँगी। आपको पता है हमने ऐसे बिस्कुट, नमकीन और चॉकलेट कभी नहीं खाये हैं। मेरे पिता जब ज़िन्दा थे तो वो कभी भी हमारे लिए कोई चॉकलेट या बिस्कुट ख़रीदकर नहीं लाते थे। उन्हें जो पैसे मिलते थे, उनसे आटा और दाल ही आ पाता था। हाँ, एक बार उनके मालिक ने उन्हें एक लड्डू का डिब्बा दिया था, लेकिन तब मैं बहुत छोटी थी इसलिए मुझे उसका स्वाद ठीक से याद नहीं है। आपको पता है मेरे पिता जी को भी लड्डू बहुत पसंद थे इसीलिए उन्होंने मेरे भाई का नाम लड्डू रखा है। मेरे पिता जी मुझसे कहते थे कि जब भी मेरा मन लड्डू खाने का करे, मैं अपने भाई को बुला लिया करूँ। इससे मेरा मुँह अपने आप मीठा हो जायेगा। उनकी बात सुनकर मैं ज़ोर-ज़ोर से हँसती थी। मुझे उनकी बहुत याद आती है, लेकिन उन्हें तो आपने अपने पास बुला लिया है, आप उनका और मेरी माँ का बहुत ख़याल रखना। मैं आपसे एक बात कहना चाहती हूँ कि आपने जो

बिस्कुट, नमकीन और चॉकलेट रखे थे, वो तो आज रात तक ख़त्म हो जायेंगे। इसलिए आप हमारे लिए और खाना रख देना। इस बार आप आटा, दाल और चावल रखना, मुझे खाना बनाना आता है। आप यदि ये सब सब सामान रख दोगे तो मैं घर पर खाना बना लूँगी। इससे हमारा पेट अच्छी तरह से भर जायेगा, मैं कल फिर मंदिर आऊँगी। अरे, एक बात तो मैं आपसे कहना ही भूल गयी कि आप सब सामान शिवलिंग के पीछे रखना ताकि कोई उसे उठा नहीं पाये।''

पत्र पढ़कर डॉ. गुप्ता के चेहरे पर मुस्कान आ गयी, उनके मन में यह ख़याल आया कि यह बच्ची कितनी मासूम है। उसे यही लग रहा है कि भगवान ने उसके लिए खाने का सामान भिजवाया था, उसका यह भ्रम बनाये रखना ही बेहतर है। हॉस्पिटल पहुँचकर उन्होंने चपरासी को किसी किराने की दुकान से आटा, दाल, चावल ख़रीदकर लाने को कहा। जब चपरासी जाने लगा तो डॉ. गुप्ता को अचानक कुछ ध्यान आया। उन्होंने उसे दोबारा बुलाया और मुस्कुराते हुए बोले, ''थोड़ी सब्ज़ी भी ले आना।''

चपरासी ने थोड़ा आश्चर्य से उनकी ओर देखा और पूछा, ''क्या हुआ सर, घर पर सामान ख़त्म हो गया है क्या? आप कहें तो सामान घर पर दे आऊँ।''

''नहीं, इसकी कोई ज़रूरत नहीं है।'' डॉ. गुप्ता ने उसकी ओर देखते हुए कहा। ''तुम सामान लाकर मेरी कार में रख देना।''

''जैसा आपका आदेश,'' यह कहकर चपरासी चला गया।

केबिन में बैठे हुए डॉ. गुप्ता अपने बेटे के बारे में सोचने लगे। वह उसे अपनी तरह ही डॉक्टर बनाना चाहते थे, उसकी हर ज़िद पूरी करते थे, चाहे छोटी हो या बड़ी। उसे विदेशी चॉकलेट्स बहुत पसंद थीं, एक बार जब वह एक कांफ्रेंस में शामिल होने के लिए इंग्लैंड गये थे तो वहाँ से उसके लिए ढेर सारी चॉकलेट्स लेकर आये थे। चॉकलेट्स देखकर वह बहुत ख़ुश हो गया था, उसका मुस्कुराता हुआ चेहरा आज भी डॉ.गुप्ता की आँखों में क़ैद था। उसे याद करके उनके होठों पर मुस्कराहट आ गयी, लेकिन तुरंत ग़ायब भी हो गयी। अब उसके इस दुनिया में न होने की हक़ीक़त ने उन्हें फिर उदास कर दिया। उनकी आँखें नम हो गयीं।

डॉ. गुप्ता अपने बेटे से ध्यान हटाने के लिए फिर गुड़िया का पत्र पढ़ने लगे। उन्होंने सोचा कि शायद इस बच्ची की मदद करके उनके बेटे की आत्मा

को शांति मिले, इसके अलावा उन्हें गुड़िया से एक लगाव भी होने लगा था। रात के समय हॉस्पिटल से लौटते हुए उन्होंने कार से सारा सामान निकालकर मंदिर में रख दिया, जब वह घर पहुँचे तो उन्होंने गुड़िया का दूसरा पत्र पत्नी को दिखाया। पत्र पढ़ने के बाद पत्नी ने मुस्कुराते हुए कहा, "आप ख़ुद उस बच्ची से जाकर मिल क्यों नहीं लेते हैं?"

"नहीं, इससे उसका विश्वास टूट जायेगा।" डॉ. गुप्ता ने जवाब दिया।

"कैसा विश्वास?" पत्नी ने डॉ. गुप्ता की ओर आश्चर्य से देखा।

"उस बच्ची को लग रहा है कि भगवान उसकी मदद कर रहे हैं। यदि मैंने उसे हक़ीक़त बता दी तो उसके मन में भगवान के प्रति जो आस्था है, वह कम हो जायेगी।" डॉ. गुप्ता मुस्कुराते हुए बोले।

"लेकिन यह तो एक तरह से धोखा है।" पत्नी ने उनकी बात से असहमति जताते हुए कहा। "अगर बच्ची को यह पता चलेगा कि कौन उसकी मदद कर रहा है तो अच्छे इंसानों पर उसका विश्वास बढ़ेगा।"

"तुम ठीक कह रही हो, लेकिन अगर मैं उसके पास चला गया तो वह भगवान को पत्र लिखना बंद कर देगी।" डॉ. गुप्ता हँसे। "और मैं नहीं चाहता कि वह पत्र लिखना बंद करे।"

"लगता है आपको उस बच्ची से लगाव हो गया है।" पत्नी ने डॉ.गुप्ता को ग़ौर से देखते हुए कहा।

"हाँ, तुम कुछ भी समझ सकती हो।" वह दुखी स्वर में बोले। "उसकी मदद करके मुझे ऐसा लग रहा है, जैसे मैं अपने बेटे की इच्छा पूरी कर रहा हूँ।"

कुछ समय के लिए कमरे में शांति छा गयी। डॉ.गुप्ता ने जब अपनी पत्नी को उदास देखा तो उन्होंने अपने होठों पर बनावटी मुस्कराहट लाते हुए कहा, "तुम कहो तो एक दिन मैं भगवान शंकर का रूप रखकर बच्ची के पास चला जाऊँ? कैसा आइडिया है?"

"रहने दीजिए।" डॉ. गुप्ता की बात सुनकर उनकी पत्नी को भी हँसी आ गयी। "आप डॉक्टर से भगवान बनने की कोशिश मत करिये।"

डॉ. गुप्ता को बेसब्री से अगले दिन का इंतज़ार था, वह यह जानने के लिए उत्सुक थे कि गुड़िया अपने पत्र में अब भगवान को क्या लिखने वाली है। सुबह हॉस्पिटल जाते समय वह मंदिर पर पहुँच गये, शिवलिंग के पास पत्र देखकर

उनका मन प्रफ्फुलित हो गया। पत्र उठाकर उन्होंने फ़टाफ़ट अपनी जेब में रख लिया, हॉस्पिटल में अपने केबिन के अंदर पहुँचकर उन्होंने पत्र पढ़ना शुरू कर दिया।

"भगवान जी मैंने अपने छोटे भाई लड्डू को आपके बारे में बता दिया है। मैंने जब उसे ये बताया कि ये सब खाने का सामान आप भेजते हो तो पहले तो उसे विश्वास ही नहीं हुआ, उसे लगा कि मैं झूठ बोल रही हूँ। उसका कहना था कि उसने भगवान जी को कभी झोपड़ी में आते देखा ही नहीं है, तब मैंने उसे बताया कि मैंने पत्र लिखकर आपसे खाना माँगा था। वो अभी छोटा है, इसलिए कई बातें उसे समझ में नहीं आती हैं। सच बताऊँ तो मुझे भी नहीं पता था कि पत्र पढ़कर आप इतनी जल्दी हमारी मदद कर दोगे। मैंने तो आपसे सिर्फ़ आटा, दाल, चावल के लिए कहा था, लेकिन आपने तो सब्ज़ी भी रख दी, आप सचमुच बहुत अच्छे हो। कल मुझसे लड्डू पूछ रहा था कि भगवान जी कैसे दिखते हैं तो मैंने उसे बताया कि आप किसी फ़िल्म के हीरो की तरह हो, आप बहुत सुंदर हो और ताक़तवर भी। फिर वह मुझसे पूछने लगा कि आप कहाँ रहते हो? मैंने आपको बताया था न कि वह पूरी तरह बुद्धू है और मुझसे हमेशा उल्टे-सीधे सवाल ही पूछते रहता है। मैंने जब उससे कहा कि आप ऊपर आसमान में रहते हो तो वो ज़ोर-ज़ोर से हँसने लगा। उसका कहना था कि आसमान में तो कोई घर ही नहीं है, फिर भगवान जी कहाँ रहते होंगे। मैंने उसे बड़ी मुश्किल से समझाया कि आसमान में एक बहुत बड़ा और सुंदर-सा घर बना है, लेकिन हम उसे देख नहीं सकते हैं। मरने के बाद जो लोग ऊपर जाते हैं, वो भगवान जी के साथ उसी घर में रहते हैं। फिर वह मुझसे ज़िद करने लगा कि मुझे ऊपर जाना है और भगवान जी के घर में रहना है। लेकिन मैं नहीं चाहती हूँ कि भगवान जी आप उसे ऊपर बुलायें क्योंकि मैं अपने भाई के बिना नहीं रह सकती हूँ। लड्डू मुझसे यह भी पूछ रहा था कि अब भगवान जी ऊपर से क्या भेजेंगे, तो मैंने उससे पूछा कि उसे क्या चाहिए? उसका कहना था कि उसे मिठाई खानी है, भगवान जी क्या आप उसके लिए इस बार मिठाई भेज सकते हो? अगर आप मिठाई भेजोगे तो वो बहुत ख़ुश हो जायेगा। और हाँ, आप मिठाई शिवलिंग के पीछे ही छिपाकर रखनाताकि उसे कोई खा नहीं पाये।"

डॉ. गुप्ता पत्र पढ़ने के बाद ख़ुद को हँसने से रोक नहीं पाये, उन्हें लगा कि गुड़िया और लड्डू उनके सामने बैठकर ही बातचीत कर रहे थे। कुछ देर बाद

उन्होंने चपरासी को बुलाया और उसे देसी घी के लड्डू ख़रीदकर लाने के लिए कहा।

चपरासी धीमी आवाज़ में थोड़ा झिझकते हुए बोला, "सर, लॉकडाउन की वजह से मिठाई की दुकानें बंद हैं। मिठाई मिलना तो मुश्किल है।"

उसकी बात सुनकर डॉ. गुप्ता सोच में पड़ गये। वह कुछ देर बाद बोले, "अच्छा, फल तो मिल जायेंगे न?"

"हाँ, फल तो मिल जायेंगे।" चपरासी ने जवाब दिया।

"ठीक है एक क़िलो सेब, एक क़िलो संतरे और एक दर्जन केले लाकर मेरी कार में रख देना।" डॉ. गुप्ता ने कहा। उन्हें मन ही मन अफ़सोस हुआ कि वह गुड़िया की इच्छा पूरी नहीं कर पा रहे थे। रात को हॉस्पिटल से लौटते जब उन्होंने मंदिर में फल रखे तो उसके साथ एक पर्ची भी रखी। उस पर लिखा था- "मेरी प्यारी गुड़िया! अभी आसमान में भी लॉकडाउन चल रहा है, जिसकी वजह से मिठाई की दुकान बंद है। इसलिए मैं तुम्हें स्वर्ग के बग़ीचे के सबसे अच्छे फल भेज रहा हूँ। लड्डू को कहना कि जब दुकान खुल जायेगी तो मैं उसके लिए ढेर सारी मिठाई भेजूँगा।"

घर पहुँचकर डॉ. गुप्ता ने रोज़ की तरह अपनी पत्नी को गुड़िया का पत्र पढ़ाया।

"तो आपने स्वर्ग में भी लॉकडाउन करवा दिया?" पत्र पढ़कर उनकी पत्नी भी ठहाके लगाने लगीं। "कम से कम वहाँ तो मिठाई की दुकान खुली रहने देते।"

"अगर मैं ऐसा नहीं लिखता तो बेचारी बच्ची का दिल टूट जाता।" डॉ. गुप्ता ने गहरी साँस छोड़ते हुए कहा। "अब भगवान मासूम बच्ची का दिल कैसे तोड़ सकते हैं, इसलिए उन्हें बचाने के लिए मुझे झूठ बोलना पड़ा।"

"ये पत्र पढ़कर अब तो मेरे मन में भी गुड़िया से मिलने की इच्छा होने लगी है।" मिसेज गुप्ता बोलीं। "क्यों न हम दोनों उससे मिलने चलें।"

"उससे मिलने की इच्छा तो मेरी भी है लेकिन कुछ दिन बाद चलेंगे।" डॉ. गुप्ता ने मुस्कुराते हुए कहा। "अभी उसे भगवान से कुछ दिन बात और कर लेने दो।"

पत्र के माध्यम से गुड़िया ने डॉ. गुप्ता के दिल में अपनी जगह बना ली

थी, उसके प्रति उनका प्रेम दिन-प्रतिदिन बढ़ता ही जा रहा था। सामान्यत: वह अपनी व्यस्त दिनचर्या की वजह से मंदिर नहीं जा पाते थे। अपने बेटे की मौत के बाद से उनके मन में ईश्वर के प्रति आस्था एक तरह से समाप्त ही हो गयी थी, लेकिन एक बच्ची के कारण उनकी ज़िन्दगी में फिर एक बड़ा बदलाव आ रहा था। उनकी गाड़ी अब हर दिन मंदिर के सामने रुकने लगी थी, उनके मन में कुछ आध्यात्मिक विचार भी आने लगे थे।

चौथे दिन डॉ. गुप्ता को शिवलिंग के पास एक और पत्र रखा मिला।

"भगवान जी मैं आज आपसे थोड़ी ग़ुस्सा हूँ, आपकी वजह से मेरी लड्डू से लड़ाई हो गयी। वो मिठाई खाना चाहता था, लेकिन आपने फल भेज दिये। मैंने उसे यह भी समझाया की लॉकडाउन की वजह से आसमान में भी मिठाइयों की दुकानें बंद हैं, इसीलिए आपने फल भेजे हैं। लेकिन उसे विश्वास नहीं हुआ,उसने कहा कि मैं झूठ बोल रही हूँ, क्योंकि भगवान जी चाहें तो कुछ भी कर सकते हैं, वो चाहें तो ख़ुद ही ढेर सारी मिठाइयाँ बना सकते हैं। लड्डू यह भी कह रहा था कि भगवान जी के पास तो जादू होता है। मेरी माँ भी यही कहती थी कि आप चाहो तो कुछ भी कर सकते हो। ये पूरी दुनिया आपने ही बनायी है। पेड़, पौधे, जानवर और इंसानों को आपने ही बनाया है, आप सबसे ज़्यादा शक्तिशाली हो। मुझे भी लड्डू की बात सही लगी, मैंने भी सोचा कि जब आप इतनी बड़ी दुनिया बना सकते हो तो फिर मिठाई बनाना आपके लिए कौन-सी बड़ी बात है। मैंने बड़ी मुश्केल से लड्डू को ये कहकर मनाया कि फल आपने स्वर्ग के बग़ीचे से भेजे हैं। ये सुनकर वो काफ़ी ख़ुश हो गया, वह सेब लेकर हमारे बग़ल वाली झोपड़ी में रहने वाले सोनू को दिखाने जा रहा था, लेकिन मैंने उसे रोक लिया। मैंने उसे समझाया कि ये राज़ की बात है अगर उसने ये बात किसी को बता दी तो भगवान जी नाराज़ हो जायेंगे और फिर हमें खाने-पीने का सामान नहीं भेजेंगे। ये सुनकर वो काफ़ी डर गया और ख़ुद ही कहने लगा कि वो इस राज़ को किसी को नहीं बतायेगा। वो एकदम बुद्धू है, उसकी शक्ल देखकर मुझे बहुत हँसी भी आ रही थी। भगवान जी इस बार आप उसके लिए मिठाई ले आना, नहीं तो लड्डू को सचमुच लगेगा कि मैंने उससे झूठ बोला है और वो आपसे भी ग़ुस्सा हो जायेगा।"

पत्र पढ़ने के बाद डॉ.गुप्ता ने सोचा कि वह कल चाहे जो भी हो जाये, बच्ची की इच्छा ज़रूर पूरी करेंगे। जब वह घर पहुँचे तो उन्होंने गुड़िया का पत्र

अपनी पत्नी को दिया और कहा कि वह घर पर ही मिठाई बना लें ताकि गुड़िया और उसके भाई लड्डू की इच्छा पूरी हो सके। उनकी पत्नी ने भी बिना किसी ना-नुकुर के रात को ही बेसन के लड्डू बना दिये। डॉ. गुप्ता ने निर्णय लिया कि वह इस बार मिठाई को मंदिर में रखने की जगह ख़ुद गुड़िया को देने जायेंगे और साथ में पत्नी को भी ले जायेंगे।

अगली सुबह वह पत्नी के साथ गुड़िया से मिलने पहुँच गये। एक झोपड़ी के बाहर काफ़ी भीड़ लगी हुई थी, डॉ. गुप्ता जब भीड़ के पास पहुँचे तो देखा कि 12-13 साल की लड़की का शव ज़मीन पर पड़ा हुआ था। उन्होंने पास में खड़े एक व्यक्ति से आशंकित आवाज़ में धीमे से पूछा, "कौन है ये बच्ची?"

"गुड़िया।" उस आदमी ने लापरवाही से जवाब दिया।

इतना सुनते ही डॉ. गुप्ता की आँखों से आँसू निकल पड़े। उन्होंने रुँधी आवाज़ में उसी आदमी से पूछा कि उसकी मौत कैसी हुई? इस पर उसने बताया कि वह पिछले कुछ दिनों से बीमार थी, कल रात को उसकी तबीअत अचानक बिगड़ गयी थी और सुबह होते-होते उसने दम तोड़ दिया। डॉ. गुप्ता काफ़ी देर तक गुड़िया के चेहरे को एकटक देखते रहे। उसके शव के पास एक छोटा-सा बच्चा बैठा-बैठा रो रहा था। उन्होंने उसे अपनी गोद में उठा लिया और उसके हाथ में लड्डुओं से भरा टिफ़िन पकड़ा दिया। बच्चे ने फ़टाफ़ट टिफ़िन खोला, लड्डू देखते ही उसने रोना बंद कर दिया और डॉ. गुप्ता की ओर देखते हुए मासूमियत से बोला, "भगवान जी!"

17
लड्डू की शादी

लल्लू अपने दोस्त के साथ छत पर बैठा था, हँसी-मज़ाक़ का दौर चल रहा था। अभी कुछ दिनों पहले ही उसकी शादी दिल्ली की एक ख़ूबसूरत और पढ़ी-लिखी लड़की से तय हुई थी। लल्लू अभी तक उससे मिला तो नहीं था, लेकिन घर वालों ने उसे लड़की की फ़ोटो ज़रूर दिखा दी थी। फ़ोटो देखने के बाद से ही लल्लू उस लड़की का दीवाना हो गया था, वह हर पल उसके ही सपने देखते रहता था और बेसब्री से दूल्हा बनने का इंतज़ार कर रहा था।

"लल्लू भाई, भाभी जी का नाम तो बता दो?" पिंटू ने उसे छेड़ते हुए कहा। "ये तो ग़लत बात है, अपने दोस्तों को तुमने भाभी जी के बारे में कुछ बताया ही नहीं है।"

पिंटू की बात सुनकर लल्लू शर्मा गया। उसने अपने गुटखे से रंगे दांतों का प्रदर्शन करते हुए जवाब दिया, "करिश्मा।"

नाम सुनते ही उसके सभी दोस्त ज़ोर-ज़ोर से हँसने लगे। राजू बोला, "भैया, तुम्हारी तो क़िस्मत चमक गयी। भाभी का नाम करिश्मा है तो देखने में भी वो करिश्मा जैसी ही ख़ूबसूरत होंगी।"

लल्लू फिर शर्मा गया, उसके गालों पर गुलाबी रंगत आ गयी। वह अपने अंदर की ख़ुशी पर क़ाबू पाते हुए धीमे से बोला, "हाँ, बहुत ख़ूबसूरत है, बिल्कुल हिरोइन जैसी लगती है। मैंने तो आज तक उसके जैसी ख़ूबसूरत लड़की नहीं देखी है।"

"अच्छा, ऐसी बात है क्या भैया।" पिंटू ने चौंकते हुए कहा। "तो फिर हमें भी तो भाभी के दर्शन करने का सौभाग्य मिलना चाहिए, उनकी फ़ोटो तो दिखा दो।"

"ठीक है।" यह कहते हुए लल्लू ने अपनी जेब में हाथ डालकर पर्स बाहर निकाल लिया। पर्स में पाँच सौ रुपये के नोटों के बीच में रखी करिश्मा की फ़ोटो निकालकर उसने पिंटू और राजू को दिखाई। करिश्मा की फ़ोटो देखकर दोनों की आँखें फटी की फटी रह गयीं, लड़की वाक़ई बहुत ख़ूबसूरत थी और

आधुनिक भी लग रही थी। लल्लू और उसका मेल कहीं से नज़र नहीं आ रहा था।

"भाभी जी तो बहुत ब्यूटीफ़ुल हैं, भैया।" पिंटू ने खीसे निपोरते हुए कहा। "आपने पिछले जन्म में ज़रूर कुछ अच्छे कर्म किये होंगे।"

अपनी होने वाली पत्नी की तारीफ़ सुनकर लल्लू गदगद हो गया। वह काफ़ी देर तक मुस्कुराता रहा फिर कुछ सोचते हुए बोला, "वो पढ़ी-लिखी भी है। उसने एम.बी.ए. किया है और एक इंटरनेशनल कम्पनी में काम करती है।"

"अच्छा!" पिंटू और राजू दोनों ने आश्चर्य से लल्लू की तरफ़ देखा।

जब लल्लू थोड़ी देर के लिए छत से उठकर किसी काम से नीचे गया तो चिंटू राजू से बोला, "देख लो भैया घोर कलियुग आ गया है। इस जैसे लड़के की शादी इतनी ख़ूबसूरत लड़की से हो रही है और हम लोग ऐसे ही बैठे हैं। हमारे बापों को हमारे लिए लड़कियाँ ही नहीं मिल रही हैं।"

"तुम सही कह रहे हो।" राजू ने दुखी होते हुए कहा। "ज़रूर इसके बाप ने लड़की वालों को पैसे दिये होंगे, तभी वह इस शादी के लिए राज़ी हुए होंगे।"

"हाँ, उनका कोई न कोई स्वार्थ ज़रूर होगा।" पिंटू बोला, "वर्ना इतनी ख़ूबसूरत लड़की के लिए और कोई लड़का नहीं मिलता क्या। लगता है 'लंगूर के हाथ हूर' वाली कहावत ऐसे लोगों के लिए ही लिखी गयी है।"

दोनों ज़ोर-ज़ोर से ठहाके लगाकर हँसने लगे। इसी बीच नीचे से लल्लू लौट आया।

"क्या हुआ तुम लोग इतनी ज़ोर से क्यों हँस रहे हो?" उसने मासूमियत से पूछा।

"अरे कुछ नहीं भैया, बस तुम्हारी ही बात चल रही थी।" पिंटू बोला। "हम दोनों तुम्हारी ही तारीफ़ कर रहे थे, कह रहे थे कि लल्लू भैया भी तो किसी हीरो से कम नहीं हैं। भाभी यदि करिश्मा हैं तो वो भी गोविंदा से कम नहीं हैं।"

"नहीं, तुम लोग तो ऐसे ही झूठी तारीफ़ कर रहे थे।" लल्लू ने मुस्कुराते हुए कहा।

"अरे नहीं भैया हम लोग सच कह रहे हैं, तुम भी बहुत हैंडसम हो।" राजू ने ज़ोर देकर कहा, "बस थोड़ा सा चश्मा-वश्मा लगाकर रखा करो।"

अपने दोस्तों की बात सुनकर लल्लू काफ़ी ख़ुश हो गया। उसे विश्वास हो

गया कि चिंटू और राजू सच बोल रहे हैं।

"तुम नीचे किसलिए गये थे?" कुछ देर बाद राजू ने लल्लू से पूछा। "कोई ज़रूरी काम था क्या भैया?"

"हाँ, लड़की वाले कपड़ों के बारे में पूछ रहे थे।" लल्लू ने शरमाते हुए उत्तर दिया। "इसीलिए माँ ने बुलाया था।"

"भैया, लड़की वालों को साफ़-साफ़ बता देना कि वो हम दोनों के लिए भी नये कपड़े भेजें।" चिंटू बोला। "इतना तो हमारा हक़ बनता ही है।"

"हाँ, बिल्कुल।" लल्लू ने सिर हिला दिया। "तुम दोनों तो मेरे पक्के दोस्त हो, मैं तुम्हें कैसे भूल सकता हूँ?"

लल्लू पिछले कई सालों से अपनी शादी की बाट जोह रहा था। वह सिर्फ़ दसवीं तक पढ़ा था, उम्र तीस साल से ऊपर थी। क़द-काठी औसत से कुछ कम थी और देखने में भी आठ आने में से चार आने ही था। ऊपर से वह कोई काम भी नहीं करता था। लल्लू के पिता जी के पास अच्छी-ख़ासी दौलत और संपत्ति थी, उन्हीं की बदौलत उसकी ज़िन्दगी मज़े से गुज़र रही थी।

अमूमन लड़के लड़कियों को रिजेक्ट करते हैं, लेकिन लल्लू के साथ उल्टा हो रहा था। बड़ी मुश्किल से इस बार उसकी बात बनी थी, इसकी वजह से उसके माता-पिता भी बेहद ख़ुश थे। जब दोस्तों के साथ बातचीत करने के बाद लल्लू नीचे पहुँचा तो पिता जी ने उसे अपने पास बैठा लिया। उन्होंने उसकी ओर बड़ी प्यार से देखा और बोले, "भगवान की कृपा से तुम्हारे लिए लड़की तो बहुत सुंदर मिल गयी है। अब तुम भी अपना हुलिया थोड़ा-सा सुधार लो। अपने दोस्तों के साथ ब्यूटी पार्लर जाकर एकाध बार अपना चेहरा चमकवा लो।"

"ठीक है पिता जी।" लल्लू ने नीचे देखते हुए उत्साह से बोला। "मैं वो सोने वाला फ़ेशियल करवाऊँगा।"

"ये फ़ेशियल क्या होता है?" पिता जी ने थोड़ा आश्चर्य से पूछा।

"अरे उसी से तो चेहरा चमकता है।" लल्लू ने तुरंत जवाब दिया। "लेकिन उसके लिए काफ़ी रुपये लगते हैं।"

"तो हमारे पास पैसों की कोई कमी है क्या?" पिता जी तैश में आ गये। "तू सबसे अच्छा फ़ेशियल करवाना और हाँ, अभी से बादाम खाना शुरू कर दे।"

इसी बीच लल्लू की माँ भी आ गयी। उन्होंने बेटे के सिर पर हाथ फेरते हुए कहा, "बेटा, लड़की पढ़ी-लिखी है। थोड़ा तू भी अंग्रेजी-वंगरेजी सीख ले। वो अपने मोहल्ले में जो शर्मा जी हैं न, उनका लड़का कोचिंग पढ़ाता है। तू उसी के पास चले जाया कर।"

"माँ तुमने करिश्मा से बात की है?" लल्लू ने अपनी उँगलियाँ चटकाते हुए सवाल किया।

"हाँ बेटा मैंने उससे बात की थी, तभी तो तुझसे कह रही हूँ कि अंग्रेज़ी सीख ले।" माँ गर्वीले स्वर में बोलीं। "वो तो बात-बात पर अंग्रेज़ी बोलती है। तेरी होने वाली पत्नी पूरी अंग्रेजन है। हमारे पूरे मोहल्ले में इतनी पढ़ी-लिखी बहू नहीं आयी है।"

करिश्मा की तारीफ़ सुनकर लल्लू का मन उसे देखने के लिए तरसने लगा। न चाहते हुए भी वह अपने दिल की बात छिपा नहीं सका। उसके मुँह से निकल गया, "माँ एक बार मेरी भी उससे बात करा दो न, नहीं तो उसका मोबाइल नंबर ही दिलवा दो। मैं उससे व्हाट्सएप्प पर बात कर लूँगा।"

उसकी बात सुनकर माँ को हँसी आ गयी, "बस बेटा सगाई हो जाये, उसके बाद तू उससे ख़ूब बात करना। अभी थोड़ा सब्र कर ले।"

लल्लू अब यह बात अच्छी तरह से समझ चुका था कि सब्र का फल मीठा ही होता है। इसलिए थोड़े दिनों के इंतज़ार से उसे कोई गुरेज़ नहीं था। उसने यह सोचते हुए ख़ुद को तसल्ली दी कि बस कुछ समय की ही तो बात है, तब तक वह करिश्मा की तस्वीर देखकर ही अपना मन बहला लेगा। रात को सोते समय लल्लू ने अपने पर्स से करिश्मा की तस्वीर निकाल ली और उसे दस-पंद्रह मिनट तक बिना पलक झपकाये देखता रहा। फिर आँख बंद करके वह कल्पना करने लगा कि जब करिश्मा उसके क़रीब आयेगी, उसे प्यार से 'सुनो ना' कहेगी और उसकी मोटरसाइकिल पर पीछे सटकर बैठेगी तो उसे कैसी अनुभूति होगी? उसका दिल इस कल्पना से ही तेज़-तेज़ धड़कने लगा था। कुछ देर बाद लल्लू को नींद आ गयी और उसके सपने में भी करिश्मा ही थी- वह ट्रेन के दरवाज़े पर खड़ीं होकर उसकी ओर हाथ बढ़ा रही थी, ट्रेन तेज़ गति से दौड़ रही थी और लल्लू भी। आख़िरकार लल्लू दौड़कर करिश्मा का हाथ पकड़कर ट्रेन पर चढ़ने में कामयाब हो जाता है।

सुबह जब लल्लू सोकर उठा तो टॉयलेट में बैठा-बैठा उसी सपने को याद

करता रहा। वह ख़ुद को 'दिल वाले दुल्हनिया ले जायेंगे' का शाहरुख़ ख़ान और करिश्मा को काजोल समझ रहा था। जब एक घंटे से ज़्यादा समय तक वह टॉयलेट से बाहर नहीं निकला तो बाहर खड़े पिता जी ने तेज़ आवाज़ लगाई, "बेटा, जल्दी बाहर निकल। आज क्या हो गया है तुझे?"

पिता जी की कर्कश आवाज़ सुनकर वह तुरंत शाहरुख़ ख़ान से फिर लल्लू बन गया और टॉयलेट से बाहर निकल आया। पिता जी ने उसे घूरते हुए पूछा, "बेटा, तेरा पेट ठीक है न?"

"हाँ।" लल्लू धीमे से बोला। वह उन्हें यह कैसे समझाता कि ये मामला पेट का नहीं, बल्कि दिल का है। चाय-नाश्ता करने के बाद लल्लू पहले पिंटू और फिर राजू के घर पहुँचा। दोनों को साथ लेकर वह मोहल्ले के एक मेंस पार्लर पर फ़ेशियल करवाने के लिए जाने लगा।

"अरे भैया हमें कहाँ ले जा रहे हो?" पिंटू ने सिर खुजलाते हुए पूछा।

"अपने मोहल्ले वाले मेंस पार्लर पर।" लल्लू ने मुस्कुराते हुए जवाब दिया।

"भैया, वहाँ कहाँ जा रहे हो? वह भी कोई मेंस पार्लर है? वो तो नाई की दुकान है।" पिंटू बोला। "चलो मैं तुम्हें अपने दोस्त वीरू के मेंस पार्लर पर ले चलता हूँ। वो तुम्हारा ऐसा फ़ेशियल करेगा कि तुम बिल्कुल शाहरुख़ ख़ान दिखने लगोगे।"

"शाहरुख़ ख़ान या गोविंदा?" राजू ने पिंटू की तरफ़ देखते हुए पूछा। इससे पहले कि वह कुछ बोल पाता, लल्लू ने शर्माते हुए कहा, "शाहरुख़ ख़ान ही ठीक है।"

"लेकिन भैया भाभी का नाम तो करिश्मा है!" राजू ने आपत्ति जताई। "और करिश्मा की जोड़ी तो गोविंदा के साथ ही ठीक लगती है।"

"अगर भैया शाहरुख़ ख़ान बनना चाहते हैं तो तुझे क्या दिक़्क़त हो रही है?" पिंटू हँसते हुए बोला। "भाभी करिश्मा से काजोल बन जायेंगी।"

मेंस पार्लर में पिंटू लल्लू की ओर इशारा करते हुए अपने दोस्त वीरू से बोला, "ये हमारे ख़ास दोस्त हैं। कुछ दिनों बाद इनकी शादी है। तुम इनका ऐसा फ़ेशियल करो कि बिल्कुल शाहरुख़ ख़ान लगें।"

"पिंटू भैया तुम बिल्कुल चिंता मत करो। अगर तुम्हारे ख़ास दोस्त हैं तो

हमारे भी ख़ास दोस्त हुए।" वीरू आँखें नचाते हुए बोला। "मैं इनकी ऐसी फ़ेशियल करूँगा कि ये शाहरुख़ ख़ान नहीं, बल्कि सलमान ख़ान लगने लगेंगे।"

उसकी बात लल्लू को कुछ अच्छी नहीं लगी, उसने पिंटू की तरफ़ घूरकर देखा तो वह समझ गया कि लल्लू क्या कहना चाहता है। पिंटू ने वीरू के कँधे पर हाथ रखते हुए कहा, "भैया को सलमान ख़ान ज़्यादा पसंद नहीं है, इसलिए तुम इन्हें शाहरुख़ ख़ान ही बनाओ।"

"ठीक है, इन्हें शाहरुख़ ख़ान ही बना दूँगा।" वीरू ने दाँत दिखाते हुए कहा। उसने लल्लू को एक बड़ी-सी गद्दीदार कुर्सी पर बैठा दिया और इसके बाद एक कटोरी में अलग-अलग क्रीम मिलाने लगा। इस बीच लल्लू फिर अपनी कल्पना में खो गया।

"भैया, लग रहे हो न एकदम शाहरुख़ खान?" फ़ेशियल करने के बाद वीरू ने लल्लू से पूछा। "शीशे में अपना चेहरा देखो, एकदम चमचमा रहा है।"

लल्लू ने शीशे में ग़ौर से अपना चेहरा देखा, लेकिन उसे कुछ ख़ास अंतर नज़र नहीं आया। वह धीमे से बोला, "हमें तो अपना चेहरा पहले जैसा ही लग रहा है।"

"वो तुम्हारा रंग थोड़ा साँवला है न, इसलिए थोड़ा वक़्त लगेगा।" वीरू ने हँसते हुए कहा, "लेकिन घर पहुँचते - पहुँचते तुम्हारा चेहरा एकदम चमक जायेगा, बिल्कुल शाहरुख़ की तरह।"

राजू और पिंटू ने भी वीरू की बात का समर्थन किया। लल्लू ने अपनी ज़िन्दगी में पहली बार फ़ेशियल करवाया था, इसलिए उसने चुपचाप तीनों की बात मान ली। जब वह घर पहुँचा तो उसे पिता जी ने आवाज़ देकर पास बुला लिया, "बेटा, ये हमारे शहर के बहुत पुराने हलवाई हैं, तुम्हारी सगाई में यही खाना बनायेंगे। यदि तुम्हारी कुछ ख़ास डिमांड हो तो इन्हें अभी बता दो।"

लल्लू कुछ देर तक सोचता रहा और फिर बोला, "मटर-पनीर की सब्ज़ी ज़रूर बनवाना, मुझे बहुत पसंद है।"

"हाँ, वो तो बनेगी ही।" पिता जी ने उसकी ओर देखते हुए कहा। "अगर तुझे कोई ख़ास मिठाई बनवानी हो तो बता दे।"

"रसमलाई और रबड़ी।"लल्लू ने होठों पर जीभ फेरते हुए कहा।

घर में सगाई और शादी की तैयारियाँ ज़ोरों से चल रही थीं। मोहल्ले में भी

लल्लू की शादी की चर्चा चल रही थी। कानों-कान सबको यह ख़बर हो गयी थी कि लल्लू की होने वाली पत्नी बेहद ख़ूबसूरत है और सबको उसका नाम भी पता चल गया था। मोहल्ले की औरतें यह देखने को आतुर थीं कि लड़की वाक़ई में ख़ूबसूरत है कि बस यूँ ही किसी ने झूठी अफ़वाह उड़ा दी है।

इसी सबके बीच एक नया संकट आकर खड़ा हो गया, देश में एकाएक कोरोना वायरस फैल गया और सरकार ने लॉकडाउन लगा दिया। एक दिन लड़की के पिता ने लल्लू के पिता को फ़ोन किया और बताया कि लॉकडाउन की वजह से उनकी तैयारी ठीक ढंग से नहीं हो पायी है, इसलिए वह सगाई के कार्यक्रम को कुछ आगे बढ़ाना चाहते हैं। जैसे ही यह बात लल्लू को पता चली, उसने सारा घर सिर पर उठा लिया, वह रुआँसा-सा हो गया। उसे दुखी देखकर माँ ने समझाने की कोशिश की, "इसमें इतना परेशान होने वाली क्या बात है, इतना सब्र रखा है तो थोड़ा और रख ले।"

"माँ, अचानक से ये वायरस कहाँ से आ गया?" लल्लू ने गाल फुलाते हुए कहा। "इतने लोगों की शादियाँ हुईं, तब तो कुछ नहीं हुआ। अब मेरी शादी के वक़्त ये मुसीबत आ गयी।"

"तू तो पागल है।" माँ ने उसके गाल पर प्यार से थपकी लगाई। "करिश्मा कहीं भागे थोड़े ही जा रही है, उसकी शादी तो तुझसे ही होगी।"

माँ के आश्वासन के बाद लल्लू को कुछ राहत मिली। फिर भी उसे लॉकडाउन खुलने का बेसब्री से इंतज़ार था, तीन दिन उसे तीस सालों की तरह लग रहे थे। हालाँकि अभी करिश्मा और उसके मिलन में लंबा फ़ासला था। अभी तो उसकी सगाई तक नहीं हुई थी।

जैसे-तैसे लल्लू ने तीन दिन काट लिये, लेकिन लॉकडाउन नहीं खुला। सरकार ने अब 3 दिन के बाद 21 दिन का लॉकडाउन लगा दिया था, जिसकी वजह से उसकी सगाई का मामला फिर खटाई में पड़ गया। लड़की वालों ने फिर लल्लू के पिता जी को फ़ोन लगाया और लॉकडाउन खुलने तक का समय माँगा। अब तो लल्लू का और बुरा हाल हो गया, वह माँ की गोद में सिर रखकर रोने लगा।

"अरे इसमें रोने वाली क्या बात है बेटा?" माँ ने उसे समझाने की कोशिश की। "बस 21 दिनों की ही तो बात है।"

"मगर पहले तो तुमने और पिता जी ने कहा था कि बस 3 दिनों की बात है।" लल्लू ने सुबकते हुए कहा। "बार-बार मेरी सगाई की तारीख़ आगे क्यों बढ़ रही है? तुमने अब तक करिश्मा से मेरी बात भी नहीं कराई है।"

"अच्छा चल, अभी तेरी बात करिश्मा से कराती हूँ।" माँ बोलीं और मोबाइल से किसी को फ़ोन लगाने लगीं, लेकिन शायद फ़ोन नहीं उठा।

"बेटा, करिश्मा की माँ फ़ोन नहीं उठा रही हैं। जैसे ही वह मुझे फ़ोन लगायेंगी, मैं उनसे कहूँगी कि वो तेरी बात करिश्मा से करा दें।" माँ ने लल्लू के आँसू पोंछते हुए कहा। "ये वायरस बीच में आ गया, नहीं तो एक-दो दिन बाद तेरी सगाई हो जाती।"

"कितनी मुश्किल से मैंने तीन दिन निकाले थे।" लल्लू फिर दहाड़ें मारकर रोने लगा। "अब 21दिन कैसे निकलेंगे?"

"बेटा, ये दिन भी निकल जायेंगे।" माँ ने उसे पुचकारा। "तेरे पास करिश्मा की फ़ोटो तो है ही, जब उसकी याद आये, वही फ़ोटो देख लिया कर।"

"जैसे ही 21 दिन पूरे होंगे, तुम मेरी सगाई कर देना।" लल्लू ने किसी बच्चे की तरह आँसू पोंछते हुए कहा। "पिता जी से बोल देना कि इस बार किसी भी हाल में तारीख़ आगे नहीं बढ़ायें।"

"ठीक है, मैं बोल दूँगी," माँ ने मुस्कुराते हुए कहा। "अबकी बार चाहे जो हो जाये, मैं तेरी सगाई करवाकर रहूँगी।"

"और शादी भी जल्दी करा देना।" लल्लू ने शरमाते हुए कहा।

"हाँ, ठीक है।" माँ बोलीं। "सगाई के कुछ दिन बाद ही तेरी शादी भी करवा दूँगी।"

करिश्मा से ब्याह करने के लिए लल्लू जितना बेताब था, भगवान उतनी ही ज़्यादा उसकी परीक्षा लेने पर तुला हुआ था। एक छोटा-सा वायरस उसके और करिश्मा के बीच दीवार बनकर खड़ा हो गया था, ये दीवार दिन-प्रतिदिन मज़बूत होती जा रही थी। 21 दिनों का लॉकडाउन जहाँ एक तरफ़ देश में पॉज़िटिव इफ़ेक्ट ला रहा था, वहीं लल्लू पर उसका साइडइफ़ेक्ट दिख रहा था। वह घड़ी-घड़ी अपने पर्स से करिश्मा की फ़ोटो निकालकर देखता और कभी-कभी तो ऐसा लगता जैसे वह फ़ोटो से बात कर रहा हो। खाने-पीने में भी उसकी रुचि कम हो गयी थी, पहले वह आराम से आठ-दस रोटी और कटोरी भरकर सब्ज़ी

बड़े आराम से खा जाता था, अब वह सिर्फ़ तीन-चार रोटी ही खा रहा था। सब्ज़ी तो उसे अच्छी ही नहीं लगती थी।

लल्लू की हालत देखकर उसके माता-पिता भी बहुत चिंतित थे, लेकिन वह चाहकर भी कुछ नहीं कर सकते थे। लॉकडाउन और वायरस ने उनके हाथ भी बाँध दिये थे। हालाँकि उन्होंने लड़की वालों से यह साफ़-साफ़ कह दिया था कि लॉकडाउन खुलने के अगले दिन ही सगाई का कार्यक्रम हो जाना चाहिए। लड़की वाले भी जल्दबाज़ी में थे, इसलिए उन्होंने इसके लिए बिना किसी ना-नुकुर के हामी भर दी, लेकिन उनके चाहने और न चाहने से कुछ नहीं होने वाला था। सबकुछ वायरस की मर्ज़ी पर निर्भर था।

जिस दिन लॉकडाउन के 21 दिन पूरे होने वाले थे, सरकार ने उसी दिन एक नयी घोषणा कर दी। लॉकडाउन फिर से 19 दिनों के लिए बढ़ा दिया गया था। अब तो लल्लू के सब्र का बाँध टूट गया, उसने ज़िद पकड़ ली कि उसे अभी शादी करनी है। उसके माँ-बाप ने उसे फिर समझाने की कोशिश की कि बस 19 दिनों की बात और है, लॉकडाउन खुलते ही उसकी चट मंगनी, पट ब्याह करा देंगे। लेकिन दूध का जला छाछ भी फूँक-फूँककर पीता है, इसलिए इस बार लल्लू ने किसी की नहीं सुनी। उसने घोषणा कर दी कि जब तक उसकी सगाई नहीं होगी, वह अन्न-जल ग्रहण नहीं करेगा।

लल्लू को हर तरह से समझाने और मनाने की कोशिश की गयी, लेकिन कोई कामयाबी नहीं मिली। उसने प्रण कर लिया था कि चाहे उसके प्राण चले जायें, लेकिन वह अपना निर्णय नहीं बदलेग। और उसने अपनी बात सही भी साबित की। उसने खाना-पीना छोड़ दिया, जिसकी वजह से उसके माँ-बाप चिंता में पड़ गये। आख़िरकार लल्लू के पिता ने लड़की वालों को फ़ोन लगाया और उन्हें पूरी बात बतायी। काफ़ी देर तक बातचीत करके समस्या का हल निकालने की कोशिश की गयी, लेकिन किसी को कोई हल नहीं सूझा, बिना लॉकडाउन खुले कुछ भी होना संभव नहीं था। अभी तो लल्लू की सगाई भी नहीं हुई थी और वह सीधे शादी की ज़िद पर अड़ा हुआ था।

भूख हड़ताल से बात न बनते देख लल्लू एक-दो दिन बाद घर से भाग गया और एक पत्र लिखकर छोड़ गया, इसमें लिखा था कि वह अपनी जान देने जा रहा है। पत्र पढ़ने के बाद लल्लू के पिता तुरंत बेटे को ढूँढ़ने निकल पड़े। वह सबसे पहले पुलिस स्टेशन पर पहुँचे, उन्होंने अपने बेटे का लिखा पत्र पुलिस

वालों को दिखाया और उसे तलाशने का निवेदन किया। पुलिस ने बिना देर किये उसकी खोज-बीन शुरू कर दी। लल्लू की तस्वीर व्हाट्सएप्प के ज़रिये आसपास के थानों में पहुँचा दी गयी, ख़ुशक़िस्मती से तीन-चार घंटों में ही उसे खोजने में सफलता मिल गयी।

पुलिस की एक टीम रेलवे स्टेशन गयी थी, जहाँ वह पटरियों पर लेटा मिल गया। लॉकडाउन की वजह से ट्रेनें नहीं चल रही थीं, इस कारण वह अभी भी सुरक्षित था। पुलिस वालों ने लल्लू के पिता को फ़ोन करके उनके बेटे के मिलने की सूचना दी और उसे ले जाने के लिए कहा। लल्लू के माँ-बाप तुरंत पुलिस स्टेशन पहुँच गये। बेटे को सही-सलामत देखकर वो दोनों बेहद ख़ुश थे।

माँ ने लल्लू को सीने से लगा लिया और घर चलने के लिए कहा, लेकिन वह अब भी अपनी ज़िद पर अड़ा हुआ था। उसका कहना था कि यदि उसकी शादी नहीं हुई तो वह अपनी जान दे देगा। मामला सीरियस देखकर एक पुलिस वाले ने अपने अधिकारी को इस विचित्र मामले के बारे में सूचना दी, कुछ देर बाद पुलिस स्टेशन पर एक मनोचिकित्सक पहुँच गया। वह काफ़ी देर तक लल्लू से बातचीत करता रहा। उसका कहना था कि लल्लू को बार-बार सगाई टूटने से गहरा सदमा पहुँचा है। वह अवसाद में है, इसलिए यदि उसकी शादी तुरंत नहीं करवाई गयी तो वह सचमुच कोई आत्मघाती क़दम उठा सकता है। मगर किसी को कुछ समझ नहीं आ रहा था कि यह कैसे संभव होगा। मनोचिकित्सक ने लल्लू के पिता को एक आइडिया दिया कि वह अपने बेटे की शादी वीडियो कॉल के माध्यम से करा दें।

यह आइडिया पुलिस वालों को भी पसंद आया, लेकिन समस्या यह थी कि शादी करवाने के लिए पंडित कहाँ से आता। लेकिन इस समस्या का भी हल मिल गया, थाने का एक सिपाही पार्ट टाइम पंडिताई का काम करता था। वह शादी करवाने के लिए राज़ी हो गया, सब इंतिज़ाम होने के बाद लल्लू के पिता जी ने करिश्मा के पिता जी को फ़ोन लगाया। वह अपनी बेटी की इस तरह शादी करवाने के लिए राज़ी नहीं थे, लेकिन स्थिति को देखते हुए आख़िरकार वह मान गये। पुलिस स्टेशन में ही लल्लू की शादी हो गयी। उसे उसकी करिश्मा मिल गयी।

18
उस्तरा

दादा जी आँगन में बैठकर अख़बार पढ़ रहे थे। यूँ तो कोरोना वायरस के डर की वजह से पूरे मोहल्ले ने अख़बार लेना बंद कर दिया था, लेकिन दादा जी के यहाँ अब भी नियमित रूप से अख़बार आ रहा था, उन्हें वायरस का कोई ख़ौफ़ नहीं था। दादा जी का पूरा नाम रामअवतार सिंह था, लेकिन पूरा मोहल्ला और शहर उन्हें 'दादा जी' के नाम से ही पुकारता था। वह वन विभाग के एक सेवानिवृत्त कर्मचारी थे, वह अक्सर बताया करते थे कि नौकरी के दौरान देशभर के अलग-अलग जंगलों में जा चुके हैं। कई ख़तरनाक जंगली जानवरों को वह अपनी बंदूक़ से ढेर भी कर चुके थे। जब बड़े-बड़े जंगली जानवर उनका कुछ नहीं बिगाड़ पाये तो फिर चींटी से भी छोटा और न दिखने वाला वायरस भला उनका क्या बिगाड़ पायेगा।

कोरोना के डर से घर के सभी लोग मास्क पहनकर बाहर आते-जाते थे, बार-बार हाथ धोते थे, लेकिन दादा जी इन चोंचलों में नहीं पड़ते थे। अभी कल रात ही उनका अपने बेटे गिरीश से मास्क न पहनने को लेकर झगड़ा हो गया था। वह बार-बार पड़ोस में रहने वाले जोशी जी, जिनकी उम्र उसके पिता जी के बराबर ही थी, का उदाहरण देते हुए कह रहा था कि जब वह मास्क पहन सकते हैं तो उन्हें मास्क पहनने में क्या परेशानी है। इस पर दादा जी ने गिरीश को फटकार लगाते हुए कहा, "जोशी जी और मुझमें ज़मीन-आसमान का अंतर है। वह शहरी आदमी हैं, उनका शरीर मेरी तरह मज़बूत नहीं है, इसलिए वह लोगों के बहकावे में आ गये। मैं गाँव का खांटी दूध पीकर पला-बढ़ा हूँ इसलिए मुझे कुछ नहीं होने वाला।"

बाप और बेटे के बीच झगड़ा बढ़ता देखकर गिरीश की पत्नी नीलम को बीच-बचाव करना पड़ा। बाद में उन्होंने अपनी बेटी शिवानी को भी दादा जी के पास भेज दिया, ताकि वह अपनी चुलबुली हरकतों से उनका ग़ुस्सा दूर कर सकें। यूँ तो शिवानी की उम्र महज़ दस साल थी, लेकिन उसका दिमाग़ बहुत तेज़ था। देश-दुनिया में क्या चल रहा है, उसे सब पता रहता था। वह नयी-नयी ख़बरें दादा जी को सुनाती रहती थी, उसके बोलने का अंदाज़ ऐसा होता था कि

दादा जी हँसे बिना नहीं रह पाते थे।

अभी भी शिवानी दादा जी के पास ही बैठी थी, उसके पास एक ताज़ा-ताज़ा समाचार था।

"दादा जी, मैं आपको एक मज़ेदार ख़बर सुनाऊँ क्या?" उसने मासूमियत से पूछा।

"मैंने तो सारे समाचार अख़बार में पढ़ लिये हैं।" दादा जी ने हँसते हुए कहा। "फिर तेरे पास कौन-सा नया समाचार है?"

"अख़बार में सारे समाचार थोड़े ही आते हैं!" शिवानी ने झट से जवाब दिया। "मैंने मोबाइल पर एक ऐसा समाचार देखा है, जो बहुत फ़नी है।"

"अच्छा ठीक है, चल फ़टाफ़ट मुझे आज का बुलिटेन सुना दे।" दादा जी ने हँसते हुए कहा। "देखता हूँ कि आज कौन-सा समाचार लेकर आयी है।"

"दादा जी अब शेर, चीते और भालू भी सड़क पर घूम रहे हैं, और गौरैया भी लौट आई है।" शिवानी ने सिर हिलाते हुए कहा।

"हाँ बेटा, ये समाचार तो सचमुच अख़बार में नहीं है।" दादा जी हँसते हुए बोले। "क्या तुम्हें पता है कि ऐसा क्यों हो रहा है?"

"नहीं।" शिवानी धीमे से बोली।

"इस दुनिया में जंगली जानवरों को सबसे ख़तरनाक समझा जाता है, लेकिन उनसे भी ख़तरनाक हम इंसान हैं। हमारे डर की वजह से ही जानवर जंगलों में छिपे रहते हैं। अब जब लोग वायरस के डर की वजह से घर में छिप गये हैं तो वो बेफ़िक्र होकर बाहर घूम रहे हैं।" दादा जी ने हँसते हुए कहा।

शिवानी को दादा जी की बात ठीक ढंग से समझ नहीं आयी, इसलिए वह कुछ उलझन में नज़र आयी। उसने सिर खुजलाते हुए पूछा, "दादा जी इंसान जानवरों से ख़तरनाक कैसे होते हैं? जानवर तो इंसानों को मारकर खा जाते हैं ना?"

उसका सवाल सुनकर दादा जी के होठों पर मुस्कराहट आ गयी। "जानवर तो इंसानों से जान बचाने के लिए उन्हें खाते हैं, लेकिन इंसान तो अपने स्वार्थ के लिए उन्हें मारता है।"

लेकिन शायद अभी भी शिवानी की उलझन पूरी तरह दूर नहीं हुई थी,

उसके मन में अब भी कुछ सवाल थे।

"कोरोना को तो किसी ने नहीं मारा है, फिर वो हमें क्यों मार रहा है?"

"कोरोना-वोरोना कुछ नहीं है, वो तो मच्छर से भी छोटा है। वो भला हमारा क्या बिगाड़ पायेगा।"

"तो क्या समाचार में झूठ दिखाया जा रहा है?"

"अरे बेटा, समाचार में तो वैसे भी छोटी-छोटी चीज़ों को बड़ा बनाकर दिखाया जाता है। मास्क और सैनेटाइज़र वाली कंपनियाँ जान-बूझकर लोगों को डरा रही हैं, ताकि अपना सामान बेच सकें।"

"तो क्या मम्मी-पापा भी झूठ बोलते हैं?"

बच्ची के इस सवाल को सुनकर दादा जी थोड़ा उखड़ गये। वह गुस्से में बोले, "तेरे मम्मी-पापा को भी कुछ नहीं पता है। वो जो टी.वी. में देखते हैं उसे ही सच मान लेते हैं। अगर तुझे कुछ पूछना हो तो मुझसे पूछा कर।"

"ठीक है दादा जी।" शिवानी ने सिर हिला दिया। जब उसने देखा कि दादा जी को गुस्सा आ रहा है तो उसने चुपचाप उनकी बात मान ली। फिर भी जाते-जाते वह दादा जी को छेड़ने से नहीं चूकी, "दादा जी, आपके बाल लड़कियों की तरह बड़े हो गये हैं।"

दादा जी ने जब शीशे में अपनी शक्ल देखी तो उन्हें भी लगा कि बाल वाक़ई बड़े हो गये हैं। वह अपने बाल कभी भी बाहर नहीं कटवाते थे, उनकी पहचान का एक नाई था जो घर पर ही आकर उनके बाल काट जाता था। लेकिन जब से लॉकडाउन शुरू हुआ था, तब से वह घर पर नहीं आ रहा था। इसी कारण दादा जी के बाल काफ़ी बढ़ गये थे। शिवानी के टोकने पर उनके मन में भी बाल कटवाने का ख़याल आया और कोई रास्ता न देखकर उन्होंने मोहल्ले के एक सैलून पर बाल कटवाने की सोची, जो ख़ुशक़िस्मती से लॉकडाउन के बावजूद खुल रही थी।

जब दादा जी घर से बाहर जा रहे थे तो उनके बेटे गिरीश ने उन्हें टोका कि वह मास्क लगाकर ही कहीं जायें, लेकिन दादा जी कहाँ सुनने वाले थे। उन्होंने यह कहते हुए बेटे को झिड़क दिया, "ये मास्क तू ही पहनाकर, मुझे इसकी कोई ज़रूरत नहीं है।"

सैलून पर पहले से चार-पाँच लोग बैठे थे, ज़्यादातर लोगों की दाढ़ी और

बाल बहुत ज़्यादा बढ़े हुए थे इसलिए नाई को ज़्यादा समय लग रहा था। डेढ़-दो घंटे के इंतज़ार के बाद दादा जी का नंबर आया। बाल कटवाने के बाद जैसे ही वह घर पहुँचे, उन्होंने पोती शिवानी को आवाज़ लगाई। वह फ़टाफ़ट दौड़कर उनके पास आ गयी, दादी जी ने शिवानी को देखते हुए कहा, "देख मैंने बाल कटवा लिये हैं, अब कैसा लग रहा हूँ?"

"दादा जी आप बहुत अच्छे लग रहे हैं, लेकिन...." बोलते-बोलते शिवानी अचानक रुक गयी। ऐसा लग रहा था कि उसे कुछ ध्यान आ गया हो, वह अपने मोबाइल पर कुछ देखने लगी।

"क्या हुआ बेटा? तुम बोलते-बोलते रुक क्यों गयी?" दादा जी ने थोड़ा चौंककर पूछा। "क्या मेरे बाल ठीक नहीं कटे हैं?"

"दादा जी, आज सुबह पापा के व्हाट्सएप्प पर एक मैसेज आया था, जिसमें लिखा था कि सैलून पर जाकर बाल कटवाने से कोरोना वायरस हो सकता है।" शिवानी ने मुस्कुराते हुए जवाब दिया।

उसकी बात सुनकर दादा जी ज़ोर-ज़ोर से हँसने लगे और बोले, "व्हाट्सएप्प पर तो लोग हमेशा उल्टे-सीधे संदेश भेजते हैं। भला सैलून में जाने से किसी को कोरोना वायरस कैसे हो सकता है?"

"दादा जी सैलून में कितने लोग थे?" शिवानी ने आँखें मिचकाते हुए मासूमियत से पूछा।

"चार-पाँच लोग।" दादा जी बोले।

"क्या नाई ने सबके बाल एक ही कैंची और उस्तरे से बनाये थे?"

"हाँ।"

"तब तो आपको कोरोना वायरस ही सकता है। मैसेज में यही लिखा है कि यदि एक ही उस्तरे से ज़्यादा लोगों के बाल बनाये जाते हैं तो लोगों में कोरोना फैल सकता है।"

दादा जी ने उसकी बात को ज़्यादा गंभीरता से नहीं लिया, वह फिर से ज़ोर-ज़ोर से हँसने लगे और बोले, "चल अब जाकर पढ़ाई कर ले और ऐसे फालतू संदेश मत पढ़ा कर।"

वैसे तो दादा जी कोरोना से रत्तीभर भी नहीं डरते थे, पर न जाने क्यों

शिवानी की बातें उनके दिल-दिमाग़ में घर कर गयीं। उन्हें थोड़ी घबराहट भी होने लगी, लेकिन उन्होंने यह सोचते हुए ख़ुद को तसल्ली दी कि ये सब बेकार की बातें हैं। अगर उस्तरे से कोरोना फैल रहा होता तो अब तक न जाने मोहल्ले के कितने लोग इसका शिकार हो चुके होते। कोरोना वायरस से अपना ध्यान हटाने के लिए वह एक धार्मिक पुस्तक पढ़ने लगे, लेकिन वह किताब पर ध्यान केंद्रित नहीं कर पा रहे थे। उनके कानों में शिवानी के शब्द ही गूँज रहे थे और आँखों के सामने उस्तरे की तस्वीर तैर रही थी। कुछ देर बाद दादा जी ने किताब पढ़ना छोड़ दिया और अपने नाई को फ़ोन लगाया-

"क्या हाल-चाल हैं, विशम्भर?"

"ठीक हूँ, दादा जी।"

"तू बहुत दिनों से घर नहीं आया था। मेरे बाल काफ़ी बड़े हो गये थे, मजबूरी में मुझे मोहल्ले की दुकान पर बाल कटवाने पड़े।"

"क्या करूँ दादा जी, लॉकडाउन की वजह से घर से बाहर ही नहीं निकल पा रहा हूँ।"

"तुझसे एक बात पूछनी थी।"

"जी दादा जी, पूछिए।"

"मेरी पोती कह रही थी कि उस्तरे से भी कोरोना हो सकता है, क्या ये बात सच है?"

दादा जी की बात सुनकर विशम्भर कुछ समय तक चुप रहा और फिर बोला, "ये बात तो मैंने भी सुनी है। एक ग्राहक ने मुझे भी ये बताया था, तब से मैं उस्तरे का इस्तेमाल ही नहीं कर रहा हूँ। हम क्यों किसी की जान ख़तरे में डालें।"

"तो मतलब हो सकता है..." दादा जी ने तेज़ आवाज़ में पूछा। उनके दिल की धड़कनें बढ़ी हुई थीं, माथे पर पसीना आ गया था। "साफ़-साफ़ क्यों नहीं बोलता है?"

"दादा जी मैं डॉक्टर तो हूँ नहीं, मैंने जो सुना है वही बता रहा हूँ।" विशम्भर ने जवाब दिया।

उससे बातचीत करके दादा जी और ज़्यादा चिंतित हो गये। बड़े-बड़े जंगली जानवरों से वह आज तक नहीं डरे थे, लेकिन न जाने क्यों इस छोटे से

कोरोना वायरस से अब उन्हें डर लगने लगा था। उन्हें अपनी पोती पर भी ग़ुस्सा आ रहा था, यदि वह उन्हें बाल कटवाने के लिए नहीं उकसाती तो वह हरगिज़ बाहर बाल कटवाने नहीं जाते। दादा जी ने शिवानी को आवाज़ लगाई-

"क्या हुआ दादा जी?" शिवानी ने बड़े प्यार से पूछा।

"वो तेरा मोबाइल कहाँ है?" दादा जी बोले।

"टेबल पर रखा है।" शिवानी ने जवाब दिया।

"उसे लेकर आ।" दादा जी ने आदेश दिया।

जब शिवानी मोबाइल ले आई तो उन्होंने उसे वह मैसेज दिखाने के लिए कहा, जिसमें उस्तरे से कोरोना वायरस फैलने की जानकारी थी। दादा जी काफ़ी देर तक मैसेज दो ध्यान से पढ़ते रहे। इसके बाद चिंतित स्वर में बोले, "हाँ बेटा, तू सच ही कह रही थी। लगता है मुझे भी कोरोना वायरस हो गया है। अब तू मुझसे दूर ही रहा कर।"

शिवानी वैसे तो शरारती लड़की थी, लेकिन साथ में समझदार भी थी। उसने जब देखा कि दादा जी उस मैसेज की वजह से परेशान हैं तो वह बातें बनाते हुए बोली, "दादा जी ये मैसेज तो झूठा है। कल पापा भी कह रहे थे कि आजकल लोग व्हाट्सएप्प पर झूठे मैसेज भेजकर अफ़वाह फैला रहे हैं।"

"अच्छा, गिरीश ऐसा कह रहा था!" यह सुनकर दादा जी की आँखों में थोड़ी चमक आ गयी। "फिर तो सचमुच वह मैसेज झूठा ही होगा।"

शिवानी ने दादा जी का डर दूर करने के लिए यह भी कहा कि उस्तरे से कोरोना नहीं होता है। उसकी समझाइश ने अपना असर भी दिखाया, कुछ समय के लिए दादा जी सब कुछ भूल गये, लेकिन एक-दो दिनों बाद फिर उनके अंदर कोरोना का डर घर करने लगा। वह विशम्भर से हुई बातचीत याद कर-करके और भयग्रस्त हो जाते।

दादा जी ने अलमारी से कुछ दिनों के पुराने अख़बार निकाले और एक-एक कर उन्हें पढ़ने लगे। अख़बार में लिखा था कि कोरोना वायरस होने पर बुख़ार आता है, सर्दी-ज़ुकाम होता है और साँस लेने में परेशानी भी होती है, लेकिन उन्हें ऐसी कोई परेशानी नहीं हो रही थी। उन्होंने माथे पर हाथ रखकर देखा, वह भी ठंडा था। अब जाकर दादा जी को तसल्ली हुई। इस सबके बावजूद रात को वह सोते समय वह कोरोना वायरस के बारे में ही सोचते रहे, इसकी वजह से उन्हें

ढंग से नींद नहीं आयी और हल्का बुख़ार भी आ गया।

सुबह जब वह नाश्ता करने नहीं आये तो उनके बेटे ने शिवानी को उन्हें बुलाने के लिए भेजा। उसने देखा कि दादा जी अब भी बिस्तर पर लेटे हुए थे, उसने दादा जी के कँधे को हिलाते हुए धीमे से कहा, "दादा जी आपको पिता जी नाश्ते के लिए बुला रहे हैं।"

"मुझे शायद बुख़ार आ गया है।" दादा जी कराहते हुए बोले। "इसलिए कुछ भी खाने का मन नहीं कर रहा है।"

"चलिए न दादा जी, थोड़ा-सा खा लीजिए। माँ ने पोहा बनाया है, मैं आपको अपने हाथों से खिला दूँगी।" शिवानी ने दादा जी को मनाने की कोशिश की।

पोती की प्यार भरी ज़िद सुनकर दादा जी कुछ देर के लिए अपना बुख़ार भूल गये और उठकर बैठ गये। वह शिवानी से बोले, "लगता है मुझे कोरोना हो गया है। अपने पिता से जाकर बोल कि मुझे किसी अस्पताल में भर्ती करा दें।"

"दादा जी आपको कुछ नहीं हुआ है।" शिवानी उनके पास जाकर बैठ गयी। "नाश्ता करने के बाद आप बिल्कुल ठीक हो जाओगे।"

पोती के समझाने के बावजूद जब वह नाश्ता करने नहीं आये तो उनके बेटे को आना पड़ा।

"क्या हुआ पिता जी, आप नाश्ता करने क्यों नहीं आ रहे है।" गिरीश ने पूछा।

"मुझे बुख़ार आ रहा है, इसीलिए खाने का मन नहीं है।" दादा जी ने जवाब दिया।

गिरीश ने उनके माथे पर हाथ रखकर देखा और इसके बाद बोला, "ये तो मामूली-सा बुख़ार लग रहा है। आप चिंता मत करिए, कुछ देर बाद अपने आप उतर जायेगा।"

"नहीं बेटा, ये कोरोना वाला बुख़ार है। तू मुझे किसी अस्पताल ले चल।" दादा जी ने फिर वही बात दोहराई।

गिरीश को आश्चर्य हो रहा था कि पिता जी को अचानक क्या हो गया है। उन्हें तो कोरोना से बिल्कुल डर नहीं लगता था, फिर इस तरह की बातें क्यों कर

रहे थे। शिवानी को दादा जी की हर बात मालूम होती थी, इसलिए उसने चुपके-से अपनी बेटी से उनके बारे में पूछा। उसने अपने पिता को व्हाट्सएप्प मैसेज वाली बात बता दी। गिरीश अपने पिता जी के डर की वजह समझ गया, उसने उन्हें तसल्ली देते हुए कहा, "ठीक है मैं डॉक्टर से बात करता हूँ, तब तक आप अपने कमरे से बाहर मत निकलना।"

कोरोना के डर के कारण दादा जी ने अख़बार लेना बंद कर दिया और अपना ज़्यादातर समय कमरे के अंदर ही बिताते, वह दिनभर थर्मामीटर से अपने शरीर का तापमान देखते रहते। गिरीश उन्हें एक डॉक्टर के पास भी ले गया, जिसने उन्हें मामूली बुख़ार वाली दवा दे दी। दवा खाने के बाद दादा जी पूरी तरह ठीक हो गये। दादा जी का ध्यान रखने के लिए शिवानी अक्सर उनके पास ही बैठी रहती और उन्हें दुनियाभर के समाचार सुनाती।

एक दिन दादा जी को तेज़ छींकें आयीं और साँस लेने में तकलीफ़ भी होने लगी। उनकी हालत देखकर गिरीश ने एम्बुलेंस बुला ली, दादा जी काफ़ी घबराए हुए थे। जब वह एम्बुलेंस में बैठने लगे तो उन्होंने बेटे की तरफ़ देखते हुए काँपती आवाज़ में कहा, "बेटा, तू सैलून में जाकर अपने बाल मत बनवाना।"

पिता जी की ऐसी हालत देखकर गिरीश को रोना-सा आ रहा था, लेकिन उसने अपने होठों पर झूठी मुस्कराहट लाते हुए कहा, "पिता जी आप अपने मन से ये भ्रम निकाल दीजिये कि उस्तरे से कोरोना वायरस होता है और आपको भी कुछ नहीं हुआ है। एक-दो दिन में आप घर आ जायेंगे।"

अस्पताल में दादा जी को आइसोलेशन वार्ड में रखा गया, डॉक्टर ने उन्हें कुछ दवाई दी और एक इंजेक्शन लगाया। एक-दो दिन वह बिल्कुल ठीक रहे, लेकिन एक रात को उनकी साँस उखड़ने लगी। डॉक्टर ने उन्हें बचाने की हर संभव कोशिश की, लेकिन उन्हें बचा नहीं पाया। अगले दिन जब उनकी कोरोना टेस्ट की रिपोर्ट आयी तो वह निगेटिव थी।

19
अंतिम दर्शन

राजीव फ़ोन पर माँ से बात कर रहा था। माँ की बात सुनकर उसका मन बैठने लगा था और आँखों के किनारों पर आँसुओं की बूँदें जमा हो गयी थीं, जो किसी भी पल बाहर निकल सकती थीं। फिर भी वह अपनी ओर से भरसक कोशिश कर रहा था कि आँसुओं के इस सैलाब को किसी तरह रोक ले।

"बेटा, तू जल्दी आ जा। अब मुझे नहीं लगता है कि तेरे पिता जी ज़्यादा दिन ज़िन्दा रहेंगे।"

"माँ, तुम ऐसी बातें मत करो, ये सब सुनकर मेरा मन बहुत दुखी हो जाता है। तुम पिता जी को किसी सरकारी अस्पताल में क्यों नहीं भर्ती करा देती हो।"

"बेटा, मैंने कोशिश की थी। तेरे पिता जी को एक सरकारी अस्पताल ले गयी थी, लेकिन डॉक्टरों ने उनका इलाज करने से मना कर दिया। उनका कहना था कि अस्पताल में सिर्फ़ कोरोना के मरीज़ों का इलाज किया जा रहा है।"

"तो तुम उन्हें किसी प्राइवेट अस्पताल में भर्ती करा दो, मैं किसी तरह पैसे का इंतिज़ाम करने की कोशिश करूँगा।"

"प्राइवेट अस्पताल भी गयी थी, लेकिन वहाँ कोई डॉक्टर नहीं बैठा था।" यह कहते-कहते माँ फफक-फफककर रोने लगीं।

अब तो राजीव के सब्र का बाँध भी टूट पड़ा। वह अपनी भावनाओं पर नियंत्रण नहीं रख सका, उसकी आँखों से भी आँसुओं की धार फूट पड़ी। वह सुबकते हुए बोला, "माँ, तू बिल्कुल भी चिंता मत कर। मैं जल्द ही घर आऊँगा और पिता जी का इलाज कराऊँगा।"

"ठीक है।" माँ ने रोते हुए कहा, "लेकिन जल्दी आ जाना, तेरे पिता भी तुझे देखने के लिए बेचैन हैं।"

माँ से बात करने के बाद राजीव का मन विचलित हो गया, वह चाहता था कि किसी भी तरह अपने घर पहुँच जाये। वह इंदौर का रहने वाला था और मुंबई के एक होटल में वेटर की नौकरी करता था। उसे जो तनख़्वाह मिलती थी,

उसका आधा वह घर पर भेजता था और बाक़ी रुपयों से अपना ख़र्चा चलाता था। उसके पिता जी सब्ज़ी का ठेला लगाते थे, लेकिन दो साल पहले उन्हें कैंसर हो गया था। शहर के एक सरकारी अस्पताल में उनका इलाज चल रहा था, लेकिन लॉकडाउन की वजह से वह भी रुक गया था।

उसकी माँ जिस तरह से बातें कर रही थीं, उससे साफ़ लग रहा था कि उनकी हालत ज़्यादा ही ख़राब है। शायद, वह अपनी मृत्यु के क़रीब थे। राजीव पिछले एक साल से घर भी नहीं गया था। उसने सोचा था कि अब तक जो पैसे इकट्ठे किये हैं, उन्हें माँ को दे आयेगा, लेकिन उसे क्या पता था कि अचानक ऐसी स्थिति आ जायेगी। कोरोना वायरस की वजह से लगे लॉकडाउन के कारण वह भी परदेश में फँस गया था। पिछले एक महीन से उसका होटल भी बंद था, इसके बावजूद वह अपने घर नहीं जा पाया था। जाता भी कैसे? न ट्रेन चल रही थी और न बस।

अब तक तो उसने यह सोचकर सब्र रखा था कि कुछ दिनों में हालात सामान्य हो जायेंगे और फिर आराम से वह अपने घर चला जायेगा, लेकिन अब उसके पास हालात सामान्य होने तक इंतज़ार करने का समय नहीं था, लेकिन सवाल अब भी वही था कि घर जाये कैसे। उसने इस बारे में अपने साथ रहने वाले मुकेश से बात की, उसने बताया कि उसे घर जाने के लिए पास बनवाना पड़ेगा, लेकिन आम लोगों के लिए पास बनवाना आसान काम नहीं है। अगर पास मिल भी गया तो गाड़ी का इंतिज़ाम कहाँ से होगा?

"क्यों न हम जावेद भाई से बात करें?" राजीव ने मुकेश की ओर आशा भरी नज़रों से देखा। "वह तो तुम्हारे दोस्त भी हैं, अगर तुम बात करोगे तो शायद काम बन जायेगा।"

"ऐसे हालात में तो वह भी कुछ नहीं कर पायेंगे, लेकिन अगर तुम कह रहे हो तो चलो चलकर एक बार बात कर लेते हैं।" मुकेश बोला।

इसके बाद दोनों कमरे से बाहर निकल आये और जावेद भाई से मिलने चल दिये। वह कुछ ही दूरी पर रहते थे और टैक्सी चलाते थे, मुकेश ने उन्हें राजीव के पिता जी की स्थिति के बारे में बताया और निवेदन किया कि वह किसी भी तरह इंदौर तक जाने का इंतिज़ाम कर दें। मुकेश की बात सुनकर जावेद भाई ने अफ़सोस जताते हुए कहा, "मैं समझ सकता हूँ कि ऐसे हालात में एक

बेटे का पिता के पास होना कितना ज़रूरी है, लेकिन मैं चाहकर भी कोई मदद नहीं कर सकता हूँ। लॉकडाउन की वजह से हर तरह की गाड़ियों पर रोक लगा दी गयी है।"

"कोई तो रास्ता होगा जावेद भाई?" राजीव ने दुखी स्वर में पूछा। "प्लीज़, मुझे किसी भी तरह अपने घर पहुँचा दीजिए, मैं आपका यह अहसान ज़िन्दगी भर नहीं भूलूँगा।"

जावेद भाई कुछ देर शांत रहे, फिर धीमे से बोले, "मेरा एक दोस्त है, वो अस्पताल की एम्बुलेंस चलाता है। मैं उससे बात करके देखता हूँ। शायद वह तुम्हारी कुछ मदद कर पाये।"

उन्होंने अपने दोस्त को फ़ोन लगाया और कुछ देर तक उससे बात करते रहे।

"मामला बन भी सकता है और नहीं भी।" फ़ोन काटने के बाद उन्होंने कहा।

"मतलब!" राजीव ने चौंकते हुए पूछा।

"मतलब ये है कि यदि उसे कोई ऐसा मरीज़ मिलता है जिसे इंदौर तक जाना है तो वो तुम्हें ले जायेगा, लेकिन अगर कोई नहीं मिला तो फिर तुम्हें अकेले ले जाना मुश्किल है। तू कल आना, देखते हैं।"

"ठीक है।"

जावेद भाई से बात करने के बाद भी राजीव निराश ही था। मुकेश ने उसे ढाँढस बँधाया कि कल तक शायद कोई रास्ता निकल आये, राजीव के पास भी कल का इंतज़ार करने के अलावा और कोई रास्ता नहीं था। कमरे पर पहुँचकर वह बैठे-बैठे अपने माँ-बाप के बारे में सोचने लगा। उनकी पूरी ज़िन्दगी ग़रीबी में ही निकल गयी थी। पिता जी सब्ज़ी बेचकर बड़ी मुश्किल से इतने पैसे कमा पाते थे कि घर का ख़र्च चल पाये। उसकी माँ ने शायद ही कभी अपने लिए कोई महँगी साड़ी ख़रीदी हो या कोई गहना बनवाया हो। उसकी नौकरी लगने के बाद घर के हालात सुधरने की उम्मीद थी, लेकिन इसी बीच पिता जी को कैंसर ने जकड़ लिया। ज़िन्दगी ने उसे जितना दिया था, उससे ज़्यादा छीन लिया था।

अगले दिन राजीव जावेद भाई के फ़ोन का इंतज़ार करता रहा, लेकिन उन्होंने फ़ोन नहीं किया। इसलिए वह मुकेश को साथ लेकर ख़ुद ही उनसे मिलने

पहुँच गया। जावेद भाई ने बिना कोई सवाल किये ही राजीव को साफ़-साफ़ बता दिया कि उसके जाने का कोई इंतिज़ाम नहीं हो पाया है। यह सुनकर वह दुखी हो गया, उसे कुछ समझ नहीं आ रहा था कि वह इंदौर कैसे पहुँचेगा।

जावेद भाई ने उसे दिलासा देते हुए कहा, "इस लॉकडाउन ने मेरे भी हाथ बाँध रखे हैं, वर्ना मैं ख़ुद तुझे छोड़ आता।"

राजीव की रोनी सूरत देखकर मुकेश से नहीं रहा गया। उसने जावेद भाई से मिन्नत की कि वह कैसे भी राजीव के लिए गाड़ी का इंतिज़ाम करा दें। जावेद भाई काफ़ी देर तक सिर खुजलाते हुए यह सोचते रहे कि इस मामले में कौन उनकी मदद कर सकता है। तीन चार लोगों से फ़ोन पर बात करने के बाद वह बोले, "एक ट्रक इंदौर जा रहा है, लेकिन..." वह बोलते-बोलते रुक गये।

"आप चिंता मत करिये, जितने भी पैसे लगेंगे मैं देने को तैयार हूँ।" राजीव ने सोचा कि वह शायद पैसों की बात करने में झिझक रहे हैं, लेकिन उसका अंदाज़ा ग़लत था।

"बात पैसों की नहीं है।" जावेद भाई ने गहरी साँस लेते हुए कहा। "एक ट्रक इंदौर जा रहा है, उसमें कुछ और लोग भी होंगे, लेकिन वो सभी कोरोना के मरीज़ हैं। वो छिपकर अपने शहर जा रहे हैं।"

ये सुनकर राजीव और मुकेश दोनों हैरान हो गये। जावेद भाई भी नहीं चाहते थे कि राजीव उस ट्रक में जाये, इसलिए उन्होंने उसे समझाते हुए कहा, "तू एक-दो दिन और रुक जा, हो सकता है कि कुछ और इंतिज़ाम हो जाये।"

"नहीं, अब मैं और इंतज़ार नहीं कर सकता हूँ, अगर मेरे पिता जी को कुछ हो गया और मैं उनसे मिल नहीं पाया तो मुझे ज़िन्दगी भर इसका अफ़सोस रहेगा। आप उस ट्रक वाले को हाँ बोल दीजिए।" राजीव बोला।

"तू पागल है क्या? अगर तू कोरोना के मरीज़ों के साथ जायेगा तो तुझे भी ये बीमारी हो जायेगी।" मुकेश ने राजीव को डाँटते हुए कहा। "जावेद भाई पर विश्वास रख, एक-दो दिन में वो कुछ न कुछ इंतिज़ाम कर देंगे।"

"नहीं, मुझे कैसे भी अपने पिता के पास पहुँचना है।" राजीव बोलते-बोलते रोने लगा। उसकी ऐसी हालत देखकर कोई कुछ नहीं कह सका। जावेद भाई ने राजीव को बताया कि ट्रक कल सुबह 5 बजे के आसपास इंदौर के लिए निकलेगा, इसलिए वह अपनी तैयारी कर ले। उन्होंने उसे ड्राइवर का नंबर भी

दे दिया। राजीव अपने पिता से मिलने के लिए इतना उतावला था कि उसे अब अपनी जान की परवाह भी नहीं थी। उसके मन में केवल एक ही ख़याल आ रहा था कि यदि वह मृत्यु के क़रीब पहुँच चुके पिता को नहीं देख पाया तो फिर अपने जीवन का भी क्या करेगा।

अगली सुबह 5 बजे के आसपास राजीव उस जगह पहुँच गया, जहाँ जावेद भाई ने उसे खड़े होने के लिए कहा था। दस-पाँच मिनट के इंतज़ार के बाद ट्रक भी आ गया, ड्राइवर ने उसे इशारा किया कि वह फ़टाफ़ट पीछे जाकर बैठ जाये। ट्रक में फल की पेटियाँ भरी थीं और उनके पीछे तीन लोग बैठे थे। राजीव भी फल की पेटियों के पीछे जाकर बैठ गया, उसने कोशिश कि वह तीनों लोगों से कुछ दूरी बनाये रखे, लेकिन इतनी जगह ही नहीं थी।

राजीव को थोड़ा डर भी लग रहा था, तीनों लोग उसे बड़ी अजीब नज़रों से घूर रहे थे। थोड़ी देर बाद उनमें से एक आदमी ने काले रंग के बैग में हाथ डालकर एक मास्क निकाला और उसे राजीव की ओर बढ़ा दिया, "लो इसे पहन लो।"

राजीव ने चुपचाप मास्क चेहरे पर लगा लिया और फिर धीमी आवाज़ में बोला, "शुक्रिया!"

"क्या तुम्हें भी कोरोना है?" मास्क देने वाले ने उससे पूछा।

"नहीं।" राजीव ने जवाब दिया।

उसके जवाब ने तीनों लोगों को आश्चर्य में डाल दिया। एक अन्य व्यक्ति ने इस बार कड़क आवाज़ में सवाल किया, "तो क्या हम लोगों के साथ मरने के लिए आये हो? क्या तुम्हें पता नहीं है कि हम लोगों को कोरोना है।"

"मुझे पता है।" राजीव ने उस आदमी की ओर देखते हुए कहा। "लेकिन मुझे किसी भी तरह अपने घर पहुँचना है। मेरे पिता को कैंसर है, इसलिए मुझे मजबूरी में इस ट्रक में जाना पड़ रहा है।"

"इसका मतलब तुम भी हमारी तरह मजबूरी के मारे हो।" तीसरे आदमी ने गहरी साँस छोड़ते हुए कहा।

ट्रक जैसे-जैसे आगे बढ़ रहा था, चारों लोग एक-दूसरे से खुलते जा रहे थे।

"आप लोग कहाँ से आ रहे हैं?" राजीव ने हिम्मत जुटाकर उनसे सवाल

किया।

"हम लोग एक हॉस्पिटल में भर्ती थे और वहाँ से भागकर अपने घर जा रहे हैं।" एक आदमी ने उत्तर दिया।

"आप लोग हॉस्पिटल से भागे क्यों?"

"मैं मुंबई में मजदूरी करता था। लॉकडाउन में काम-धंधा बंद हो गया था, मेरी पत्नी और बच्चे अकेले हैं। घर में खाने का सामान भी ख़त्म हो गया है। क्या करता?"

"मेरी पत्नी गर्भवती है। मैं घर जाने वाला ही थी कि लॉकडाउन शुरू हो गया, अगर मैं अपनी पत्नी के पास नहीं पहुँचा तो फिर उसकी देखरेख कौन करेगा। मेरे माँ-बाप भी बूढ़े हैं, वह ज़्यादा भागदौड़ नहीं कर पाते हैं।" दूसरे आदमी ने हॉस्पिटल से भागने का कारण बताया।

जहाँ दोनों लोगों की आवाज़ में दुख था, वहीं तीसरे आदमी ने हँसते हुए अपना कारण बताया। वह बोला, "मैं हॉस्पिटल में नहीं मरना चाहता था। क्या पता मैं ठीक हो पाता या नहीं, इसलिए मैंने सोचा कि अगर मरना ही है तो क्यों न अपने लोगों के बीच मरूँ। कम से कम मेरी आत्मा तो नहीं भटकेगी।"

ट्रक के अंदर पसरे अँधेरे की वजह से किसी को यह समझ नहीं आ रहा था कि बाहर दोपहर हो गयी है या शाम। सब अपनी जगह पर चुपचाप घुटनों में सिर छिपाये बैठे थे। राजीव यह जानता था कि उन तीनों लोगों की वजह से वह भी कोरोना वायरस का शिकार बन सकता था, लेकिन अब उसके मन से इस बीमारी का डर दूर हो चुका था।

कुछ समय बाद तीनों में से एक आदमी को भूख लगी, उसने अपने दो साथियों और राजीव से खाने के लिए पूछा। राजीव भी सुबह से भूखा था, इसलिए उसने बिना कुछ सोचे अपना सिर हिला दिया। इसके बाद उस आदमी ने बैग में से एक पॉलीथिन निकाली, उसमें सब्ज़ी और रोटियाँ थीं। राजीव ने उससे पूछा कि वह यह खाना कहाँ से लाया है? इस पर उसने बताया कि हॉस्पिटल में जो खाना मिला था, उसे छिपाकर अपने साथ ले आया था।

खाना खाने के बाद चारों लोगों ने अपनी आँखें बंद कर लीं और सोने की कोशिश करने लगे। कुछ देर बाद उन्हें नींद भी आ गयी, जब ट्रक ड्राइवर ने नीचे उतरकर उन्हें आवाज़ लगाई, तभी उनकी नींद खुली।

"चलो फ़टाफ़ट नीचे उतरो, इंदौर आ गया है।" ड्राइवर चिल्लाया।

सब लोग ट्रक से बाहर कूद गये। 4-5 बजे का वक़्त रहा होगा, चारों ओर सनाटा पसरा था। सिर्फ़ पक्षियों के चहचहाने की आवाज़ आ रही थी। चारों लोगों ने एक-दूसरे से गले लगकर विदाई ली और अपनी-अपनी राह पकड़ ली।

ट्रक ने राजीव को जिस जगह उतारा था, वहाँ से उसका घर काफ़ी दूर था। वह तेज क़दमों से चलने लगा, ताकि अँधेरा छँटने से पहले ही घर पहुँच जाये, लेकिन एक जगह उसे पुलिस वालों ने पकड़ लिया और पूछताछ शुरू कर दी।

"कहाँ से आ रहे हो?"

"मुंबई से।"

"पास है?"

"नहीं, सर!"

"निकलने से पहले अपना मेडिकल चेकअप करवाया था?"

"नहीं, सर!"

पुलिस वालों को कुछ शक हुआ तो उन्होंने उसे अपनी जीप में बैठा लिया और उसका मेडिकल चेकअप करवाने के लिए अस्पताल ले जाने लगे।

"सर, पहले मुझे अपने पिता से मिल लेने दीजिए,उन्हें कैंसर है।" राजीव गिड़गिड़ाया।

"पहले तुम्हारा चेकअप होगा, ताकि यह पता चल सके कि कहीं तुम्हें कोरोना तो नहीं है। इसके बाद ही तुम्हें कहीं जाने दे सकते हैं।" पुलिस वाले ने जवाब दिया।

"सर, पहले आप मुझे आप मेरे घर ले चलिए। अपने पिता से मिलने के बाद मैं आपके साथ कहीं भी चलूँगा," राजीव ने फिर विनती की, लेकिन पुलिस वाले नहीं माने।

अस्पताल में एक डॉक्टर ने राजीव की फ़ौरी जाँच की, उसे मामला संदिग्ध लगा तो उसने एक और जाँच की। डॉक्टर ने पुलिस वालों को बताया कि उन्हें जाँच की रिपोर्ट आने तक इंतज़ार करना होगा,इसके बाद ही कुछ पता चलेगा। राजीव को अस्पताल के एक आइसोलेशन वार्ड में भर्ती कर दिया गया। उसने डॉक्टरों से भी मिन्नत की कि वो उसे घर जाने दें, लेकिन अपनी ड्यूटी के सामने

वह भी बेबस थे। दो दिनों बाद जब जाँच रिपोर्ट आई तो पता चला कि वह कोरोना से संक्रमित है। आगे 14 दिन उसे अस्पताल में ही रहकर इलाज करवाना था। बहुत रोने-गिड़गिड़ाने के बाद उसे एक डॉक्टर से घर जाने की इजाज़त मिल गयी, लेकिन वह घर के अंदर नहीं जा सकता था। अस्पताल की गाड़ी में बैठकर वह अपने घर पहुँचा, लेकिन तब तक काफ़ी देर हो चुकी थी, उसके पिता दुनिया को अलविदा कह चुके थे। उनकी लाश घर के बाहर रखी हुई थी, माँ उनके सीने पर सिर रखकर दहाड़ मार-मारकर रो रही थीं। राजीव दूर से ही अपने पिता की लाश और माँ को रोते हुए देखते रहा। वह क़रीब जाकर उनके आँसू तक नहीं पोंछ सका।

20
रेत

"बेटा, ये ज़िन्दगी एक रेत की तरह है, जो साल-दर-साल हमारे हाथ से फिसलती रहती है। इसका एहसास हमें तब होता है, जब बहुत थोड़ी-सी रेत हमारे हाथों में रह जाती है।" मयंक के बग़ल वाले बेड पर लेटे एक बुज़ुर्ग गहरी साँस लेते हुए बोले। उनकी आँखों में एक अजीब-सी उदासी थी और आवाज़ में एक मलाल था।

मयंक कुछ देर तक बुज़ुर्ग को टकटकी लगाये देखता रहा। उसकी आँखें कुछ देर तक उनके झुर्रीदार चेहरे पर ठहरकर उनकी उम्र का अंदाज़ा लगाती रहीं। साठ से ज़्यादा ही होगी, उसने मन ही मन सोचा। हर व्यक्ति की उम्र का अंदाज़ा लगाना उसकी आदत में शुमार था, इससे उसे यह समझने में आसानी होती थी कि उसे सामने वाले अजनबी व्यक्ति से किस तरह से बात करनी है।

"क्या हुआ, बेटा? तुम मुझे इस तरह घूर क्यों रहे हो?" बुज़ुर्ग ने हँसते हुए पूछा। "लगता है मेरी बात से तुम सहमत नहीं हो।"

ये एक आइसोलेशन वार्ड था, जहाँ कोरोना वायरस से पीड़ित मरीज़ों को भर्ती किया गया था। मयंक अभी एक दिन पहले ही यहाँ आया था और तब से ख़ामोश ही था। उसने यह भी ध्यान नहीं दिया था कि उसके आसपास के बेड पर कौन-कौन लोग हैं, उसकी यह ख़ामोशी शायद पास वाले बेड के बुज़ुर्ग को अच्छी नहीं लग रही थी। उन्होंने फिर मयंक की चुप्पी तोड़ने की कोशिश की, "बेटा मेरा नाम भरोसी लाल गुप्ता है, मैं रेलवे का एक सेवानिवृत्त कर्मचारी हूँ। तुम्हारा नाम क्या है?"

"मयंक!" न चाहते हुए भी उसे जवाब देना पड़ा। "मैं एक व्यापारी हूँ, शहर में मेरी एक कपड़े की दुकान है।"

"लगता है कोरोना वायरस की वजह से तुम्हारे व्यापार को काफ़ी नुक़्सान हुआ है?" गुप्ता जी ने मयंक की ओर देखते हुए कहा। "और तुम शायद इसी चिंता में डूबे रहते हो?"

गुप्ता जी अनुभवी आदमी थे। रेलवे में उन्होंने कई सालों तक टीसी के रूप

में अपनी सेवाएँ दी थीं। वह न जाने कितनी ट्रेनों में सफ़र कर चुके थे और न जाने कितने लोगों से मिल चुके थे। उनकी आँखें किसी का चेहरा देखकर यह बता देती थीं कि किस व्यक्ति के पास टिकट है और किस के पास नहीं; नौकरी का अनुभव अब भी उनके काम आ रहा था।

"जी, आपने ठीक समझा।" मयंक दबी आवाज़ में बोला। "मैं कुछ दिनों बाद एक नयी दुकान शुरू करने वाला था, लेकिन इस कोरोना वायरस और लॉकडाउन की वजह से मेरा सब प्लान चौपट हो गया।"

उसकी बात सुनकर गुप्ता जी मुस्कुराने लगे और बोले, "जब मैं तुम्हारी तरह युवा था तो मैं भी इसी तरह सोचा करता था, मेरे सिर पर हमेशा पैसे कमाने की धुन रहती थी। रिटायरमेंट तक मैं काम में ही लगा रहा।"

"अच्छी ज़िन्दगी जीने के लिए काम करना और पैसे कमाना ज़रूरी है।" मयंक ने थोड़ी ऊँची आवाज़ में कहा। "आपने भी वही किया और मैं भी वही कर रहा हूँ।"

गुप्ता जी कुछ मिनट ख़ामोश रहे और फिर बोले, "यह सच है कि मैंने ज़िन्दगी भर काम किया, पैसे कमाये...पर ज़िन्दगी कभी नहीं जी। इस बात का एहसास मुझे इस हॉस्पिटल में आकर हुआ।"

"वो कैसे?" मयंक ने उत्सुकतावश पूछा। अब उसे भी बातचीत में रुचि आने लगी थी।

"ज़िन्दगी जीने का मतलब है अपने सपनों को पूरा करना, अपनों के साथ छोटी-छोटी खुशियों को सेलिब्रेट करना और उनके साथ समय बिताना।" गुप्ता जी ने बुझी आवाज़ में उत्तर दिया। वह कुछ पलों के लिए ख़ामोश भी हो गये। "मैंने इतने सालों में इनमें से कुछ भी नहीं किया, लेकिन अगर मैं ज़िन्दा बच गया तो ये सभी इच्छाएँ ज़रूर पूरी करूँगा।"

उन्होंने जो कहा, उसने मयंक को सोचने पर विवश कर दिया। उसकी शादी को पाँच साल हो चुके थे, लेकिन काम की व्यस्तता की वजह से वह अपनी पत्नी को कहीं बाहर घुमाने नहीं ले जाया पाया था। यहाँ तक कि कभी उसके साथ फ़िल्म देखने भी नहीं गया था। वह भी यही सोचता था कि इन सब चीज़ों के लिए तो पूरी उम्र पड़ी है, अभी तो पैसे कमाने का वक़्त है, लेकिन अब उसके दिमाग़ में कुछ सवाल आ रहे थे। अगर कोरोना की वजह से इस हॉस्पिटल में

मेरी मौत हो गयी तो क्या होगा? क्या फिर वह समय आ पायेगा, जिसके बार में मैंने सोच रखा है?

"चलो हम लोग एक गेम खेलते हैं!" गुप्ता जी ज़्यादा देर तक ख़ामोशी बर्दाश्त नहीं कर पाये।

"कौन-सा गेम?" मयंक ने थोड़ी हैरानी से पूछा।

"जब तक हम लोग इस हॉस्पिटल में हैं, तब तक रोज़ एक-दूसरे को अपनी ज़िन्दगी के एक एक-एक सपने के बारे में बतायेंगे।" गुप्ता जी बोले। "इससे हमें बात करने की वजह भी मिल जायेगी।"

"ठीक है।" मयंक ने सिर हिला दिया। "लेकिन शुरूआत आपको ही करना पड़ेगी।"

"ठीक है।" यह कहने के बाद गुप्ता जी ने अपनी पहली ख़्वाहिश बताना शुरू की।

"मैं तुम्हें बता चुका हूँ कि मैं रेलवे में टीसी था। मैं अपने परिवार के साथ रेल में कहीं भी मुफ़्त आ-जा सकता था, लेकिन तुम्हें यह जानकर आश्चर्य होगा कि मैं अपने परिवार के साथ कभी लंबी यात्रा पर नहीं गया। मेरी पत्नी और बच्चों ने कई बार मुझसे ज़िद की कि मैं उन्हें ट्रेन से पूरे भारत की सैर कराऊँ, लेकिन मैं अपने काम में इतना मशग़ूल था कि कभी उनकी इच्छाओं की परवाह ही नहीं की। मैं सोचता था कि ट्रेन तो अपनी ही है, लेकिन भूल गया था कि ज़िन्दगी ट्रेन से भी तेज़ भाग रही है; देखते ही देखते इस तरह पूरी उम्र निकल गयी। यदि मैं कोरोना से ज़िन्दा बचा तो अपने पत्नी और बच्चों को अपने पैसों से टिकट ख़रीदकर 'ऑल इंडिया टूर' पर ले जाऊँगा।"

अब मयंक की बारी थी। वह थोड़ा शरमाते हुए बोला- "जब मेरी शादी हुई थी तो मेरी पत्नी चाहती थी कि हम लोग हनीमून मनाने किसी हिल स्टेशन पर जायें, लेकिन काम की वजह से मैं कभी उसकी यह इच्छा पूरी नहीं कर सका। उस समय सोचा था कि अगली साल हनीमून पर चले जायेंगे, लेकिन बाद में कभी फ़ुर्सत ही नहीं मिली। अब हमारी शादी को पाँच साल से ज़्यादा हो गये हैं, अब मेरी पत्नी कभी हनीमून के बारे में नहीं पूछती है, लेकिन हॉस्पिटल से निकलने के बाद मैं उसके साथ किसी अच्छे हिल स्टेशन पर जाऊँगा।"

गुप्ता जी और मयंक अभी बात ही कर रहे थे कि वार्ड में भर्ती एक मरीज़

की तबीअत बिगड़ने लगी। जब उसे साँस लेने में ज़्यादा तकलीफ़ होने लगी तो नर्स ने वेंटिलेटर लगा दिया, लेकिन कुछ मिनटों बाद ही उसने दम तोड़ दिया। उसकी मौत ने सबको सक्ते में डाल दिया। जो मरीज़ मरा था, उसकी उम्र मयंक से भी कम लग रही थी, जैसे ही स्ट्रेचर पर रखी उसकी लाश मयंक के क़रीब से गुज़री, उसने अपनी आँखें बंद कर लीं। इतने सालों में उसे कभी मौत से डर नहीं लगा था या यूँ कहें कि वह भूल चुका था कि इंसान कभी मरता भी है।

"क्या हुआ, डर गये क्या?" गुप्ता जी ने उससे पूछा।

"हाँ, थोड़ा डर लग रहा है।" मयंक ने आँखें खोलने के बाद जवाब दिया। "पहली बार मुझे मौत के क़रीब होने का एहसास हो रहा है। मैं अपनी व्यस्तता में मौत को तो भूल ही गया था।"

"हम इंसान भी विचित्र हैं। जब तक हमें मौत से डर नहीं लगता, तब तक हमें ज़िन्दगी की क़ीमत का एहसास भी नहीं होता है।" गुप्ता जी मुस्कुराते हुए बोले। "मैं भी अगर इस हॉस्पिटल में नहीं आता तो शायद इस बात का एहसास ही नहीं कर पाता कि ज़िन्दगी जीने के सही मायने क्या हैं।"

बातचीत ख़त्म होने के बाद मयंक दूसरी ओर करवट लेकर लेट गया। उसने फिर अपनी आँखें बंद कर लीं, लेकिन उसे बार-बार स्ट्रेचर पर लेटी लाश दिखाई दे रही थी। बड़ी मुश्किल से उसने अपना ध्यान उस मरीज़ से हटाया और तब जाकर उसे नींद आयी। अगले दिन जब वह सोकर उठा तो सबसे पहली उसकी निगाहें उसी बेड पर गयीं, जहाँ कल वह मरीज़ लेटा था, जिसकी मौत हुई थी। अब उस बेड पर एक महिला लेटी हुई थी, वहाँ किसी की मौजूदगी ने मयंक को थोड़ी राहत दी।

गुप्ता जी की निगाहें भी मयंक पर ही थीं। उन्होंने उसका ध्यान अपनी ओर आकर्षित करने की कोशिश की, "जीवन की वास्तविकता यही है। जब हम चले जाते हैं तो हमारी जगह कोई दूसरा आ जाता है। बेड कभी ख़ाली नहीं रहता है।"

"आप सही कह रहे हैं।" मयंक ने उनकी आँखों में झाँकते हुए कहा।

कुछ मिनट बाद वार्ड में एक डॉक्टर आया, उसने दोनों लोगों का चेकअप किया।

गुप्ता जी ने डॉक्टर से हँसते हुए पूछा, "डॉक्टर साहब मैं ठीक तो हो

जाऊँगा न?"

"हाँ, चिंता मत करिये।" उन्होंने मुस्कुराते हुए जवाब दिया। "बस, दो-चार दिनों की बात और है, फिर मैं आपको डिस्चार्ज कर दूँगा।"

डॉक्टर साहब का जवाब सुनकर गुप्ता जी काफ़ी ख़ुश हो गये। उनके जाने के बाद उन्होंने फिर अपनी गर्दन मयंक की ओर घुमा ली। "चलो अब अपना गेम शुरू करें।"

"कौन-सा गेम?"

"अरे वही, जो कल खेल रहे थे।"

दिमाग़ पर थोड़ा सा ज़ोर डालने पर मयंक को ध्यान आ गया कि वह किस गेम की बात कर रहे थे। वह मुस्कुराते हुए बोला, "गेम की शुरूआत तो आप ही करेंगे, ओपनिंग बैट्समैन तो आप ही हैं।"

उसकी बात सुनकर गुप्ता जी हँस पड़े, उन्होंने अपनी दूसरी ख़्वाहिश बताना शुरू की।

"मेरी पत्नी को हमेशा शिकायत रही है कि मैंने आज तक कभी उसके लिए खाना नहीं बनाया। वह अक्सर मुझे बताती है कि उसकी सहेलियों के पति बड़े शौक़ से खाना पकाते हैं और किचन में हाथ भी बँटाते हैं। मुझे उसकी यह ख़्वाहिश पूरी करनी है, घर पहुँचकर मैं अपनी पत्नी के लिए उसका मनपसंद खाना पकाऊँगा। अगर मैंने उसकी ये इच्छा पूरी कर दी तो तुम अंदाज़ा नहीं लगा सकते कि वह कितनी ख़ुश होगी।"

"मुझे पूरी उम्मीद है कि आपकी ये ख़्वाहिश ज़रूर पूरी होगी।" मयंक ने उनकी ओर देखते हुए कहा। "चलिए मैं अब आपको अपनी दूसरी ख़्वाहिश बताता हूँ।"

"जब मैं कॉलेज में पढ़ता था तो अक्सर अपने दोस्तों के साथ ढाबे पर खाना खाने जाता था, लेकिन कॉलेज छोड़ने के बाद मुझे कभी अपने दोस्तों से मिलने का वक़्त नहीं मिला। हमेशा सोचता हूँ कि जिस दिन फ्री रहूँगा, अपने दोस्तों के साथ ढाबे पर जाकर पार्टी करूँगा। उनके साथ पूरा दिन बिताऊँगा, गप्पे मारूँगा और मौज-मस्ती करूँगा। यहाँ से जाने के बाद थोड़ा सा वक़्त निकालकर दोस्तों के साथ किसी ढाबे पर जाऊँगा।"

मयंक जैसे ही ख़ामोश हुआ, गुप्ता जी बोले, "हमें ईश्वर को शुक्रिया

कहना चाहिए, जो उसने हमें ये बीमारी दी।''

"बीमारी के लिए शुक्रिया।'' मयंक ने हैरानी से गुप्ता जी की तरफ़ देखा।

"अगर हमें कोरोना नहीं होता तो हम दोनों कैसे मिलते।'' गुप्ता जी बोले, "और यदि हम दोनों मिलते नहीं तो फिर हमें यह भी नहीं पता चलता कि हमारी ख़्वाहिशें क्या हैं?''

शाम को वार्ड में एक नर्स ने सभी मरीज़ों को मिठाई बाँटी। मयंक ने उससे पूछा कि यह मिठाई किसलिए बाँटी जा रही है? इस पर उसने गुप्ता जी के अगले बेड पर लेटी महिला की ओर इशारा करते हुए कहा, "आज उनका जन्मदिन है।''

ये वही महिला थीं, जो एक दिन पहले वार्ड में भर्ती हुई थीं। वह उस महिला को बधाई देना चाहता था, लेकिन उनका बेड दूर था। इसलिए वह उनसे बात नहीं कर सका।

लेकिन गुप्ता जी ने ज़रूर उस महिला से बातचीत शुरू कर दी, "कई दिनों से हॉस्पिटल का खाना खा-खाकर मेरा मुँह ख़राब हो गया था। आपकी वजह से दोबारा मुँह का ज़ायक़ा लौट आया। चलिए अच्छा है कि आप इस उम्र में भी अपना जन्मदिन मनाती हैं।''

"जी मैंने पहली बार अपना जन्मदिन मनाया है।'' महिला ने नम्रतापूर्वक कहा। "मैंने सोचा कि मरने से पहले अपनी ये हसरत भी पूरी कर लूँ। इतने सालों में कभी न तो मेरे परिवार वालों को और न ही मुझे जन्मदिन मनाने का ख़याल आया।''

"चलिए, अच्छा हुआ कि इस हॉस्पिटल में आकर आपने अपना जन्मदिन तो मनाना शुरू कर दिया।'' गुप्ता जी बोले। "कम से कम आपकी एक ख़्वाहिश तो पूरी हो गयी।''

"हाँ, ये बात तो सही है।'' महिला ने मुस्कुराते हुए उनकी बात से सहमति जताई। "मौत का एहसास हमारे अंदर जीने की ख़्वाहिश भर देता है।''

मयंक को लगा कि उस महिला ने उसके मन की बात कह दी है। वह देर रात तक आँखें बंद किये अपने बचपन और युवा अवस्था के दिनों को याद करता रहा। कॉलेज ख़त्म होने के बाद वह जीवन जीना ही भूल गया था। ख़ैर, उसके पास अभी भी वक़्त था। वह नहीं चाहता था कि गुप्ता जी की तरह उसे ज़िन्दगी

की सांझ पर इस बात का अफ़सोस हो कि वह 60-70 या 80 साल जीवित रहने के बाद भी अपनी ज़िन्दगी नहीं जी पाया।

अगले दिन गुप्ता जी की तबीअत थोड़ी बिगड़ गयी, डॉक्टर ने उनकी कुछ जांचें कीं। गुप्ता जी उनसे हँसते हुए पूछा, "डॉक्टर साहब यहाँ से ज़िन्दा जा पाऊँगा या नहीं?"

"बस कुछ मामूली जांचें की हैं।" डॉक्टर साहब ने मुस्कुराते हुए जवाब दिया। "यदि सभी रिपोर्ट सही आती हैं तो आपकी छुट्टी भी कर दूँगा।"

लेकिन गुप्ता जी को न जाने क्यों उनकी बात पर विश्वास नहीं हुआ, इसलिए उन्होंने फिर पूछा, "सही-सही बता दीजिए, ताकि मैं झूठी उम्मीद न रखूँ।"

"मैंने इतने सालों में कभी आपसे झूठ बोला है?" डॉक्टर साहब बोले और फिर वार्ड से बाहर चले गये।

उनके जाने के बाद मयंक ने गुप्ता जी की ओर देखते हुए कहा, "लगता है डॉक्टर साहब से आपका पुराना परिचय है।"

"हाँ, जब मैं टीसी था तो उनसे अक्सर किसी न किसी ट्रेन में मुलाक़ात हो जाती थी। पहले उनकी ड्यूटी शायद किसी दूसरे शहर में थी।" गुप्ता जी बोले।

गुप्ता जी कुछ डरे दिख रहे थे, इसलिए मयंक ने उनका ध्यान भटकाने की कोशिश की। "आज गेम नहीं खेलना है क्या?"

"हाँ, मैं तो भूल ही गया था, लेकिन आज शुरूआत तुम करोगे।"

"ठीक है, जैसी आपकी इच्छा।"

मयंक ने अपनी तीसरी ख़्वाहिश बताना शुरू की।

"जब मैं छोटा तो आसमान में उड़ते हवाई जहाज़ को देखकर बहुत ख़ुश हो जाता था। सोचा करता था कि बड़े होकर पायलट बनूँगा और हवा में उड़ा करूँगा, लेकिन ये सपना कभी पूरा नहीं हो पाया। बड़े होकर मैं बिजनेसमैन हो गया, लेकिन अब भी मेरे अंदर हवा में उड़ने की वह इच्छा बाक़ी है। यदि ज़िन्दगी ने मौक़ा दिया तो मैं एक बार पैरा ग्लाइडिंग करना चाहूँगा।"

मयंक की बात सुनने के बाद गुप्ता जी कुछ देर तक मौन रहे, फिर गहरी साँस छोड़ते हुए बोले-पिछले तीस सालों से मैं अपने गाँव नहीं गया हूँ। मेरा पूरा

बचपन वहीं बीता है, नौकरी लगने के बाद मैं शहर में आकर बस गया। कई बार मैंने सोचा कि कुछ दिन गाँव में सुकून से बिताऊँगा, लेकिन वो दिन आज तक नहीं आ पाया। रिटायरमेंट के बाद भी मैं कई ग़ैरज़रूरी कामों में उलझा रहा। मेरी इच्छा है कि मैं अपनी अंतिम साँस गाँव में ही लूँ।

गुप्ता जी आज दुखी नज़र आ रहे थे। उनकी आवाज़ में एक मायूसी और उदासी थी। मयंक ने अपनी ओर से कोशिश की कि उनका मूड बदल जाये, लेकिन वह कामयाब नहीं हुआ। कुछ घंटे बाद उनकी तबीयत फिर बिगड़ गयी। डॉक्टर, नर्स ने उन्हें बचाने की कोशिश की, लेकिन गुप्ता जी नहीं बचे। शायद उन्हें भी पहले ही अपनी मौत का आभास हो गया था। गुप्ता जी की मौत से मयंक को गहरा सदमा लगा, उसे लगा कि किसी बहुत करीबी की मौत हो गयी है। उसे इस बात का भी अफ़सोस हो रहा था कि वह अपनी ख़्वाहिशें पूरी किये बिना ही इस दुनिया से चले गये।

कुछ दिनों बाद मयंक पूरी तरह ठीक हो गया, उसे हॉस्पिटल से डिस्चार्ज कर दिया गया। हॉस्पिटल छोड़ते समय डॉक्टर साहब ने उसे एक थैली देते हुए कहा, "इसमें गुप्ता जी के कुछ क़ीमती सामान हैं, इन्हें तुम अपने साथ ले जाओ।"

"ये सामान आप मुझे क्यों दे रहे हैं?" मयंक ने चकित होते हुए पूछा। "इस पर उनके परिवार वालों को हक़ है।"

मयंक का सवाल सुनकर डॉक्टर साहब भी थोड़े हैरान दिखे। उन्होंने उसे घूरते हुए पूछा, "क्या गुप्ता जी ने तुम्हें ये नहीं बताया कि उनका इस दुनिया में कोई नहीं है, कुछ साल पहले एक दुर्घटना में उनका पूरा परिवार ख़त्म हो गया था।"

यह सुनकर मयंक को लगा कि गुप्ता जी शायद कभी थे ही नहीं, वह मात्र एक भ्रम ही थे। उसने चुपचाप डॉक्टर से थैली ले ली और हॉस्पिटल से बाहर निकल आया।

www.ingramcontent.com/pod-product-compliance
Lightning Source LLC
LaVergne TN
LVHW100251051026
849517LV00006B/2046
* 9 7 8 9 3 9 0 9 4 4 0 8 8 *